AF132075

SUSANNE KRONENBERG

Tod am
Bauhaus

BAUHAUS-MEMOIREN Die Wiesbadener Privatdetektivin Norma Tann ist urlaubsreif. Sie reist nach Weimar, um sich dort mit ihrem Freund ein paar schöne Tage zu machen. Timon Frywaldt, Spurenspezialist des hessischen LKA, ist bereits vorausgefahren, wenn auch zu keinem schönen Anlass. Sein Großonkel, ein Sohn des Bauhaus-Biografen Albin Frywaldt, ist verstorben. In Weimar angekommen, wartet Norma vergeblich auf Timon. Mit der Suche nach ihm beginnt eine Ermittlung in eigener Sache, die ihr tief unter die Haut geht. Denn vor dem Deutschen Nationaltheater in Weimar wurden ein Politiker und mit derselben Waffe ein weiteres Opfer getötet. Fiel auch Timon dem Serienmörder in die Hände? Norma muss sich immer neuen Fragen stellen, die alle mit Timons Verschwinden in Zusammenhang stehen. Wer hat Recht im Streit um ein Gemälde des Bauhaus-Meisters Wassily Kandinsky? Welches Rätsel verbirgt sich im Glasnegativ der Bauhaus-Fotografin Lucia Moholy, das sich in Timons Erbe wiederfindet? Nach und nach kommt ans Licht: Die dunkelsten Kapitel der Weimarer Vergangenheit sind noch längst nicht abgeschlossen.

Susanne Kronenberg, geboren in Hameln und im Taunus heimisch, lässt sich gern vom historischen Hintergrund ihrer Wahlheimat inspirieren. Welcher Stellenwert Bürgerinitiativen gebührt, erwies sich bereits in den 1960er-Jahren, als Wiesbaden zur »Autostadt« umgebaut werden sollte. In das derzeitige Milieu junger Verkehrsaktivisten führt der zehnte Fall der Wiesbadener Privatdetektivin Norma Tann. Neben Kriminalromanen veröffentlichte die Autorin Kurzgeschichten für verschiedene Anthologien, eine Reihe von Jugendbüchern sowie Fachbücher und Bücher zu regionalen Themen. Als Dozentin für Kreatives Schreiben gibt sie Kurse und Workshops. Sie ist Mitglied des »Syndikats« und Mitgründerin der Wiesbadener Autorengruppe »Dostojewskis Erben«.

SUSANNE KRONENBERG

Tod am Bauhaus

NORMA TANNS ACHTER FALL

GMEINER

Immer informiert

Spannung pur – mit unserem Newsletter informieren wir Sie
regelmäßig über Wissenswertes aus unserer Bücherwelt.

Gefällt mir!

Facebook: @Gmeiner.Verlag
Instagram: @gmeinerverlag

Besuchen Sie uns im Internet:
www.gmeiner-verlag.de

© 2019 – Gmeiner-Verlag GmbH
Im Ehnried 5, 88605 Meßkirch
Telefon 0 75 75 / 20 95 - 0
info@gmeiner-verlag.de
Alle Rechte vorbehalten
3. Auflage 2024

Lektorat: Katja Ernst
Herstellung: Julia Franze
Umschlaggestaltung: U.O.R.G. Lutz Eberle, Stuttgart
unter Verwendung eines Fotos von: © GFreihalter
https://commons.wikimedia.org/wiki/File:Weimar_Bauhaus-Universität_
Hauptgebäude_400.jpg
Druck: CPI books GmbH, Leck
Printed in Germany
ISBN 978-3-8392-2399-4

PROLOG

Lucia wird Deutschland verlassen! In Berlin habe ich sie inmitten gepackter Koffer und Kisten angetroffen. Kaum eine Stunde hatte sie für mich übrig, so hastig bereitet sie ihre Emigration vor. Erst Wien, dann Paris, wie sie hofft. Später London, so Gott will. Sie finde keine Ruhe, seit Theodor aus der Wohnung heraus verhaftet wurde. Lucias große Sorge gilt ihrer Arbeit. Die schweren Kartons mit den Glasnegativen will sie später nachholen. Soll ich sie für dich aufbewahren?, bot ich an. Ihre Antwort? Ein abwehrendes Lächeln. Traute sie mir nicht? Befürchtete sie, ich würde ihre Photographien ungefragt im »Drachenfest« veröffentlichen? Nicht nötig, Albin, alter Freund, erwiderte sie, es ist alles geregelt. Bauhäusler würden die Negative für sie aufbewahren, Gropius wolle einen Wagen schicken. Aus einem Impuls heraus habe ich mich nach der Umarmung zum Abschied umgedreht, blitzschnell den erstbesten Karton vom Stapel gegriffen und die Negative unter meinem Sakko verborgen. Bin überstürzt zum Bahnhof geeilt und haderte auf der Heimreise tief beschämt mit meiner Entscheidung. Nur dir, meinem Tagebuch, darf ich diesen Diebstahl anvertrauen.

1

Philipp Viohl war glücklich. Ungeachtet der Müdigkeit um
2 Uhr in der Nacht fühlte er sich von einem berauschenden
Stolz übermannt, als er sich dem Deutschen Nationaltheater näherte. Im Schein des zunehmenden Mondes schlug er
einen Bogen um den hohen Sandsteinsockel, auf dem Goethe und Schiller in einträchtiger Pose beisammenstanden und
ihn mit gütiger Anerkennung zu mustern schienen. Philipp
war stets zur Bescheidenheit erzogen worden. Da die Eltern
außerdem absolute Ehrlichkeit erwartet hatten, verfügte er
über zwei Eigenschaften, die nach seiner Erfahrung einer
Karriere als Politiker eigentlich diametral hätten entgegen-
stehen müssen. Dass er es mit Fleiß und Ehrgeiz trotzdem
zum jüngsten Abgeordneten im Thüringer Landtag gebracht
hatte, verdankte er seiner Beharrlichkeit und einer gewissen Unverfrorenheit, die ihn ebenso auszeichneten. Vielleicht hatte auch geholfen, sinnierte er beim Anblick der im
Sternenlicht schimmernden Fassade des Nationaltheaters,
dass er eine Parteikarriere ursprünglich gar nicht angestrebt
hatte. Eher zufällig war er hineingerutscht, nachdem er sich
in ehrenamtlicher Arbeit für die Kultur in Weimar eingesetzt
und schnell einen Namen gemacht hatte. So war er zum Zug-
pferd der Initiative »pro-bauhaus-weimar« avanciert, die ihre
Aufgabe darin sah, den Ruf des 1919 in Weimar gegründe-

ten Staatlichen Bauhauses weit über die Städte Weimar und Dessau hinauszutragen. Vor 100 Jahren hatte Walter Gropius die Bauschule ins Leben gerufen, und Weimar feierte dieses Jubiläum mit einer Vielzahl von Aktionen und Veranstaltungen. Dass die ganze Stadt vom Bauhausfieber gepackt schien, schrieb sich die Initiative »pro-bauhaus-weimar« auch auf die eigenen Fahnen. Um den Erfolg zu würdigen, hatte Philipp im Namen seiner Mitstreiter am Freitagabend die wichtigsten Vertreter der hiesigen Prominenz zu einem kleinen Festakt geladen und sich als Primus inter pares, dem man unverhohlen eine bundespolitische Zukunft vorhersagte, im Glanz der Stadtgrößen sonnen dürfen.

Als einer der Letzten war Philipp aufgebrochen. Er fühlte sich unsicher auf den Beinen, was ebenso am Rotkäppchen Riesling-Sekt, den es zum Auftakt gegeben hatte, liegen mochte wie am Wodka, der als Absacker geflossen war. Philipp bezweifelte, dass er in seiner Euphorie Schlaf finden könnte, und ging in Gedanken die Alkoholvorräte seines Kühlschranks durch. Keine fünf Minuten waren es bis zu seiner Wohnung am Frauenplan, in der er allein lebte. Auf dem Theaterplatz herrschte nächtliche Ruhe. Mit den Dichterheroen im Rücken hielt er inne. Sein andächtiger Blick streifte die kompakten Säulen, die den Giebel des Nationaltheaters trugen, und blieb an den zierlich vergitterten Fenstern hängen. Hinter diesen Mauern lag sie: die Wiege der deutschen Demokratie! In diesem Haus hatte die Deutsche Nationalversammlung zwischen Februar und August 1919 um die Verabschiedung der Reichsverfassung gerungen und dem »Geist von Weimar« Leben eingehaucht. Vom Volk gewählte Politiker wie er selbst!

Versunken in pathetische Gedanken und bis ins Mark erfüllt von der eigenen Bedeutsamkeit nahm er einen Pistolenschuss wahr, der wenige Meter hinter ihm abgefeuert wurde. Bevor er sich wundern konnte, traf ihn die Kugel wie ein Faustschlag zwischen den Schulterblättern.

2

SONNTAG, DER 7. JULI

Der Rezeptionist warf einen prüfenden Blick auf den Bildschirm. »Bedauere, wir haben keinen Gast dieses Namens.«

Eine Antwort, die Norma partout nicht mehr hören wollte. Die Mittagszeit war vorüber. In diesem kleinen Hotel in der Weimarer Altstadt hatte sie auf das erfolgreiche Ende ihrer Suche gehofft und aufs Neue alle Überredungskünste aufgeboten, um eine Auskunft zu bekommen. Der junge Mann schien den Datenschutz zum Glück nicht allzu genau zu nehmen.

»Bitte schauen Sie noch mal nach«, bat sie inständig. »Ein Doppelzimmer, gebucht auf Frywaldt mit Ypsilon. Dr. Timon Frywaldt aus Wiesbaden.«

»Bedauere«, wiederholte er nach längerem Scrollen über den Schirm. »Wir sind ausgebucht, aber dieser Herr ist nicht unter unseren Gästen. Haben Sie schon im Russischen Hof nachgefragt? Im Elephant oder Am Goethepark? Es gibt den Amalienhof und den Erbenhof …«

Mit thüringischem Zungenschlag zählte der Rezeptionist beflissen jene Hotels und Pensionen zwischen dem Bauhaus-Museum und Stadtschloss, dem Goethehaus am Frauenplan und dem Theaterplatz auf, die Norma bereits vergeblich abgeklappert hatte.

»Würden Sie mich bitte anrufen, falls Herr Frywaldt bei Ihnen einchecken sollte?« Um nichts unversucht zu lassen, überreichte sie ihm ihre Visitenkarte und schob, während er den Aufdruck studierte, unauffällig zum zweiten Mal einen 20-Euro-Schein über den Tresen. Doch er hielt den Blick beharrlich auf die Karte gerichtet.

»Sie sind Privatdetektivin?«, platzte er heraus und fiel, seine aufgesetzte Professionalität vergessend, in einen vertraulichen Tonfall: »Echt jetzt? Beschatten Sie etwa …?«

»Stopp! Bevor Sie auf falsche Gedanken kommen, Herr …«, leicht vorgebeugt entzifferte sie das Namensschild am Sakko, »Herr Till Giesecke. Herr Frywaldt ist völlig unbescholten. Ich bin heute Vormittag aus Wiesbaden angereist, um in Weimar Urlaub zu machen. Timon ist mein Lebenspartner. Er ist vorausgefahren, und ich habe ihn leider am Bahnhof verpasst. Also, melden Sie sich bei mir?«

»Wäre mir ein Vergnügen, Frau Tann«, erwiderte Till Giesecke und ließ den Schein leichthin in der Hosentasche verschwinden. »Darf ich Sie etwas fragen? Wie wird man Privatdetektiv?«

»Dafür gibt es verschiedene Wege. Ich zum Beispiel war früher bei der Kriminalpolizei.«

»Diebstahl und Einbruch?«, fragte er neugierig.

»Mord und Totschlag«, konterte sie gelassen.

»Echt jetzt?«, wiederholte er beeindruckt und senkte die

Stimme zu einem Flüstern herab. »Vorletzte Nacht wurde ein Politiker erschossen! Direkt vor dem Nationaltheater.«

»Ich habe davon gehört. Auf den Stufen liegt ein wahres Blumenmeer.«

Auf ihrem Streifzug durch die Innenstadt waren ihr die bunten Sträuße und Lichter vor dem berühmten Gebäude am Theaterplatz aufgefallen. Als sie sich dort umgeschaut hatte, war ein älteres Paar dazugekommen, um eine Tafel mit dem Porträt eines freundlich dreinblickenden jungen Mannes aufzustellen. »Warum?«, hatte jemand von Hand in dicken roten Lettern quer über das Schwarz-Weiß-Foto gemalt. Ein Abgeordneter des Thüringer Landtags, ein gebürtiger Weimarer, sei in der Nacht von Freitag auf Samstag von einem tödlichen Schuss getroffen worden und auf der Treppe zusammengebrochen, hatte Norma von einer Frau erfahren, die sichtlich bekümmert herangetreten war. Der Politiker sei sehr angesehen und äußerst beliebt gewesen, hatte die Frau erklärt und einen Strauß Rosen abgelegt.

»Ein Radfahrer soll es gewesen sein«, erklärte Till Giesecke aufgeregt. »Ein Radfahrer! Davon gibt's hier Tausende. Wenn das alles ist, was die Polizei weiß, wie will man den Mörder fassen?« Ratlos schaute er sie an.

»Vertrauen Sie auf die Ermittlungen«, antwortete Norma mit demonstrativ zuversichtlichem Nicken. »Die Polizei wird allen Hinweisen akribisch nachgehen und den Täter überführen, auch wenn es vielleicht dauern kann.«

Wenn das wirklich alles war, was sie bislang wussten, wollte sie nicht in der Haut der Ermittler stecken. Aber zur guten Polizeiarbeit gehörte es auch, Informationen gezielt zurückzuhalten. Womöglich hatten sie schon eine heiße Spur. Sie konnte sich gut vorstellen, was jetzt im zuständigen Kommissariat ablief. Alle irgendwie verfügbaren Kollegen würden für die Mordermittlung abgestellt. Allein schon, um die Öffentlichkeit zu beruhigen, müssten so schnell wie möglich erste Ergebnisse geliefert werden.

Nicht mehr ihr Metier! Sie hatte ihre Position im Wiesbadener Polizeipräsidium aufgegeben, um als unabhängige Privatdetektivin zu arbeiten, wie sie Fremden gegenüber gern behauptete. Bei Licht betrachtet war sie in dieser Entscheidung keinesfalls frei gewesen. Eine Entführung in Kolumbien, Tage der Gefangenschaft im Dschungel, die Pistole an ihrer Schläfe – das Erlebte, das Jahre zurücklag, hatte sie damals so aus der Bahn geworfen, dass ihr die enge Zusammenarbeit mit den Kollegen und die Hierarchien einer Behörde nicht länger erträglich erschienen waren. Auch ihre Ehe mit Arthur war in Kolumbien zerbrochen. Als Arthur kurz nach der Trennung unauffindbar gewesen war und schließlich sein Tod festgestanden hatte, schien sie ins Bodenlose zu stürzen. Es hatte lange gedauert, bis sie sich in ihrem neuen Leben zurechtgefunden hatte. Auch die Beziehung zu Timon war nur langsam vorangegangen. Mit ihrer übersteigerten Eifersucht hatte Norma ihrer Liebe manchen Stein in den Weg gelegt, aber im Lauf der Zeit immer besser gelernt, damit umzugehen.

Die Idee mit dem Kurzurlaub in Weimar war von Timon gewesen – wenn auch aus traurigem Anlass. Sein Großonkel Fritz, der die letzten Lebensjahrzehnte in Weimar verbracht hatte, war gestorben. Am Freitagmorgen war Timon in Wiesbaden in die Bahn gestiegen, um rechtzeitig zur Testamentseröffnung zur Mittagszeit in Weimar zu sein. Für die folgende Woche hatte er sich freigenommen. Norma wollte nachkommen, damit sie vorher einen Auftrag abschließen konnte. Er war zu lukrativ, um ihn sausen zu lassen. Ihr Auftraggeber war ein Wiesbadener Bauherr, dessen Neubau im noblen Viertel Sonnenberg über Wochen demoliert und mit Farbe beschmiert worden war. Norma dokumentierte die Verwüstungen der Villa, um dem Mann genügend Beweismaterial gegen den Täter in die Hand zu geben. Verantwortlich für das Desaster war, wie sie herausgefunden hatte, der pubertierende Sohn des Nachbarn, ein richtiges Früchtchen. Der Bauherr hoffte auf eine außergerichtliche Einigung und rechnete sich eine großzügige Entschädigung aus. Die Eltern des Jungen besaßen zwar Unsummen von Geld, aber nur ein Minimum an Erziehungskompetenz. Ihrem guten Ruf zuliebe würden sie sich freikaufen, spekulierte der Villenbesitzer.

An diesem Sonntagmorgen hatte Norma also die Bahn genommen und die Reise nach Weimar entspannt und ohne Zwischenfälle hinter sich gebracht. Pünktlich um 11:05 Uhr war der Zug in den Weimarer Bahnhof eingefahren, der sich mit dem Zusatznamen »KulturBahnhof« schmückte und die Ankömmlinge mit mannshohen Plakatwänden auf das 100-jährige Jubiläum des Bauhauses einstimmte. Voll Vorfreude auf die kommenden Tage hatte Norma die Empfangshalle durchquert, über die sich eine hohe weiß getünchte Gewölbedecke spannte, und nach der vertrauten Gestalt mit dem dunklen Zopf Ausschau gehalten. Timon hatte ihr versprochen, sie abzuholen. Sicherlich wartete er draußen, war sie überzeugt gewesen, denn er scheute das Gewusel und den Lärm in der Halle. Der Vorplatz des schmucken Gebäudes hatte sich als groß und übersichtlich erwiesen. Und Timon? Er hatte sich nicht blicken lassen und auf keinen Anruf reagiert.

3

Als Paar verbrachten Norma und Timon so viel Zeit wie möglich miteinander, wohnten aber aus Überzeugung getrennt. Die Unabhängigkeit tat ihrer Liebe gut. Außerdem hing Norma an ihrer Dachwohnung im Wiesbadener Stadtteil Biebrich, die für zwei Personen nicht ausgereicht hätte. Timon wollte seit seiner Scheidung kein festes Zuhause und zog die Freiheiten eines modernen Nomadenlebens vor. Haus- und Wohnungsbesitzer, die für eine Weile ins Ausland gingen, wussten ihn als Bewohner auf Zeit sehr zu schätzen. »Ich liebe die Abwechslung«, gab er gut gelaunt zurück, wenn die Kollegen im Hessischen Landeskriminalamt, seinem Arbeitsplatz als promovierter Biologe und Mediziner, ihn wegen des Hin und Hers neckten. Timon wollte sich nicht mit größeren Besitztümern belasten. Was er hatte, passte in wenige Umzugskartons. Zurzeit bewohnte er in Mainz-Amöneburg die dritte Etage einer ehemaligen Industriehalle, aus deren Fenstern, wie aus Normas Küche, der Rhein zu sehen war.

Am Donnerstag hatte Timon eingekauft und alles, was er zum Kochen brauchte, in einer Kiste die Treppen hinauf in Normas Dachwohnung getragen. Dass sie den Abend gemeinsam in Biebrich verbrachten, war Normas Bauherren-Dokumentation geschuldet, für die sie jede Minute nutzen wollte. So arbeitete sie im Büro im Erdgeschoss, während Timon in der Küche unterm Dach das Essen vorbereitete. Im Loft hätte er es deutlich bequemer gehabt. Der schicke Kochbereich hielt alles bereit, was ein Hobbykoch zu schätzen wusste. Dagegen verfügte Normas Miniküche nur über eine spartanische, wenn auch zweckmäßige Grundausstattung. Aber Timon dachte nicht daran, sich zu beklagen, auch wenn sich unter den Schrägen die Sommerschwüle staute und die aufgerissenen Fenster nur wenig gegen die drückende Gewitterluft ausrichten konnten. Wichtiger als die eigene Bequemlichkeit war ihm, dass Norma den Auftrag rechtzeitig beenden würde, um ihm am Sonntag nach Weimar folgen zu können.

»Wann genau geht dein Zug morgen?«, fragte sie, als sie schließlich gemeinsam am Tisch saßen und Norma sich eine zweite Portion des köstlichen Risottos nahm. Timon hatte einfach ein Händchen für vegetarische Gerichte aller Art.

»Früh um 7 Uhr«, erklärte er und tupfte sich mit einer Serviette Schweißtropfen von der Stirn. »Wenn es mit den Anschlüssen in Frankfurt und Erfurt klappt, komme ich rechtzeitig in Weimar an. Die Testamentseröffnung beginnt um 12 Uhr.«

Norma hatte gespürt, wie verletzt Timon gewesen war, als er durch den Brief eines Anwalts vom Tod seines Großonkels erfahren hatte. Von den zwei Töchtern seines Großonkels war keine Nachricht gekommen. Fritz Frywaldt, ehemaliger Studienrat für Deutsch und Geschichte an einem Wiesbadener Gymnasium, war hochbetagt mit 89 Jahren in Weimar gestorben. Zur Trauerfeier war Timon nicht nach Weimar gereist, weil er schlichtweg nichts davon gewusst hatte.

»Wer wird alles dort sein?«, fragte Norma.

»Neben dem Testamentsvollstrecker nur meine Cousinen, nehme ich an.«

»Wann hast du sie zuletzt gesehen?«

»Das muss zehn Jahre her sein, bei der Beerdigung meiner Tante Maria«, überlegte er laut. »Maria wurde in Weimar begraben. 1995 sind Maria und Fritz aus Wiesbaden dorthin gezogen. Fritz wollte unbedingt zurück in die Stadt, in der er 1930 geboren wurde. Seine Töchter sind hiergeblieben. Beate wohnt bis heute in Wiesbaden, und Felicitas hat in ein Rüdesheimer Weingut eingeheiratet.«

»So nah beieinander, und trotzdem habt ihr keinerlei Kontakt?«, wunderte sich Norma.

»Mir wäre es anders auch lieber«, räumte er ein. »Ich habe die Stelle des Sohns eingenommen, den Fritz sich immer sehr gewünscht hatte. Eine Art schwesterliche Liebe gönnen seine Töchter mir nicht. Obwohl sie wesentlich älter sind als ich und für Eifersüchteleien kein Grund besteht, scheinen sie mich zu hassen.« Mit Schwung schnippte er seinen dunklen Zopf über die Schulter zurück.

»Hass?«, gab Norma erschrocken zurück. »Das ist ein hartes Wort.«

Er hob resigniert die Schultern. »Mit Felicitas, der Jüngeren, komme ich halbwegs aus. Beate hat von jeher das reinste Gift versprüht. Bestimmt war sie es, die dafür gesorgt hat, dass ich von der Trauerfeier fernbleiben musste.«

Ein forderndes Maunzen lenkte ihre Blicke zum geöffneten Dachfenster. Leopold, der kräftige Kartäuserkater, war von einem Streifzug über die Dächer der Altstadt zurückgekehrt und wartete auf einen dienstwilligen Zweibeiner. Gehorsam stand Timon auf, hob das Tier vom Dach und setzte es behutsam auf der Eckbank ab. Eigentlich gehörte

Leopold Eva Vogtländer, Normas Vermieterin, aber der Kater fühlte sich bei Norma ebenso zu Hause.

Norma konnte sich ein Grinsen nicht verkneifen. »Er hätte einfach hinunterspringen können.«

»Poldi weiß eben, dass ich seinem Charme nicht widerstehen kann«, erwiderte Timon mit einem Lächeln. Die Finger im blaugrauen Fell des schnurrenden Katers vergraben, wurde er wieder ernst. »Bei der Testamentseröffnung müssen die lieben Cousinen meine Gegenwart wohl oder übel ertragen. Um ihr Erbe brauchen sie sich keine Sorgen zu machen. Mehr als eine Kiste voll Bücher werde ich sicher nicht bekommen. Fritz wusste, dass ich mich nicht auf Kosten seiner Töchter und Enkel bereichern möchte.«

»Dich und deinen Großonkel hat sehr viel mehr verbunden als materielle Dinge«, bemerkte Norma tröstend.

»Das ist wahr. Fritz gefiel es sehr, wenn ich ihn Großonkel nannte, obwohl wir verwandtschaftlich ziemlich weit auseinanderliegen. Sein Vater und mein Urgroßvater waren Brüder. Fritz ist der Sohn von Albin Frywaldt.«

»Ach ja, dein berühmter Verwandter, der Wiesbadener Heimatdichter! Wo versteckt sich eigentlich dein literarisches Talent?«, neckte sie ihn.

»Lies meine Obduktionsberichte!«, gab er verschmitzt zurück. »Was Albin Frywaldt betrifft: Er war weit mehr als ein Heimatdichter, er war auch ein sehr politischer Schriftsteller. Er ist in Wiesbaden aufgewachsen und hat als junger Mann eine Weile in Weimar gelebt. Warte mal!« Er stand auf, nahm seinen Rucksack von der Kommode und zog ein in Geschenkpapier eingeschlagenes Päckchen heraus, das er Norma überreichte.

Erfreut betastete sie das Präsent. »Ein Buch?«

»Lesestoff für die Bahnfahrt am Sonntag. Mach es auf!«
Erwartungsvoll sah er zu, wie sie das Papier aufriss.

»›Drachenfest oder Meine Memoiren über das Bauhaus
in Weimarer Zeit‹ von Albin Frywaldt«, las Norma vor und
ergänzte feierlich: »Von deinem Urgroßonkel geschrieben!«

»Das Buch wurde zum 100-jährigen Bauhaus-Jubiläum neu
aufgelegt. Albin war zwar kein Student am Bauhaus, hatte
dort aber viele Freunde und galt als Insider und Experte.«

»Ein seltsamer Titel«, meinte sie. »Was ist ein Drachenfest?«

»Die Bauhäusler haben sehr hart gearbeitet, konnten aber
auch ausgiebig feiern. Mit ihren Festen wollten sie mit der
Bevölkerung in Kontakt kommen. Du musst bedenken, dass
die Weimarer damals die Bauschule wegen ihrer visionären
Ideen ziemlich kritisch beobachtet haben. Bei den Drachen-
festen im Herbst ließen die Bauhäusler außergewöhnliche Drachen in den Himmel aufsteigen. Wahre Kunstwerke darf man
sich darunter vorstellen. Glitzernde Sterne waren dabei, Mee-
resungeheuer und Seeschlangen, wie Albin in den Erinnerungen schreibt. Es muss ein fantastischer Anblick gewesen sein.«

Norma stand auf und gab ihm einen Kuss. »Danke für das
Buch, Timon. Ich freue mich schon auf die Ausstellungen
im neuen Bauhaus-Museum und alles andere, was es in Weimar zu sehen gibt. Schillers Wohnhaus, das Goethe-Museum,
die Herzogin Anna Amalia Bibliothek und Goethes Gartenhaus!«

Im Gegensatz zu ihr, die die Stadt noch nicht kannte, war
Timon mit ihr bestens vertraut, dank der häufigen Besuche
bei seinem Großonkel. »Langweilig wird dir in Weimar
bestimmt nicht werden«, versprach er und griff zur Wein-
flasche, um Riesling nachzuschenken.

Wenn sie genügend Kultur aufgesogen hätten, könnten
sie zur Abwechslung Radtouren in die Umgebung machen,

schlug er wenig später vor, nachdem sie den Tisch abgeräumt hatten, und faltete eine Radwanderkarte auf. Mit rotem Textmarker hatte er mehrere Rundtouren in Weimars Umgebung nachgezeichnet und die akribische Vorbereitung durch eine Auflistung der Streckenlängen abgerundet, die er auf dem Deckblatt der Karte notiert hatte. Mit skeptischer Miene überflog Norma die ambitionierten Kilometerangaben. Sie hielt sich mit Joggingrunden durch den Biebricher Schlosspark fit, doch auf dem Rad mit Timon mitzuhalten, der fast täglich zum LKA radelte und in der Freizeit so oft wie möglich im Taunus unterwegs war, würde ihr alle Kräfte abverlangen.

Er zerstreute ihre Bedenken. »Wir leihen uns die Räder in Weimar, und du nimmst dir ein E-Bike.«

Gute Idee! Dann konnte er sich richtig auspowern, und sie würde locker hinterherkommen. Sein eigenes Rad wollte er zu Hause lassen, das war unkomplizierter.

Beim Abspülen fragte sie nach der Unterkunft in Weimar. Er habe noch nichts gebucht, bekannte er. »Fritz besitzt … besaß eine wunderschöne Altbauetage in der Nähe der Katholischen Kirche. Wenn ich in Weimar war, habe ich immer bei ihm übernachtet. Vielleicht lassen uns die Cousinen für die paar Tage dort wohnen. Ich möchte Fritz gern noch einmal nahe sein.«

»Du glaubst, sie erlauben dir das?«, fragte Norma skeptisch. »Vielleicht wollen sie die Wohnung selbst nutzen und nach der Testamentseröffnung nicht sofort nach Wiesbaden zurückfahren. Was passiert überhaupt mit der Wohnung?«

»Keine Ahnung«, sagte er achselzuckend. »Sie werden die Wohnung verkaufen oder vermieten, aber das geht nicht so schnell. Man kann doch nicht von heute auf morgen das Zuhause eines geliebten Menschen auflösen.«

»Das ist schwer«, stimmte Norma ihm zu.

»Falls wir dort nicht unterkommen, kümmere ich mich um ein Hotelzimmer«, versprach er.

Am Freitagmorgen begleitete sie ihn zum Hauptbahnhof. Der Abschied war herzlich und liebevoll.

Als der Zug einrollte, nahm sie ein Buch aus der Handtasche. »Zum Einpacken bin ich nicht mehr gekommen. Als Einstimmung für Weimar hier die Biografie eines Meisters vom Bauhaus.«

Überrascht nahm er das Geschenk entgegen und betrachtete den Einband, der das Schwarz-Weiß-Porträt eines elegant gekleideten Mannes mit vollen Lippen und einer runden Nickelbrille unter kräftigen Augenbrauen zeigte. »Die Biografie von Wassily Kandinsky. Danke dir!«

»Du magst doch seine Bilder«, sagte sie und freute sich über seine Begeisterung.

»Ich erwarte dich übermorgen in Weimar«, verlangte er in gespielter Strenge. »Bring deinen Auftrag rechtzeitig zu Ende.«

Kurz vor seiner Ankunft in Weimar rief er Norma aus dem Zug an. Die Anspannung in seiner Stimme führte sie auf das bevorstehende Zusammentreffen mit den Cousinen zurück. Es würde sicherlich keine angenehme Begegnung werden.

Am Nachmittag steckte Norma mitten in der Auflistung der Schäden im Kellergeschoss, das der jugendliche Rabauke mittels eines Gartenschlauchs durch ein gekipptes Fenster geflutet hatte, als eine SMS von Timon eintraf:

Komme gerade vom Notar. Habe die wissenschaftlichen Erstausgaben geerbt, die Fritz mir versprochen hatte. Und dazu den fröhlichen Kinderschrank. Freue mich auf dich. Bis Sonntag.

Ein Kinderschrank? Was sollte Timon, der Nomade, mit einem Möbelstück anfangen? In ihrer Wohnung wäre kein Platz dafür, aber vielleicht im Büro, überlegte sie, auch wenn sich Kindermobiliar im Büro einer Privatdetektivin seltsam machen würde. Aber wenn sein Herz daran hing ... Sie beendete die Liste, was einige Zeit brauchte. Als sie Timon anschließend anrufen wollte, bekam sie die Ansage zu hören, dass er nicht erreichbar sei. War sein Mobiltelefon defekt? Timon besaß ein Retrogerät. Es wäre kein Wunder, wenn das Ding sich verabschiedet hätte.

4

WIESBADEN
MONTAG, DER 1. APRIL 1912

Heute hatte ich meinen ersten Tag! Ein kleiner Schritt auf dem weiten Weg zum Journalisten. Zweimal täglich erscheint das Wiesbadener Tagblatt, morgens wie abends. Es gilt viele Artikel zu verfassen, und ich, der frischgebackene Volontär Albin Frywaldt, brenne darauf, meinen Teil dazu beizutragen. Lehrjahre sind keine Herrenjahre. Mit Vaters Warnung im Ohr bin ich zur Langgasse gegangen. So oft habe ich vor dem Pressehaus gestanden und von einer glorreichen Karriere in diesem Prachtbau geträumt, der vor sechs Jahren das alte Fachwerkhaus und das Druckereigebäude ersetzte. Die schönste architektonische Sehenswürdigkeit Neu-Wiesbadens, sagen die Leute. Heute Morgen ist mir bei dem Anblick das Herz in die Hose gerutscht. Mit weichen Knien durchquerte ich die Schalterhalle, ohne Muße, all die Ornamente und bunten Glasmalereien zu betrachten. Man wies mich umgehend ins Direktionszimmer, wo ich wie ein schüchterner Schulbub inmitten der Eleganz des holzvertäfelten Raums zu warten hatte. Am liebsten wäre ich auf einen der gedrechselten Stühle niedergesunken, was ich selbstredend nicht wagte! In meiner Anspannung heftete ich den Blick fest auf das Porträt Richard Wagners über dem Schreibtisch. Wider Erwarten erwies sich der Chefredakteur, Herr Walther Schulte vom Brühl, bei aller gebotenen Strenge als freundlicher älterer Herr, der mir leutselig von der langen Reihe Bücher erzählte, die er persönlich verfasst habe. Am liebsten wäre er nur Romanautor, vertraute er mir an. Überhaupt, die schönen Künste! Ihnen gehöre sein Herz. Sechs erfüllende Jahre habe er als Maler in Weimar verlebt. Weimar, die Stadt Goethes und Schillers, müssen Sie unbedingt einmal erleben, junger Freund, legte er mir voll Enthusiasmus ans Herz.

5

Enttäuscht verließ Norma das Hotel. Die naive Zuversicht, mit der sie die Suche am Vormittag begonnen hatte, war einer besorgten Erschöpfung gewichen. Über den in der Sommerhitze schmorenden Marktplatz strich der Geruch von Grillwurst, der für sie als Vegetarierin jedoch keine Verlockung war. Sie hatte ohnehin keinen Appetit, aber eine kleine Stärkung konnte nicht schaden. Also suchte sie sich einen freien Tisch auf der von ausladenden Schirmen beschatteten Terrasse des Schwarzen Bären, der augenscheinlich seit Jahrhunderten unmittelbar neben dem Hotel Elephant, einem weiteren Traditionsgasthaus der Stadt, zu residieren schien. Während Norma auf eine Apfelschorle und ein Gericht mit gegrillten Auberginen wartete, beobachtete sie die Touristen, die über den Marktplatz schlenderten, eifrig Fotos von der neugotisch gestuften Rathausfassade schossen und gegenüber in der Touristen-Information ein und aus gingen. Ein schlanker Mann mit dunklem Zopf war nicht zu entdecken.

Zum Himmel, Timon! Wo steckst du? Wie viele Unterkünfte mochte es in den Außenbereichen Weimars geben, das als selbstbewusste »Kulturstadt Europas« Heerscharen von Besuchern beherbergen konnte? Irgendwo musste Timon eingecheckt haben, wollte er nicht im Ilmpark kampieren. Zum x-ten Mal schaute sie aufs Handy. Immer noch keine SMS, kein Anruf, gar nichts. Auch wenn sie nicht zu den Paaren gehörten, die sich andauernd mit gegenseitigen Nachrichten bombardierten: Nach zwei Tagen hätte sich ein Lebenszeichen gehört!

Ihre Gedanken kehrten zu ihrer Ankunft vor wenigen Stunden zurück. Eine Weile war sie auf dem Bahnhofsvorplatz umherspaziert und hatte inmitten von Buchsbaumbeeten auf einer Bank gewartet, vorerst kaum beunruhigt. Jeden Augenblick könnte er vor ihr stehen – mit einer hoffentlich überzeugenden Entschuldigung. Aber nichts dergleichen geschah. Hatten die Cousinen ihn aufgehalten? Nach einer halben Stunde trug sie die Reisetasche zurück in die Halle und stieg die Treppe zum Bahnsteig hinauf, auf dem ihr eine Reihe von Schließfächern aufgefallen waren. Zum Glück hatte Timon ihr vor der Abreise die Adresse des Großonkels genannt. Norma rief auf dem Smartphone über Maps den Weimarer Stadtplan auf und gab die Abraham-Lincoln-Straße ein. Eine Strecke von zwei Kilometern und ein Fußmarsch, der ihr nach der vierstündigen Bahnfahrt nicht unwillkommen war.

20 Minuten später erreichte sie eine Kirche, deren historistische Fassade sie an italienische Gotteshäuser denken ließ. Der quadratische Turm war mit geringem Abstand seitlich des Kirchenschiffs platziert worden und schmückte sich wie ein mittelalterlicher Bergfried mit einer Reihe kantiger Zinnen rund um das Flachdach. Die italienische Assoziation wiederholte sich gleich darauf beim Anblick ihres Ziels: einer dreigeschossigen, würfelförmigen Villa. Dank des trapezförmigen Dachs und der zierlichen Stuckbänder auf der Fassade hätte das Haus ebenso gut in Florenz stehen können. Ein gepflasterter Weg führte durch den Garten zur Haustür, die weit geöffnet war. Norma warf einen

Blick auf das Klingelschild: drei Namen, darunter »Fritz Frywaldt« in der Mitte. Sie wollte nicht warten und betrat, als sich auf ihr Läuten nichts rührte, die Eingangshalle. Eine breite, bequeme Treppe brachte sie hinauf in den ersten Stock. Auch die Wohnungstür stand offen. Norma spähte in den Flur, in dem sich Umzugskartons an- und aufeinanderstapelten. Bevor sie sich bemerkbar machen konnte, tauchte aus einem der Zimmer eine hagere, leger in Jeans und Hemdbluse gekleidete Frau auf. Sie mochte Mitte bis Ende 50 sein. Cousine Felicitas oder Beate?

»Ja, bitte?«, fragte die Frau in schneidendem Ton.

In aller Höflichkeit nannte Norma ihren Namen, erklärte, wer sie war, und fragte nach Timon.

»Das wüsste ich auch gern«, lautete die Antwort der Dame, die sich nicht vorgestellt hatte. »Er hat hier von Freitag auf Samstag geschlafen und wollte sich darum kümmern, dass der Schrank abgeholt wird. Seit gestern Morgen hat Timon nichts von sich hören lassen.«

»Sprechen Sie von dem Kindermöbel, das Fritz Frywaldt ihm vermacht hat?«, fragte Norma und hielt ihre Stimme im Zaum. Von der schlechten Laune wollte sie sich nicht anstecken lassen.

Die Frau schnaufte geringschätzig. »Ein abgeschrammtes Teil, aber mein Vater hing daran. Meine Schwester und ich wollen schnellstmöglich zurück nach Wiesbaden. Vorher muss die Wohnung geräumt sein. Richten Sie Timon aus, wenn er den Schrank heute nicht abholt, kommt das Ding morgen in den Sperrmüll.«

Eine unmissverständliche Ansage, dachte Norma irritiert. »Hat Timon gesagt, in welches Hotel er gehen wollte?«

»Nein, mit keinem Wort! Was kümmert mich das? Wiedersehen!«

Die Wohnungstür flog zu. Verdutzt stieg Norma die Treppe hinunter.

Draußen packte sie die Wut: auf die garstige Frau – und auf Timon. Was erlaubte er sich? Wäre er wie versprochen zum Bahnhof gekommen, hätte sie sich nicht von dieser Xanthippe abfertigen lassen müssen. Doch mit jedem Schritt in Richtung Zentrum verblasste der Groll und machte wachsender Besorgnis Platz. Rasch verwarf sie die Idee, von der nächsten Bank aus die im Internet aufgelisteten Unterkünfte systematisch abzutelefonieren. Für höflich-geduldige Anrufe war sie viel zu angespannt. Vermutlich bekäme sie am Telefon sowieso keine Auskunft über die Gäste. Von Angesicht zu Angesicht könnte sie weit besser überzeugen. Im ersten Hotel, das auf dem Weg zur Innenstadt lag, begann sie die Suche erneut.

6

WIESBADEN
MITTWOCH, DER 13. JANUAR 1915

Seit sechs Monaten befindet sich Deutschland im Krieg. Die Listen der Gefallenen, die das Tagblatt tagtäglich aushängt, werden länger und länger. Zu Tausenden wird die Jugend auf den Schlachtfeldern geopfert. Wann hat dieser Wahnsinn ein Ende? Worte, die ich hier in aller Heimlichkeit aufschreibe. Niemand darf die Kladde entdecken. Täglich suche ich für sie ein neues Versteck im Dachgebälk von Vaters Schreinerei. Ein öffentliches Wort der Kritik, und man riskiert das Todesurteil als Volksverräter. Nur Gott allein weiß, warum man mich noch nicht einberufen hat. Ich danke Gott für jeden Tag, der mich davor bewahrt, mir selbst in die Hand zu schießen wie so viele Soldaten, die damit dem Morden dort draußen entgehen wollen. Als einhändiger Schreiber käme ich vielleicht sogar zurecht, aber werde ich den Mut dafür finden? Johann mussten wir bereits ziehen lassen. Er braucht beide Hände, ist Handwerker im wahrsten Sinn des Wortes. Mein geliebter Bruder, wie stolz warst du auf dein Meisterstück, einen eleganten Sekretär, an dessen Geheimfach du lange getüftelt hast. Wie schön war es, wenn ich dir nach Feierabend helfen durfte. Ich wäre ein passabler Schreiner geworden, bin aber ein noch besserer Journalist. Es ist gut, dass du in Vaters Fußstapfen getreten bist. Komm gesund zurück, lieber Bruder!

Genug der schlimmen Gedanken. Lieber will ich etwas Erfreuliches in Erinnerung bringen: Es ist mir gelungen, mit dem Fräulein Lucia Schulz ins Gespräch zu kommen. Es wirkt so unnahbar, das Fräulein Lucia, und immer sehr beschäftigt, wenn es sich im Redaktionssekretariat hinter dem Schreibtisch verschanzt. Lucia Schulz gehört auch zu den Wandervögeln, hat mir ein Kollege gesteckt. Da hatten wir plötzlich eine Menge zu reden über Ausflüge zu Friedenszeiten. Es taut zusehends auf, das hübsche Fräulein aus Prag!

7

»Hallo? Hallo, meine Dame!«

Der ältere Herr am Nebentisch, der den schlohweiß gelockten, nackenlangen Haarschopf aus der Stirn gekämmt trug wie einst Geheimrat Goethe, entschuldigte sich für die Störung und bat um die Speisekarte, die Norma ihm herüberreichte. Unentschlossen blätterte er darin, bis die junge Bedienung Normas Bestellung auftrug.

Wohlwollend musterte er den Teller und sagte, als Norma die ersten Happen genommen hatte: »Sieht lecker aus. Wissen Sie, ich esse selten auswärts, aber heute möchte ich mir etwas Gutes gönnen. Sind Sie zu Besuch in unserem Städtchen?«

Während sie zurückhaltend nickte, sich das Essen schmecken ließ und dabei weiter ihren Gedanken um Timon nachhing, kam er ins Plaudern und empfahl ihr ungefragt Tipps für eine Stadtbesichtigung. Weil er redegewandt war und nicht mit geschichtlichen Details – angefangen bei Schiller, Goethe und der Herzogin Anna Amalia – sparte, hörte sie ihm bald aufmerksam zu. Ein gemurmeltes »Hm« und »Ach ja?« genügte, um seinen Redefluss nicht abreißen zu lassen. Als sie den leeren Teller beiseite stellte, sprach er über die Weimarer Republik. Ob ihr bekannt sei, warum man im Februar 1919 ausgerechnet Weimar und nicht die Hauptstadt Berlin für die erste Nationalversammlung ausgewählt

habe?, fragte er rhetorisch und schickte sich an, eine Erklärung nachzureichen, als Norma schnell das Wort ergriff.

»In Berlin musste man mit Aufständen rechnen. Die Zeiten waren politisch brisant. Weimar war eine ruhige Klein-
stadt, bot aber mit dem Nationaltheater ein genügend großes Gebäude für das Parlament«, erklärte sie und gab wieder,
was sie in den »Memoiren« von Albin Frywaldt auf der
Fahrt gelesen hatte.

»Dazu kam«, pflichtete er ihr bei, sichtlich angetan von
ihrer Antwort, »dass Weimar schon damals ein touristisches
Ziel war und über genügend Betten für die Politiker und
Journalisten aus aller Welt verfügte. Stellen Sie sich das vor!
Für neun Monate platzte unser Städtchen aus allen Nähten.
Im September siedelte das Parlament nach Berlin um. Der
Name ›Weimarer Republik‹ aber blieb bestehen.«

Weil es ihm offensichtlich großes Vergnügen bereitete,
sein Wissen weiterzugeben, stellte Norma gezielte Fragen.
Sein Benehmen, das man aufdringlich hätte nennen können, nahm sie dem alten Herrn nicht übel. Im Gegenteil,
sie empfand den sehr gebildeten Mann als liebenswürdig.
Inzwischen war er in der Gegenwart angelangt.

»Haben Sie von dem Mord gehört?«, fragte er und schüttelte den Kopf. »So ein netter junger Mann. Und vom Täter
keine Spur, hieß es vorhin im Radio. Der Mörder kam wohl
mit dem Fahrrad und hat aus dem Hinterhalt abgedrückt.«

»Kannten Sie das Opfer?«

»Philipp Viohl wohnte am Frauenplan. Fast immer haben
wir kurz geredet, wenn wir uns zufällig begegnet sind«,
erklärte er bedächtig. »Als Politiker hat er sich für die Kultur und die schönen Dinge, aber ebenso sehr für die kleinen
Leute eingesetzt. Für Arme, für Flüchtlinge, für Obdach-
lose. Philipp hatte keine Berührungsängste.«

»Können Sie sich einen Grund für den Mord vorstellen? Privat oder beruflich?«

»Er war Abgeordneter im Landtag in Erfurt, über sein Privatleben weiß ich nur, dass er allein lebte. Ich hoffe allerdings sehr, dass die Motive nicht im Politischen liegen. Solch schlimme Zeiten hatten wir schon und brauchen sie nicht noch einmal.«

»Was genau meinen Sie damit?«, fragte Norma interessiert.

»Nun, wir sprachen vorhin über die Weimarer Republik, die in unserem Städtchen ihren Anfang nahm. Von wegen Goldene 20er-Jahre! Tatsächlich war es eine Zeit voll Ungewissheit und Verzweiflung, Wirtschaftskrisen und politischer Unruhen. Blutige Aufstände und Attentate gehörten zum Alltag. Aber verzeihen Sie bitte, ich möchte Sie nicht mit dunklen Gedanken belasten.« Der alte Herr fuhr deshalb mit einem anderen Thema fort und schilderte Weimars kulturelle Bedeutung in allen Facetten.

»Ich weiß Ihre Aufmerksamkeit sehr zu schätzen«, bedankte er sich schließlich, als Norma bezahlte und aufbrechen wollte. »Mit unserem Gespräch haben Sie mir ein Geschenk gemacht. Heute bin ich 80 geworden.«

Ob er den Festtag allein verbringen musste? Erleichtert, den alten Herrn nicht abgewiesen zu haben, gratulierte Norma ihm von Herzen. Als sie ihren Tagesrucksack aufnahm, fiel ihr die Reisetasche im Schließfach ein und damit die Tatsache, dass sie sich eine Unterkunft suchen musste.

»Ich brauche ein Zimmer. Sie kennen sich so gut aus. Könnten Sie mir etwas empfehlen?«

Er strahlte aus Dankbarkeit, behilflich sein zu dürfen. »Wie wäre es mit der Pension Elise? Das Haus wird Ihnen gefallen! Es liegt in der Nähe der Herderkirche oder genauer, der Stadtkirche St. Peter und Paul. Das ist ihr offizieller Name. Johann Gottfried Herder war dort vor 249 Jahren als Pastor tätig. Goethe persönlich hat den Theologen und Philosophen in unsere Stadt geholt.«

Keine Antwort ohne einen kleinen geschichtlichen Diskurs! Mit einem Nicken in Richtung einer Gruppe, die einer Stadtführerin auf den Fersen war, sagte Norma: »Weimar hat dem Dichterfürsten bis heute viel zu verdanken. Ist Friedrich Schiller nicht extra seinetwegen hergekommen?«

»Sie interessieren sich für Schiller?«, fragte der alte Herr mit Glanz in den Augen. »Da könnte ich Ihnen eine Stunde und mehr ... Aber Sie müssen sich um Ihr Zimmer kümmern.«

»Vielleicht ein andermal.« Mit einem Lächeln wünschte Norma ihm einen schönen Tag.

Warum nicht einen Blick auf die Pension Elise werfen?, beschloss sie und schlenderte mit dem Stadtplan auf dem Handydisplay durch die Gassen. Die Pension lag in einer ruhigen Stichstraße am Rand der Altstadt und stand in einer Reihe ähnlicher zweigeschossiger, schlichter Altbauten, die allesamt in frischen Farben gestrichen waren. Auf ihr Klingeln öffnete eine zierliche, in sommerliches Leinen gehüllte Frau, deren unkomplizierte Kurzhaarfrisur in Altersgrau nicht verhehlte, dass sie die 60 überschritten haben musste.

»Sind Sie Elise?«, entfuhr es Norma.

Mit ihrem lauten, herzlichen Lachen gewann die Dame umgehend Normas Sympathie. Elise sei der Name ihrer Großmutter, die in diesem Haus aufgewachsen sei. Die Pensionswirtin stellte sich als Kirsten Walderbeck vor. Die drei Doppelzimmer seien vergeben, zwei Einzelzimmer aber verfügbar, weil zwei Stammgäste kurzfristig abgesagt hätten. Ein Zimmer befände sich im Erdgeschoss, das andere darüber in der ersten Etage. Norma entschied sich für das ruhiger gelegene Zimmer und folgte der Hausherrin die Treppe hinauf.

Vor einer Vitrine im oberen Flur hielt sie inne und bewunderte die darin präsentierten Teller und Vasen. »Was für herrliche Stücke! Ist das echter Bauhausstil?«

Mit stolzer Miene trat Kirsten Walderbeck neben sie. »Echter könnte es gar nicht sein. Meine Großmutter Elise hat die Keramiken als junges Mädchen in der Töpferwerkstatt in Dornburg angefertigt. Sie begann dort 1920 als eine der ersten Bauhaus-Frauen ihre Ausbildung und setzte das Studium 1925, als die Nazis die Bauhäusler aus der Stadt vertrieben, in Dessau fort. Dort baute Walter Gropius in knapp einem Jahr die Bauhaus-Schule. Damals eine aufsehenerregende Architektur, und bis heute erscheint mir das Gebäude unglaublich modern.«

Norma ließ den Blick über die Keramik schweifen. Die weichen Formen, die tiefen, leuchtenden Farben! Wie erfüllend muss es sein, so vollkommene Dinge zu erschaffen? »Mir ist bekannt, dass das Bauhaus auch in Dessau nicht lange bleiben durfte. 1932 machten die Nationalsozialisten die Schule auch dort dicht. Was sprach 1925 für Dessau?«

»Nun, viele Städte bewarben sich als Standort für das neue Bauhaus«, erläuterte Kirsten Walderbeck. »Aufgeschlossene Städte, in denen die NSDAP noch nicht das Kommando übernommen hatte. Das Bauhaus vereinte viele Künste in sich: Weberei, Töpferei, Fotografie, Möbelbau, Malerei und schließlich, vor allem später in Dessau, die Architektur. Wie in einer mittelalterlichen Bauhütte, einem Werkstattverband, wollte man die Handwerke zusammenbringen und mit der Kunst verbinden.«

»Aber warum Dessau?«, brachte Norma ihre Frage in Erinnerung.

»Die Stadt hatte wohl das überzeugendste Angebot: freie Flächen für die Schule und die Meisterhäuser sowie die Option, neue Siedlungen für die Arbeiter zu bauen. Sie müssen bedenken, Dessau war damals eine aufstrebende Industriestadt. Dort hatten sich die Junkerswerke angesiedelt, und das Bauhaus arbeitete daran, das Kunsthandwerk zur industriellen Produktion weiterzuentwickeln. Innovativer ging es kaum.« Kirsten Walderbeck deutete auf die Ausstellungsstücke in der Vitrine. »Es ist ein Wunder, dass Elises schönste Stücke zwei Weltkriege heil überstanden haben. Was Sie hier sehen, ist längst nicht alles.« Ein Großteil des Werks ihrer Großmutter würde im neuen Bauhaus-Museum gezeigt, fügte sie mit hörbarem Stolz hinzu.

Das Zimmer lag am Ende des Flurs, ein kleiner Raum, sparsam eingerichtet, aber ansprechend dekoriert. Norma warf einen Blick in das praktische Bad und schaute aus dem Fenster in einen blühenden Rosengarten. Zwischen zwei Obstbäumen baumelte eine Hängematte, und auf dem Rasenstück warteten Liegestühle auf pflastermüde Touristen. Im hinteren Bereich erkannte sie eine von Blauregen überwucherte Pergola. Ringsum von hohen Mauern abgeschirmt, wirkte der Garten wie eine einladende Oase der Ruhe. Norma dürfe sich jederzeit dort aufhalten, bot die Pensionswirtin an. Außerdem sei der Frühstücksraum zugleich der Aufenthaltsraum für die Gäste, die sich in der Bibliothek bedienen dürften. Norma fühlte sich sofort wohl und bedankte sich für die Freundlichkeit.

»Und Ihr Gepäck?«, fragte die Wirtin freundlich.

»Ist noch am Bahnhof. Ich habe es deponiert, weil mein Freund …«

Irgendetwas in Normas Gesicht ließ die Wirtin aufmerken. »Gibt es ein Problem? Sie sind ja ganz blass!«

»Mein Freund ist weg. Wie spurlos verschwunden.«

Mutlos sank Norma auf das Bett ihres Pensionszimmers nieder. Nun war ausgesprochen, was sie sich bis zu diesem Augenblick in aller Konsequenz zu denken verboten hatte. Erlebte sie ein grausames Déjà-vu? Vor Jahren hatte sie eine ähnliche Situation durchstehen müssen, als Arthur nach einem Streit aus ihrem Wagen ausgestiegen und von einer Sekunde auf die andere ins Dunkel der Nacht abgetaucht war. Kurz zuvor hatte Norma der gemeinsamen Wohnung in der Taunusstraße den Rücken gekehrt und war nach Biebrich gezogen. Arthurs Verschwinden war mit quälenden Tagen voll Ungewissheit und Verdächtigungen einhergegangen, und nach seinem Tod war sie an ihren Selbstvorwürfen beinahe verzweifelt. Es hatte lange Zeit gebraucht, bis sie den Mut für eine neue Liebe hatte fassen können: für die Liebe zu Timon, bei dem seine Scheidung ebenfalls Wunden hinterlassen hatte. Als Wissenschaftler, der sich nicht von vorgefassten Meinungen leiten ließ und sich eine kindliche Erkundungsfreude bewahrt hatte, war er ein ganz anderer Charakter als Arthur, der Kunsthistoriker. Arthur mit seinen hohen Ansprüchen an sich selbst hatte darunter gelitten, nicht als Kurator eines berühmten Museums wirken zu dürfen, sondern ein Leben als – wenn auch sehr anerkannter – Kunst- und Antiquitätenhändler in Wiesbaden zu führen. Sollte die einzige Gemeinsamkeit dieser beiden gegensätzlichen Männer darin bestehen, sich unvorhergesehen aus Normas Leben davonzustehlen?

Mit der zutreffenden Diagnose nach einem prüfenden Blick, Norma habe einen starken Kaffee nötig, lud Kirsten Walderbeck sie auf die Terrasse ein. Norma zählte sich nicht zu jenen offenherzigen Menschen, die vor einem Fremden ihre Sorgen ausbreitete. Aber es tat gut zu reden, und die

Pensionswirtin erschien ihr so gescheit und warmherzig, dass sie sich ihr spontan anvertraute, nachdem sie in den geräumigen Korbsesseln Platz genommen hatten.

»Wenn sein Handy kaputt ist, wie Sie vermuten«, überlegte Kirsten laut, »wie sollte er Sie erreichen? Ich kenne niemanden, der Mobilnummern auswendig weiß.«

Norma nahm einen Schluck vom Kaffee, den sie mit Milch verdünnt hatte und der trotz der Hitze belebend wirkte. »Timon ist ein Zahlengenie, er merkt sich viele Nummern beim Einspeichern. Falls er meine Mobilnummer tatsächlich vergessen hat, muss er nur meine Festnetznummer in Wiesbaden anrufen, die man ganz altmodisch über die Auskunft erfragen oder problemlos im Internet finden kann. Alle Anrufe werden auf mein Handy weitergeleitet. Irgendein Telefon wird sich in Weimar wohl auftreiben lassen!« Wütend starrte sie auf das angrenzende Rosenbeet. Momentan führte der Zorn das Kommando im Gefühlschaos.

»Hatten Sie eine Meinungsverschiedenheit?«, fragte Kirsten sachte.

»Bisher nicht«, knurrte Norma. »Wenn er auftaucht, kann er sich auf einen Streit gefasst machen, der sich gewaschen hat!«

8

Kirsten bot ihr eins der Tourenräder an, die für Gäste bereitstanden. Mit dem Treten der Pedale ließ Normas Groll auf Timon nach. Über ruhige Nebenstraßen erreichte sie den Bahnhof, holte die Reisetasche aus dem Schließfach und klemmte sie auf dem Gepäckträger fest. Ihren Tagesrucksack nahm sie auf den Rücken. Zurück ging es leicht bergab, sie genoss den Fahrtwind im Gesicht. Anstatt in die Innenstadt zu radeln, bog sie hinter dem Deutschen Nationaltheater nach rechts ab und erreichte mit einem Schlenker um den eckigen Turm der Herz-Jesu-Kirche das Haus, in dem Fritz Frywaldts Wohnung lag. Wie schon am Vormittag stand die Haustür weit offen. Norma kettete das Rad am Metallzaun fest. Die Reisetasche ließ sie im unteren Hausflur im Vertrauen darauf stehen, dass sich niemand damit davonmachen würde.

Eine Etage höher wurde ihr von einer Frau geöffnet, die sich zuvorkommend als Felicitas Nurkowski vorstellte. Die Winzerin aus Rüdesheim. »Sie müssen Norma Tann sein, Timons Lebensgefährtin! Meine Schwester hat mir von Ihrem Besuch heute Vormittag erzählt. Bedaure, dass wir Ihnen nicht helfen können. Timon hat sich nicht mehr gemeldet, seit er gestern Morgen das Haus verlassen hat.«

»Wann ist er aufgebrochen?«

Felicitas Nurkowski neigte nachdenklich den Kopf. Sie gab sich deutlich entspannter als ihre kratzbürstige Schwester und wirkte bodenständig und pragmatisch. »Es mag gegen 10 Uhr gewesen sein. Die halbe Nacht hat er sich mit den Sachen im Kinderschrank beschäftigt. Bei dem Gerum-

pel und Geraschel habe ich nebenan versucht zu schlafen.«
Missbilligend runzelte sie die Stirn und wurde ihrer Schwester schlagartig doch ähnlich.

»Was ist das Besondere an diesem Schrank?«, fragte Norma verwundert. »Wieso hat Ihr Vater ein Kindermöbel besessen?«

Mit einer abwertenden Geste erklärte die Tochter: »Aus reiner Sentimentalität. Mein Großvater hatte den Schrank in den 1920er-Jahren in Weimar gekauft. 1930 wurde mein Vater geboren. Der Schrank kam vor dem Zweiten Weltkrieg mit nach Wiesbaden und 60 Jahre später wieder zurück nach Weimar, als meine Eltern hierher umsiedelten.«

»Also war es auch Ihr Kinderschrank?«, vermutete Norma.

»Ganz und gar nicht! Meine Schwester und ich wollten so alten Krempel nicht haben. Das Ding stand in Vaters Arbeitszimmer, solange ich denken kann. Manche der Bücher darin stammen noch von meinem Großvater persönlich. Albin Frywaldt! Der Name sagt Ihnen etwas?«

»Aber ja, ich lese gerade die Neuausgabe vom ›Drachenfest‹. Timon hat sie mir geschenkt.«

»Ach, tatsächlich?«, entgegnete Felicitas verblüfft, als habe sie weder Timon das Geschenk noch Norma das Interesse daran zugetraut. Bevor er ging, habe Timon telefoniert, fiel ihr ein.

»Mit dem eigenen Handy?«, fragte Norma schnell.

Die Winzerin stutzte. »Warum nicht?«

»Weil ich ihn telefonisch nicht erreichen kann. Am Samstagmorgen hat das Handy also noch funktioniert. Jetzt bekomme ich keine Verbindung.«

Die Winzerin schenkte Norma ein zutrauliches Lächeln. »Sie auch nicht? Beate ist überzeugt, er ließe sie abblitzen und ignoriere ihre Anrufe. Sie will die Wohnung endlich geräumt haben, und der Kinderschrank ist im Weg.«

»Wird sie das Möbel tatsächlich in den Sperrmüll geben?«, hakte Norma besorgt nach.

»Hat sie das gesagt? Zuzutrauen ist es ihr.« Felicitas Nurkowski stieß ein resigniert klingendes Seufzen aus. Offenbar hatte sie es mit der Schwester nicht leicht.

Norma fragte wieder nach dem Anruf. »Wissen Sie noch, zu welcher Uhrzeit Timon telefoniert hat?«

»Wie ich schon sagte, gegen 10 Uhr hat er das Haus verlassen. Das Telefonat war kurz vorher.«

»Konnten Sie hören, mit wem er gesprochen hat?«

Ein empörter Augenaufschlag. »Denke Sie, ich lausche?«

Jetzt war es an Norma, zu seufzen. »Natürlich will ich Ihnen nichts unterstellen, aber man bekommt manchmal unfreiwillig etwas mit. Einen Namen möglicherweise? Bitte erinnern Sie sich!«

»Ein Name? Hm ... Ich war im Nebenzimmer, als er telefonierte.« Felicitas Nurkowski legte den Kopf nachdenklich schief. Als Norma die Hoffnung aufgeben wollte, sagte sie: »Jetzt fällt es mir ein. Ein Name! Ein Name und eine Verabredung.«

»Ja, und?«, fragte Norma ungeduldig.

»10:30 Uhr. Henner oder Henning oder ... nein, Hennies. Ja, Hennies!«, bekräftigte Felicitas mit zufriedener Miene. »›Also um 10:30 Uhr bei Ihnen, Herr Hennies.‹ Den letzten Satz habe ich mit angehört, als ich ins Zimmer kam. Ich wollte etwas holen. Ach, und der Computer lief!«

»Welcher Computer? Der Ihres Vaters?«

Felicitas nickte zustimmend. »Timon kennt das Passwort. Wenn er zu Besuch war, hat er viel für Vater am Computer erledigt. Die Korrespondenz mit der Krankenkasse und so weiter. Oh, und der Scanner war eingeschaltet. Mein Vater hat manchmal Bücher und Fotos kopiert und dafür einen Flachbettscanner benutzt.«

Wofür mochte Timon das Gerät verwendet haben?, überlegte Norma und fragte: »Hat Timon vielleicht eine Buchseite gescannt?«

»Keine Ahnung«, sagte sie bedauernd. »Ich habe nicht darauf geachtet.«

Aus einem Zimmer schallte eine nörgelnde Frauenstimme heraus. »Wo bleibst du, Feli? Muss ich Vaters Kleiderschrank allein ausräumen?«

»Komme gleich!«, flötete die Schwester.

»Eine Frage noch«, bat Norma. »Was hatte Timon dabei, als er aus dem Haus ging?«

»Einen Rucksack. Sah ziemlich ramponiert aus, wenn Sie mir die Bemerkung erlauben.«

Sein geliebter Rucksack also, mit dem er auch in Wiesbaden ständig unterwegs war. »Und das übrige Gepäck? Er war mit einer Reisetasche losgefahren.«

»Die Tasche hat er im Gästezimmer zurückgelassen. Beate ist sauer deswegen.«

Normas Herz machte einen Sprung, das Blut schien ihr für einen Moment in die Knie zu sacken. Wieso hatte er das Gepäck nicht längst abgeholt? Wo hatte er die vergangene Nacht verbracht? Ohne seine Sachen? »Darf ich die Tasche mitnehmen?«

»Warten Sie!« Felicitas ließ Norma stehen und kehrte gleich darauf mit einer dunkelgrünen Tasche aus Jute zurück.

Beate kam ihrer Schwester nach und giftete laut über den Flur: »Sorgen Sie dafür, dass Timons Zeug von hier verschwindet!«

»Dürfte ich einen Blick in den Kinderschrank werfen?«, bat Norma. »Vielleicht findet sich darin ein Hinweis …«

Beate ließ sie nicht ausreden. »Geht das nicht in Ihren Kopf?«, keifte sie. »Sie sollen uns in Ruhe lassen. Verschwinden Sie!«

Mit sanftem Druck schob Felicitas Norma vom Eingang fort. »Gehen Sie besser! Meine Schwester ist mit den Nerven am Ende. Der Tod unseres Vaters hat sie sehr mitgenommen.«

Wenn das Trauer war …? Norma schluckte eine Bemerkung herunter. Immerhin gelang es ihr noch, Felicitas eine Visitenkarte mit der Bitte zuzustecken, sich zu melden, falls Timon sich blicken ließ oder sie etwas von ihm hörte.

Mit weichen Knien erreichte sie den unteren Hausflur und riss den Reißverschluss der Reisetasche auf. Eilig durchstöberte sie den Inhalt. Eine Jeans, Hemden, Shirts, sein Lieblingspulli, den sie für ihn ausgesucht hatte: alles so vertraut und nun erschreckend. Mit zitternden Fingern schloss sie die Tasche wieder.

Verdammt, Timon! Wo bist du? Die Angst hatte sie gepackt.

9

Wie bin ich erschrocken! Die Kollegen der Tagblatt-Redaktion haben über meine angeblich bevorstehende Verlobung mit Lucia Schulz getuschelt. Dass man auf diese Idee kommt, darf mich nicht verwundern, da Lucia und ich tagtäglich die Köpfe zusammenstecken. Sie ist blitzgescheit, verfasst Gedichte! Ich wünsche ihr von Herzen, dass sie in Zukunft mehr Artikel für die Redaktion schreiben darf. Rezensionen der Aufführungen der Wiesbadener Bühnen: Das ist ihr ein großes Anliegen! Eine erste solche hat das Tagblatt veröffentlicht. Mit großer Sehnsucht spricht Lucia über Prag, wo sie Kunstgeschichte und Philosophie studierte, und von ihrem Vater, der dort als Rechtsanwalt niedergelassen und mit unserem Verleger bekannt ist. Auf diese Weise ist Lucia nach Wiesbaden geraten, was mich unbändig glücklich macht. Doch sosehr ich Lucia mag, diese gute Kameradin. Von Liebe ist keine Rede, umso mehr von Freundschaft. Und Lucia? Wünscht sie sich mehr?

10

Eine zweite schwere Tasche passte nicht auf den Gepäckträger. Norma zog ihre Griffe über den Lenker, verzichtete auf ein wackliges Experiment und beschloss, das Rad bis zur Pension Elise zu schieben. In ihrem Kopf überschlugen sich die Gedanken. Warum hatte Timon das Gepäck nicht abgeholt?

Zum Glück hatte sie wenigstens einen bekommen, dem sie sofort nachgehen konnte. Im Schatten des Portals der katholischen Kirche legte sie einen Stopp ein, rief über ihr Smartphone das Internet auf und suchte im Bereich Weimar nach dem Namen »Hennies«. Tatsächlich gab es eine Kunsthandlung Hennies in der Windischenstraße. Auf deren Website wurde ein Oskar Hennies als Geschäftsführer und »freier Kunstsachverständiger« aufgeführt. Sein Fachgebiet waren Gemälde des frühen 20. Jahrhunderts. Warum hätte sich Timon mit einem Experten für die Künstler des Blauen Reiters und anderen Expressionisten verabreden sollen? Einen echten Feininger oder Kandinsky wird sein Großonkel wohl kaum in dem Kinderschrank aufbewahrt haben. Unter der Geschäftsnummer teilte eine höfliche Männerstimme ihr mit, dass der Anruf außerhalb der Öffnungszeiten einginge. Kein Wunder an einem Sonntagnachmittag! Sie hinterließ eine Nachricht auf der Mailbox einer Mobilnummer, die für Notfälle angegeben war, und bat dringend um Rückruf.

Dort vorbeischauen könnte sie trotzdem. Die Windischenstraße lag in der Fußgängerzone der Altstadt und führte auf den Markplatz zu. Beim Aufsuchen der Hotels war sie dem Sträßchen mit den netten Läden ein Stück gefolgt. Bevor sie nun der Kunsthandlung Hennies einen Besuch abstattete, wollte sie allerdings die Taschen loswerden. Bei der Pension angekommen, stellte sie das Rad im Garten ab und nahm den Hintereingang ins Haus. Von Kirsten oder Gästen war nichts zu hören oder zu sehen. Norma duschte und zog sich ein frisches Shirt an. Dann schaute sie noch einmal genauer als bei der ersten flüchtigen Inspektion Timons Gepäck durch. Zwischen der Kleidung befand sich ein Flyer über die Weimarer Parkhöhle. Achtlos schob Norma das Faltblatt in eine Seitentasche. Sie war auf den Waschbeutel mit Rasierapparat, Zahnbürste, Zahnpasta, Duschgel und Timons favorisiertem Shampoo gestoßen. Mit einem dicken Kloß im Hals machte sie sich erneut auf den Weg.

Vor dem Goethehaus warteten Pferdekutschen auf Kundschaft für die Stadtrundfahrten. Die Straßencafés auf dem Frauenplan und in der Schillerstraße waren gut besetzt. Flanierende gönnten sich einen späten Kaffee oder das erste Bier, den ersten Wein. Aus einer Pizzeria zog der Duft von Tomatensoße und Oregano ins Freie, und Kellner mit langen roten Schürzen servierten Aperol Spritz. Norma eilte voran und schlängelte sich zwischen den schlendernden Passanten hindurch. Dabei verpasste sie eine Abzweigung und marschierte geradeaus weiter, bis sie vor dem Wohnhaus Friedrich Schillers stand, über das sie sich in der Vorbereitung der Reise informiert und auf dessen Besichtigung sie sich gefreut hatte. Doch in der Sorge um Timon war ihr nicht nach dem Touristenprogramm. Über eine Gasse gelangte sie schließlich in die gesuchte Straße. Die

Geschäftsräume der Kunsthandlung Hennies lagen im Erdgeschoss eines historischen Hauses. Drei flache Stufen führten zur Eingangstür hinauf, die wie zu erwarten verschlossen war. Am Türrahmen und an den Fenstern bemerkte Norma Bestandteile einer Alarmanlage. Sie spähte durch die Schaufensterscheibe. An den Innenwänden des Verkaufsraums hingen abstrakte Gemälde und großformatige Schwarz-Weiß-Fotografien. Mittendrin entdeckte sie zu ihrer Verblüffung ein Rennrad mit altmodischer Schaltung, als wollte der Ladenbesitzer es wie ein Kunstwerk zur Schau stellen. In einer vorderen Nische waren zwei kubistische Bilder ausgestellt. Ein dazugehöriges Plakat nannte den Namen des Künstlers, ein Russe, der ihr dank Arthur sogar etwas sagte. Während ihrer kurzen Ehe hatte sie Arthur oft in Museen oder zu Ausstellungen begleitet.

In ihrem Rücken erklang das rhythmische Klappern eisenbeschlagener Hufe auf hartem Pflaster. Als Norma sich umwandte, sah sie zwei stattliche Rappen, die im Schritttempo eine offene Kutsche durch die schmale Straße zogen. Die Frau auf dem Kutschbock nickte ihr im Vorüberfahren beiläufig zu, doch das junge verliebte Paar auf der Rückbank schien nur Augen für sich selbst zu haben. Eine zarte Note von Stallgeruch mit sich nehmend rollte die Kutsche weiter. Norma trat rückwärts auf die Gasse hinaus, um das Haus genauer in Augenschein zu nehmen. Über dem Sims, der sich zwischen beiden Stockwerken erstreckte, verlief in verblassten Großbuchstaben der Schriftzug »Photoatelier A. P. Hennies gegründet 1892«. Ein Familienunternehmen mit langer Tradition offensichtlich. Ob sich hier damals die Größen des Bauhauses hatten ablichten lassen? Berühmte Maler wie Wassily Kandinsky, Paul Klee und Lyonel Feininger? Im Obergeschoss schienen sich Wohnräume zu befinden; jedenfalls sahen die zugezogenen Gardinen danach aus. Normas Blick wanderte wieder herunter. Dabei fiel ihr neben dem linken Schaufenster eine zweite Tür auf, eine braune Holztür mit zwei Klingeln: eine für den Laden, eine für »O. Hennies«. Sie drückte auf beide Knöpfe und horchte, aber drinnen blieb es still. Neugierig lugte sie durch das Fensterchen im Türblatt und erkannte im Zwielicht dahinter einen langen Flur mit einer Treppe und mehreren Türen, von denen eine geöffnet war. Was sie auf deren Schwelle erspähte, ließ sie innehalten: Da waren Herrenschuhe, glänzende, dunkle Halbschuhe. Stutzig machte sie der Umstand, dass das Paar eben nicht mit den Sohlen auf dem Boden stand, als hätte der Besitzer es vorsorglich für die nächste Geschäftswoche bereitgestellt. Stattdessen ruhten die Schuhe nebeneinander auf dem Rücken. Die Spitzen waren jeweils in einem Winkel von 45 Grad nach außen gekippt. In den Schuhen steckten dunkle Socken und in den Socken … Im Raum dahinter lag jemand auf dem Boden. Und dieser Jemand verharrte in beunruhigender Bewegungslosigkeit, denn er reagierte nicht auf ihr heftiges Klopfen. Norma rief. Läutete Sturm. Die Schuhe veränderten ihre Position nicht.

»Wo brennt es?«

Eine helle Stimme ließ Norma herumfahren und in das hübsche Gesicht einer jungen Frau mit einer dunkelgerahmten Hornbrille blicken. Das braune Haar war zu einem voluminösen Pferdeschwanz zusammengerafft.

»Wollen Sie zu Oskar Hennies? Er müsste zu Hause sein«, vermutete die Unbekannte unbekümmert.

»Was macht Sie so sicher?«

»Dass er auf mich wartet! Sonntagnachmittags helfe ich ihm bei der Büroarbeit«, erklärte die Frau mit offenem

Lächeln. »Oskar weiß alles über Kandinsky und Co. Aber Briefe und Rechnungen sind ihm ein Graus.«

»Sind Sie seine Tochter?«

»Oskar hat keine Familie. Ich war Praktikantin und Aushilfe und bin jetzt Assistentin und Freundin. Aber nicht, wie man denken könnte! Er ist 30 Jahre älter als ich«, stellte sie unverblümt klar und musterte Norma kritisch. In die freundliche Miene hatte sich Misstrauen eingeschlichen. »Was wollen Sie von ihm? So wie Sie an die Tür getrommelt haben, muss es wichtig sein.«

»Besitzen Sie einen Schlüssel?«

Der Argwohn verstärkte sich. »Schon, aber ich darf niemanden hineinlassen. Sicherheitsregeln, verstehen Sie? Da drin sind wertvolle Kunstwerke und …«

»Das ist ein Notfall!«, fiel Norma ihr ins Wort und nannte ihren Namen. »Vertrauen Sie mir! Ich war früher bei der Polizei, heute bin ich Privatdetektivin.«

»Wieso ein Notfall?« Der Blick durch die Brillengläser wirkte misstrauisch. »Was ist hier los?«

Eindringlich sagte Norma: »Ich fürchte, Oskar Hennies ist etwas zugestoßen. Sehen Sie selbst!«

Sichtlich beunruhigt trat Hennies' Assistentin dichter heran und spähte zwischen den Händen hindurch in den Flur hinein. »Wieso steht die Tür zum Laden offen? Das darf gar nicht sein. Seine Schuhe, um Himmels willen! Oskar! Oskar!« In Panik schlug sie gegen die Glasscheibe.

»Wie heißen Sie?«, fragte Norma schnell.

»Meika … Meika … Striewe!«

»Schließen Sie auf, Meika!«, verlangte Norma nachdrücklich.

Mit zittrigen Fingern wühlte Meika in ihrer Handtasche und fischte endlich einen Schlüsselbund heraus, den sie in der Aufregung fallen ließ. Norma bückte sich danach, probierte die Schlüssel auf gut Glück, bis einer passte, und stieß die Tür auf. Sie ging voraus. Der Mann, der zu den gewienerten Schnürschuhen einen dunklen Anzug trug, war rücklings hinter den Ladentresen gestürzt. Es erübrigte sich, seinen Puls zu fühlen. Die zur Stuckdecke gerichteten leeren Augen ließen ebenso wenig Zweifel an seinem Zustand wie das kleine, dunkle Loch in der Stirn. Der Mann war tot und, wie es auf den ersten Blick aussah, ums Leben gebracht durch einen einzigen präzisen Kopfschuss.

Norma spürte, wie sich ihre feinen Härchen aufstellten wie bei einem in die Enge getriebenen Tier. Zwei Morde innerhalb von zwei Tagen! Nach einem Zufall sah das nicht aus.

»Oskar«, hauchte Meika neben ihr tonlos. »Oskar!«

Ihr Gesicht war weiß wie die gerahmten Leinwände, die neben dem Tresen für die Kundschaft bereitstanden.

Norma griff Meika sanft an den Schultern, schob sie in den Flur zurück und nötigte sie, sich auf die Treppe zu setzen. »Sie bleiben hier und rühren sich nicht von der Stelle!«

Der Beamte in der Notrufzentrale schien wie elektrisiert, was Norma nicht wunderte. »Ein Toter? Erschossen? Rühren Sie nichts an. Die Kollegen werden gleich vor Ort sein.«

Während sie auf die Polizei warteten, kümmerte Norma sich um Meika, die wie befohlen im Hausflur auf den Stufen kauerte und verstört in ein Taschentuch weinte.

Mit einem Mal straffte sich die junge Frau und nahm ein Handy aus der Handtasche, das sie Norma in die Hand drückte. »Bitte, könnten Sie ein Foto machen?«

»Von Oskar?«, fragte Norma perplex.

»Bitte! Ich brauche ein Bild«, flehte Meika. Als ihr Vater gestorben war, hätte man sie nicht zu ihm gelassen, stammelte sie, und sie, noch ein Kind, hätte jahrelang vermutet, sie wäre belogen worden und er würde noch leben, irgendwo. »Ich muss etwas haben, an das ich mich halten kann. Einen Beweis, dass er tot ist. Bitte!«

»Verstehe!«

Norma erhob sich und richtete das Mobiltelefon auf den Toten, dessen gepflegtes Gesicht sich auf dem Display abbildete und in dem die Verblüffung über den Angriff festgehalten schien. Hatte er seinem Mörder arglos gegenübergestanden? Sie nutzte die Gelegenheit, sich noch einmal aufmerksam umzuschauen. Tatorte zu erfassen und zu analysieren war jahrelang ihr Alltag gewesen. In dem Ladenraum sprach nichts für einen Überfall. Bis auf den Toten mit dem Loch im Kopf schien alles seine Ordnung zu haben.

Draußen wurden Sirenen laut. Schon flackerte Blaulicht durch das Schaufenster herein. Normas Blick schweifte über den Verkaufstresen. Auf der Ablage herrschte eine akribische Ordnung: sorgfältig ausgerichtete Reihen gewichtiger Ausstellungskataloge, ein Stapel Visitenkarten, die das Emblem der Kunsthandlung trugen, sowie ein Lederbecher, der elegante Kugelschreiber bereithielt. Daneben lag eine Umgebungskarte von Weimar. Was an sich nicht bemerkenswert gewesen wäre, hätten sich auf dem Titelblatt keine Notizen befunden. In einer Handschrift, die Norma bestens vertraut war. Timon hatte diese Liste geschrieben. Es war unverkennbar die Karte, die er in Biebrich auf dem Küchentisch ausgebreitet hatte.

11

Das Hennarot der Frisur, die das Koboldgesicht wie ein Helm umschloss, biss sich mit dem Karminrot der Bluse, deren fließender Stoff den untersetzten, kompakten Frauenkörper umwallte. Energiegeladen wie die Farben zeigte sich auch Hauptkommissarin Heidrun Rosenblatt, die angesichts ihres Alters eine lange Reihe von Berufsjahren hinter sich haben musste und ohne Umschweife zur Sache kam.

»Haben Sie den Laden betreten? Etwas berührt oder entwendet, Frau … äh?« Ein Blatt Papier, auf dem ein aufgeregter junger Mann zuvor Normas Personalien notiert hatte, half ihr auf die Sprünge. »Frau Tann! Gleich kommt die Spurensicherung, und Sie wollen bestimmt nicht, dass unsere Experten falsche Schlüsse über Ihre Person ziehen?«

Norma war an einer schnellen Klärung gelegen. »Ich weiß, wie ich mich an einem Tatort zu verhalten habe. Ich war Kollegin und gehörte zur Wiesbadener Mordkommission. Jetzt bin ich Privatdetektivin. Mein Freund Timon Frywaldt …«

»Ex-Kollegin und Privatdetektivin?« Mit skeptischem Stirnrunzeln war ihr die Kommissarin ins Wort gefallen und wandte sich an den jungen Kollegen. »Überprüfen Sie das!«

Er warf einen neugierigen Blick in den Ladenraum, dessen Eingang von einem stämmigen Uniformierten abgeschirmt wurde. Das Mordopfer war bisher nur von der Hauptkommissarin persönlich genauer in Augenschein genommen worden. Dem Polizisten war anzusehen, wie sehr er darauf brannte, den Tatort zu inspizieren.

»Jetzt gleich?«, fragte er unwillig.

»Neeeiiin«, schnurrte die Rosenblatt. »Ich habe keine Eile, Sie Schlauberger.«

Zögerlich machte er sich davon und stapfte nach draußen, vorbei an Meika, die mit hängendem Kopf und einem durchweichten Taschentuch in den Fäusten wie verloren noch immer auf der Treppe hockte.

Kommissarin Rosenblatt schaute zur Stuckdecke auf und verdrehte die Augen. »Devid mit ›e‹ und Smidt ohne ›ch‹. Den Namen sollte man sich merken! Wenn es nach ihm ginge, wird er mindestens Polizeipräsident. Will immer gleich das große Ganze, die ehrgeizige Nachwuchskraft. Nun zu Ihnen, Frau Tann!«

In wenigen Sätzen fasste Norma zusammen, wie sie den Toten entdeckt hatte. »Ich habe mich kurz hinter dem Tresen aufgehalten, ihn aber nicht angefasst. Auf dem Tresen liegt eine Umgebungskarte von Weimar …«

»Stopp! Eins nach dem anderen. Was hat Sie hierhergeführt?«

Norma holte tief Luft. »Darauf wollte ich gerade kommen. Mein Freund hat mich heute Vormittag nicht wie versprochen vom Bahnhof abgeholt. Seine Verwandte meinte, er habe sich für gestern um 10:30 Uhr mit Oskar Hennies verabredet.«

»Hat das Treffen stattgefunden?«, fragte die Kommissarin mit wachem Blick.

»Keine Ahnung, ich kann Timon nicht erreichen. Aber eins ist klar: Die Karte auf dem Tresen gehört ihm. Mehr weiß ich darüber nicht.«

»Timon also. Und weiter?«

»Dr. Timon Frywaldt, Mediziner, Biologe und unter anderem Spezialist für die Auswertung von Tatortspuren beim Hessischen LKA in Wiesbaden«, beschrieb Norma seinen

Arbeitsbereich. »Bei Tötungsdelikten und unklaren Todes-
fällen arbeitet Timon eng mit der Rechtsmedizin in Frankfurt zusammen und ist auch für Obduktionen zuständig.«

Ihr Puls beschleunigte sich wie beim Spurt auf einer
Joggingrunde. War Timon womöglich Zeuge des Mordes
geworden und dem Täter in die Arme gelaufen? Sie verbot
sich, diesen Faden weiterzuspinnen.

»Landeskriminalamt? Tatortexperte? Obduktionen?«,
wiederholte Kommissarin Rosenblatt ungläubig. »Wollen
Sie mir einen Bären aufbinden?«

Bevor Norma sich weiter erklären konnte, kehrte der
junge Kollege zurück und verkündete, das Polizeipräsidium Westhessen in Wiesbaden habe Norma Tanns Identität als frühere Mitarbeiterin und nun freiberuflich tätige
Privatdetektivin bestätigt.

»Okay, okay«, knurrte die Kommissarin. »Checken Sie
die Personalien von Dr. Timon Frywaldt. LKA Hessen.
Sofort!«

Gehorsam eilte Devid Smidt davon.

Heidrun Rosenblatt musterte Norma forschend. »Was
führt Sie und Ihren LKA-Mann nach Weimar?«

»Timon ist am Freitag wegen seines verstorbenen Großonkels angereist. Heute Vormittag bin ich nachgekommen,
weil wir ein paar Tage Urlaub machen wollen. Ich kann
Timon nicht erreichen, und sein Gepäck hat er gestern Vormittag in der Wohnung des Großonkels zurückgelassen.«

»Raus mit der Sprache, Frau Ex-Kollegin! Sind Sie wegen
einer Ermittlung hier?«

»Ich habe keinen Auftrag«, widersprach Norma energisch. »Im Gegensatz zu dem Mörder, wie mir scheint. Oder
denken Sie nicht, dass derselbe Täter den Politiker erschossen hat?«

»Ich weiß nicht, wie das in Wiesbaden üblich ist«, entgegnete Heidrun Rosenblatt lapidar. »Die hiesige Polizei vermeidet vorschnelle Schlüsse.«

Devid Smidt kehrte zurück. Dr. Timon Frywaldt befinde sich im Urlaub, erklärte er hastig und fügte mit flatterndem Blick hinzu: »Der Mörder kennt sich im Töten aus, und Schusswaffen sind sein Ding. Hier ein aufgesetzter Schuss in die Stirn, und in der Nacht zum Samstag der tödliche Treffer in den Rücken. Wenn Sie mich fragen, jagen wir einen Profikiller. Krass!«

»Ich frage Sie aber nicht, Devid«, seufzte Heidrun Rosenblatt und verdrehte zum zweiten Mal die Augen.

12

WIESBADEN
SAMSTAG, DER 20. MAI 1916

Ich habe mir ein Herz gefasst und die Gerüchte über unsere angebliche Verlobung angesprochen. Lucias Reaktion? Ein erleichtertes Lächeln! Sie schätze mich sehr als Freund, habe aber nie mehr erwogen. Stattdessen habe sie sich Gedanken gemacht, wie sie es mir beibringen sollte: dass sie fort wolle

aus Wiesbaden und spätestens im kommenden Jahr nach
Leipzig übersiedeln möchte. Der Hyperion-Verlag habe
ihr ein Angebot gemacht. Wir werden über alle Entfernun-
gen hinweg immer Freunde bleiben, lautet unser Schwur.

13

Vier Polizeifahrzeuge blockierten die schmale Windischenstraße, und das flackernde Blaulicht erhellte immer wieder
die Fassade der Kunsthandlung Hennies. Polizisten schick-
ten allzu neugierige Passanten in die Reihen der diszipli-
nierteren Sensationslustigen zurück, die sich hinter den
Autos versammelt hatten. Abrupt verlangsamte Achim
Bergholter die Schritte. Am Rand der Menge stellte er
sich auf die Zehenspitzen und äugte über die Köpfe hinweg zum Kunstladen hinüber. Hinter den Schaufenstern
bewegten sich schemenhafte Gestalten in weißen Schutz-
anzügen wie Wesen aus einer anderen Welt. Die Ladentür war geschlossen. Vor dem offenen Nebeneingang standen Uniformierte und Personen in Zivil beieinander. Zwei

Frauen, eine kräftige Rothaarige in roter Bluse, und eine schlanke Aschblonde in Jeans und hellem Shirt, deren Haar ihr schwungvoll um den Nacken wippte, waren in eine Diskussion vertieft, während ein schlaksiger Jungspund daneben jedes ihrer Worte aufzusaugen schien.

Hinter Achim kam Bewegung in die Menge. Als er sich umdrehte, sah er den Leichenwagen, der mit zaghaftem Hupen für Aufmerksamkeit sorgte und sich im Schritttempo durch die Schar der Neugierigen hindurchmanövrierte, bis er schließlich nicht mehr weiterkam. Zwei in dunkle Hosenanzüge gekleidete Frauen stiegen aus und gingen auf den Nebeneingang zu, wo sie von der Rothaarigen in Empfang genommen wurden. Die Blonde verabschiedete sich mit einem Nicken und trat in die Gasse. Im Näherkommen erschien sie Achim ziemlich attraktiv, wenn auch für seinen Geschmack entschieden zu lässig gekleidet. Mit Rucksack und in Sportschuhen erschien sie ihm wie eine Touristin, unterwegs zu einem Stadtbummel.

»Entschuldigen Sie bitte!«, rief er, als sie auf seiner Höhe war.

Die Frau stoppte und betrachtete ihn mit verhaltenem Blick. »Ja, bitte?«

»Ich habe Sie vor dem Haus gesehen. Sind Sie von der Polizei?«

Sie verneinte mit einem Lächeln, das ihm reserviert erschien. Aufgeben wollte er trotzdem nicht.

Vielleicht könne sie ihm eine Auskunft geben, bat er höflich. »Ich wollte zu Herrn Hennies. Wissen Sie, was geschehen ist? Ist einem Kunden etwas, ähm, widerfahren?« Fragend deutete er auf den Leichenwagen.

Die Blonde schüttelte den Kopf, ein Kunde sei nicht betroffen.

»Gab es einen Überfall? Aber Oskar geht es doch trotzdem gut, oder nicht?«

Sie sah ihn durchdringend an. »Sie kennen Herrn Hennies näher?«

»Nun, ich darf sagen, dank der Kunst sind wir Freunde geworden. Was ist mit Oskar? Ich kann ihn nirgendwo entdecken!« Er reckte sich aufs Neue und spähte überdeutlich zum Haus hinüber.

»Ich muss Ihnen eine traurige Mitteilung machen«, sagte die Frau behutsam. »Oskar Hennies ist verstorben.«

Sie drängte ihn nicht und wartete schweigend auf seine Antwort.

»Wir haben uns erst neulich gesehen«, sagte er schließlich und fragte kopfschüttelnd: »Und jetzt soll Oskar tot sein?«

»Sie sind Kunstsammler?« Wieder die behutsame Stimme. Sanft und einfühlsam. Und getragen von einer inneren Kraft, wie er zu spüren meinte.

»Oskar hat mich in einer speziellen Angelegenheit beraten. Meine Familie besitzt einen Kandinsky.«

Der Name »Kandinsky« traf ins Schwarze, nicht zum ersten Mal. Hatte sich nicht plötzlich ein Schimmer über ihre hellen Augen gelegt? »Sie interessieren sich für Kunst?«, fragte er.

»Wen könnte ein echter Kandinsky unberührt lassen?«, lautete ihre Gegenfrage. »Er ist vielleicht weniger berühmt als Picasso, aber mindestens so bedeutend, wenn nicht bedeutender, was die Kunstgeschichte betrifft. Die moderne Art, abstrakt zu malen, geht auf ihn zurück, heißt es.«

War er unversehens auf eine Kunstkennerin gestoßen? »Sie scheinen sich auszukennen. Darf ich Sie zu einem Getränk einladen? Wir könnten uns über Kandinsky unterhalten.« Und über Oskar, fügte er im Stillen hinzu.

Sie schien überrascht, nahm seine Einladung aber nach kurzem Zögern an. Weil in den nahegelegenen Cafés kein freier Tisch zu entdecken war, schlug er die Einkehr im Kaffeegarten des Kirms-Krackow-Hauses vor, was allerdings einen kurzen Fußmarsch durch die Stadt erforderte. Die Fremde hatte nichts dagegen einzuwenden und hielt leichtfüßig mit ihm Schritt.

Ganz anders als Elke, sinnierte er, als sie Seite an Seite den Marktplatz überquerten, die unterwegs ununterbrochen etwas zu meckern gehabt hätte. Das Tempo zu schnell, die ihren Weg kreuzenden Touristen zu unaufmerksam, die Sonne zu stechend und der sommerliche Gegenwind zu kühl. Oder doch zu schwül? Was er auch tat: Elke fand immer und überall ein Haar in der Suppe. Allerdings, bedachte er, während sie dem kompakten Seitenschiff der Kirche Sankt Peter und Paul entgegenschritten, war es ohnehin eine Ewigkeit her, dass er gemeinsam mit Elke ein Stück zu Fuß gegangen war. Er verbrachte immer mehr Zeit in Weimar, während sie zu Hause in Wiesbaden blieb und als Grund ihre Werbeagentur vorschob, in der ohne ihre Anwesenheit nichts laufen würde. Was Unsinn war, Elke hatte gute Leute, die gelegentlich ohne die Chefin auskommen konnten. In Wahrheit war Elke bequem geworden und wollte ihre Ruhe. Vor allem Ruhe vor ihm. Was ihm, zugegeben, nicht unrecht war.

Die Frau neben ihm musterte im Vorübergehen die Bronzestatue des Theologen Herder, der mit einem Schriftstück in der Hand und in einen weiten Talar gehüllt auf hohem Sockel würdevoll vor seiner Kirche wachte.

»Ihr erster Besuch in Weimar?«, fragte er.

Sie nickte und strich sich eine helle Strähne aus der Stirn. »Und Sie? Ein echter Weimaraner?«

»Lassen Sie das besser nicht die Einheimischen hören«, entgegnete er amüsiert. »Weimaraner nennt man die Hunde, diese großen grauen Jagdhunde. Aber um Ihre Frage zu beantworten: Ich entwickle mich mehr und mehr zu einem Weimarer. Vor Kurzem habe ich sogar ein Haus gekauft, das ich zurzeit renovieren lasse. Bis es fertig ist, lebe ich in meiner Weimarer Wohnung. Meine Familie wird wohl in Wiesbaden bleiben.«

Sie stutzte sichtlich. »Da komme ich auch her!«

»Was für ein Zufall! Habe ich mich überhaupt schon vorgestellt? Achim Bergholter.«

»Norma Tann! Was tun Sie in Wiesbaden, Herr Bergholter?«

»Nichts Aufregendes, ich besitze einen Industriebetrieb. Vor einiger Zeit habe ich hier in Weimar eine Tochterfirma aufgebaut. Und was machen Sie, wenn ich fragen darf?«

Norma Tann erklärte, sie sei als Freiberuflerin unter anderem für verschiedene Versicherungen tätig, was mindestens so langweilig klang wie sein Broterwerb. »Ich erinnere mich an die Kunst- und Antiquitätenhandlung Tann in der Taunusstraße.«

Sie nickte zustimmend. »Das Geschäft hat mein Mann Arthur bis zu seinem Tod geführt. Die Kunsthandlung gibt es nicht mehr.«

»Wie bedauerlich. Mein Vater war Kunde dort, er liebt die Kunst des 20. Jahrhunderts. Aber sehen Sie, wir sind da!«

Sie passierten die Fassade eines dreistöckigen Hauses und gelangten durch eine lange Toreinfahrt in einen gepflasterten Innenhof. Rechter Hand lag die Eingangstür zu einem Museum, die sie unbeachtet ließen. Am Ende des Hofes befand sich ein Durchgang zum Garten. Auf den letzten Metern spazierte Norma Tann voraus.

14

FREITAG, DER 26. MAI 1916

Das Heer hat mich nicht vergessen. Der Tag ist da. Das Vaterland ruft. Ich werde der Pflicht gehorchen. Die Hand bleibt
heil, zum Schuss kein Mut. Abschied von Lucia genommen.

15

SONNTAG, DER 7. JULI

Im Schatten der Laube löffelte Norma Vanilleeis aus ihrem
Eiskaffee. Während sie die im Karree formierten Beete des
Biedermeiergartens betrachtete, fand sie ein wenig zur Ruhe.
Als sie aus der Kunsthandlung gekommen war, schien sich
die Welt um die eigene Achse gedreht zu haben. Norma hatte

sich ausgelaugt und wie vor den Kopf geschlagen gefühlt und im nächsten Moment angestachelt und ruhelos. Was war mit Timon geschehen? Wie konnte es sein, dass der erste Hinweis gleich zu einem Mordopfer geführt hatte? Worauf würde sie als Nächstes stoßen? Auf Timons … Leiche?

Mit dieser beängstigenden Vorstellung und völlig ratlos, wo sie nach Timon suchen sollte, hätte sie den Mann vor der Kunsthandlung am liebsten wortlos stehen gelassen. Aber eine Spur war eine Spur, und etwas Besseres als ein Passant, der den Toten gekannt hatte, war nicht in Sicht gewesen. Um jede Chance zu nutzen, war sie – der Vernunft gehorchend – seiner Einladung gefolgt und gab sich weitaus gelassener, als ihr zumute war. Sehr aufrecht saß er ihr gegenüber. Ein Schattenstreifen teilte sein kantiges, glatt rasiertes Gesicht in zwei ungleiche Hälften. Er hatte einen grauen Bürstenhaarschnitt. Wache blaugraue Augen. Etwas Militärisches, Soldatisches ging von Achim Bergholter aus, den sie auf Mitte bis Ende 40 schätzte. Ein sportlicher Typ mit muskulösen Schultern, dessen tailliertes Hemd den flachen Bauch betonte. Er nippte an einem Weizenbier, während er von seiner erfolgreichen Frau und ihrer innovativen Werbeagentur an Wiesbadens erster Adresse, der Wilhelmstraße, schwärmte und stolz von den Zwillingen, Tochter und Sohn, erzählte, die als Klassenbeste eines Schweizer Internats den Endspurt in Richtung Abitur angingen. Das Angebergeschwätz wirkte aufgesetzt.

Mit großen Schlucken leerte er das Glas und fragte, als er es absetzte, ob sie noch etwas trinken wollte. Sie bestellte eine Apfelschorle, er nahm ein zweites Bier. Das Gespräch drehte sich um Belanglosigkeiten, was ihr erlaubte, ihre Gedanken zu ordnen und zu entscheiden, wie weit sie sich diesem Fremden anvertrauen wollte. Er fragte, wo sie untergekommen sei, und sie erzählte von der Pension Elise. Erst nachdem die Bedienung die Getränke gebracht hatte, erkundigte er sich nach dem Geschehen im Laden. Norma verriet nur, dass sie den Toten entdeckt und die Polizei informiert hatte. Man gehe von Mord aus, erzählte sie, behielt aber das Loch in der Stirn und die Spekulationen über den Täter für sich. Es war Sache der Polizei, Details und Schlussfolgerungen an die Öffentlichkeit weiterzugeben.

»Ihr Mann war ebenfalls Kunsthändler«, sagte Bergholter. »Wollten Sie Oskar deswegen sprechen?«

»Nein, das war nicht der Grund«, gab sie offen zur Antwort. »Ich suche meinen Freund. Wir haben uns am Bahnhof verpasst. Ich habe keine Ahnung, in welchem Hotel Timon wohnt. Über sein Handy ist er nicht erreichbar. Gestern Vormittag wollte er sich mit Oskar Hennies treffen. Deswegen bin ich zu der Kunsthandlung gegangen.«

Bergholter winkte lässig ab. »Machen Sie sich keine Sorgen. Männer nehmen sich gern eine Auszeit. Wenn Ihr Timon eine Weile den einsamen Wolf gespielt hat, wird er wiederauftauchen.«

Hältst du das so gegenüber deiner Frau?, dachte Norma, verstimmt über seine Ignoranz und weil er ihre Sorgen nicht ernst nahm. Andererseits konnte sie ihn verstehen. Wie schnell war man geneigt, sich Urteile über eine Beziehung zu erlauben.

Ihren Ärger hinunterschluckend fragte sie nach dem Kunsthändler. »Sie kannten Oskar Hennies gut, wie Sie sagten. Hatte er Feinde? Gab es Unregelmäßigkeiten in seinen Geschäften?«

Er starrte sie entgeistert an. »Wenn Sie mit Unregelmäßigkeiten Betrug, Hehlerei, Kunstfälschungen und dergleichen kriminelle Machenschaften meinen: Das können Sie

vergessen! Oskar hatte einen untadeligen Ruf. Als Kunsthändler ebenso wie als Sachverständiger.«

»Hat er den Wert Ihres Kandinsky geschätzt? Brauch-
ten Sie seine Expertise?«

Hennies habe sich geehrt gefühlt, das Kunstwerk begutachten zu dürfen, erläuterte Bergholter mit unverhohle-
nem Stolz. Da sein Vater ein alter kränkelnder Mann sei,
habe er selbst sich um den Kontakt zu Hennies bemüht.
Aus dieser ersten Begegnung sei mit der Zeit eine Freundschaft entstanden.

»Wo lebt Ihr Vater?«

»In Wiesbaden, und dort befindet sich auch das Gemälde.«
Bergholter lehnte sich entspannt zurück und verkündete
großspurig: »Was bedeutet schon der materielle Wert? Wissen Sie, ein Meisterstück wie dieses ist im Grunde unbezahl-
bar. Als mein Großvater das Bild 1925 erstand, war Wassily
Kandinsky schon ein berühmter Maler. Mein Großvater hat
es übrigens hier in Weimar gekauft.«

»Ihr Großvater war demnach ein großer Freund der
Kunst?«

»In erster Linie war er ein Freund hoher Werte«, gestand
Bergholter mit unverblümtem Grinsen. »Er hatte auf eine loh-
nende Investition gesetzt, und so kam es. Heute beträgt der
Wert des Gemäldes ein Vielfaches des Kaufpreises. Aber das
ist ein theoretischer Betrag. Wenn mein Vater stirbt, werde ich
das Kunstwerk bekommen, es behalten und an meine Kinder vererben. Ganz wie es in unserer Familie Tradition ist.«

»Wenn ich mich richtig erinnere, wurde 2011 bei Christie's
in New York ein Kandinsky für sage und schreibe 23 Millionen Dollar versteigert. Das sind um die 18 Millionen Euro«,
bemerkte Norma trocken. »Wer sich eine solche Tradition
leisten kann ...!«

»Ein Ausnahmepreis, aber ich stimme Ihnen zu, auch unser Bild ist ein kleines Vermögen wert. Doch mir geht es wirklich nicht ums Geld, glauben Sie mir«, versicherte er treuherzig. »Ich kann nicht fassen, dass Oskar tot ist. Wer hat einen Grund, einen unbescholtenen Mann zu ermorden?«

Vielleicht lag die Lösung wie so oft im Privatleben, überlegte Norma im Stillen. Ein betrogener Ehemann, der einen Rivalen ausschalten ließ? Sie merkte, wie die Fantasie mit ihr durchging. »Ich habe gehört, er hatte keine Familie.«

»Oskar war ein Eigenbrötler und mit der Kunst verheiratet. Er wollte keine enge Beziehung und schätzte seine Unabhängigkeit. Aber er hatte viele Freunde in Deutschland und auf der ganzen Welt. Einer von ihnen war ich, und nun soll Oskar tot sein?« Mit abgewandtem Kopf schaute Bergholter zu den Beeten hinüber, als wollte er seine Empfindungen vor Norma verbergen.

Sie ließ ihm Zeit, sich zu fassen, bevor sie nach Oskars Assistentin fragte.

»Kennen Sie Meika Striewe?«

»Das Mädchen, das manchmal im Laden aushilft?«, vergewisserte er sich, den Blick wieder auf Norma gerichtet. »Oskar schätzte ihre Intelligenz und Sachkenntnis. Und er vertraute ihr die Geschäfte an, wenn er unterwegs war. Auf seinen Reisen besuchte er Museen in aller Welt und unternahm Touren mit dem Fahrrad. Als junger Mann ist er quer durch Asien geradelt, und in Thüringen kennt er nahezu jeden Waldweg.«

Noch ein Radverrückter. Die vergessene Karte! Hatte Timon sich Tipps von Oskar geholt und dann den Plan mit den Radtouren bei ihm aus Versehen liegen lassen? Ihr wurde eng um Herz. Sie sah ihn vor sich, wie er auf dem Mountainbike von der Strecke abkam, in einer tiefen steinigen Schlucht aufschlug und sich das Genick brach. Gab es überhaupt Schluchten rund um Weimar? Dies wäre auch gar nicht erforderlich. Eine einsame Landstraße würde völlig genügen. Ein Auto, das die Kontrolle verliert. Ein dumpfer Schlag. Der Fahrer gibt Gas, und ein Radfahrer stürzt in den Straßengraben, wo er bewusstlos und von nachfolgenden Vorbeikommenden unbemerkt liegen bleibt.

Schlagartig kehrte ihre Energie zurück. Jetzt wusste sie, was zu tun war!

16

WIESBADEN
DIENSTAG, DER 24. DEZEMBER 1918

Das Morden ist vorüber. Fast kann ich nicht glauben, dass ich mich zum Christfest nach Hause durchschlagen konnte. Die offenen Füße heilen ab, und die Verwundung, die ich mir in den letzten Kriegstagen an der Schulter zugezogen habe, scheint keine bösen Folgen zu haben. Mutter weint ununterbrochen, mag sich vor lauter Glückseligkeit kaum beruhigen. Johann liegt im Lazarett, das Knie! Aber er wird durchkommen, so Gott will. Vater findet keine Worte. Auch mir scheint die Sprache verloren gegangen zu sein. Wie soll

ich nach allem, was meine Augen erblicken mussten, über
· Alltäglichkeiten schreiben können? Anderthalb Jahre hat
das Tagebuch versteckt im Dachgebälk unseres Hauses aus-
geharrt, jetzt warten die leeren Seiten darauf, mit Leben
gefüllt zu werden. Nach den Feiertagen will ich zum Tagblatt gehen. Es wird sich alles fügen. Es muss.

17

WEIMAR
SONNTAG, DER 7. JULI

Als Norma den Biedermeiergarten verließ, fühlte sie sich von
Achim Bergholters forschenden Blicken verfolgt. Ihr abrup-
ter Aufbruch hatte ihn offensichtlich irritiert. Sie hastete, eine
Schar Touristen umschiffend, durch den Innenhof, erreichte
die Jakobstraße und eilte den Weg zurück; gehetzt von der
Sorge, Timon läge irgendwo verletzt in einem Straßengraben, am Fuß eines Abhangs oder verdeckt von Gebüsch, in
das ihn ein Unfall geschleudert haben mochte. Dass er mit
dem Rad verunglückt oder von einem Wagen angefahren
worden war, erschien ihr die einzige logische Erklärung für
sein Verschwinden.

In der Windischenstraße waren die Polizeiwagen abgerückt. Nur ein Polizist in Uniform war zurückgeblieben und lauerte vor der Kunsthandlung wie ein Drache vor seiner Höhle.

»Wenn Sie Journalistin sind, müssen Sie sich an die Pressestelle wenden«, gab er argwöhnisch zurück, als sie nach Kommissarin Rosenblatt fragte.

»Ich bin Zeugin, es ist wichtig! Oder hält sich Frau Rosenblatt gerade in Jena auf?«

Während des Einsatzes hatte sie mitbekommen, dass sich das Büro der Kommissarin in der dortigen Landespolizeiinspektion befand. Als wollte er nicht riskieren, möglicherweise bedeutende Details zu untergraben, erklärte der Beamte bereitwillig, die Hauptkommissarin und das Team der Mordkommission hätten ihr Quartier in der hiesigen Kriminalpolizeistation aufgeschlagen.

»Und wie finde ich dort hin?«

»Liegt hinter dem Atrium«, ließ er knapp verlauten.

Das große Einkaufszentrum also, das in der Stadt mit zahlreichen Plakaten beworben wurde. Sie bedankte sich, rief die Karte von Weimar auf dem Smartphone auf und hastete zurück zum zentralen Marktplatz, der ihr mittlerweile schon vertraut war. Die Odyssee durch die Hotels und das Gespräch mit dem freundlichen Jubilar zum Mittagsimbiss erschienen ihr weit länger zurückzuliegen als die wenigen Stunden, die seither tatsächlich vergangen waren.

Abgehetzt erreichte sie die Kriminalpolizeistation, die gemeinsam mit der Polizeiinspektion in einem renovierten klassizistischen Gebäude untergebracht war. Die Kommissarin sei in einer Teamsitzung, erklärte der diensthabende Beamte, ein entspannt wirkender Mittvierziger, der sich als Erich Wallener vorgestellt hatte. Ob er etwas für sie tun könne?

»Mein Freund ist verschwunden«, antwortete Norma aufgeregt. »Sie müssen ihn suchen.«

Jeder Erwachsene besitze das Recht, ohne Abmeldung unterzutauchen, antwortete er mit geduldiger Nachsichtigkeit. Es hatte Zeiten gegeben, da war Norma besorgten Angehörigen mit ebensolchen Beschwichtigungsformeln begegnet.

»Sie verstehen das falsch«, erklärte sie höflich, aber bestimmt. »Mein Lebensgefährte ist möglicherweise auf einer Radtour verunglückt. Ich muss dringend mit Frau Rosenblatt sprechen!«

Während er die Stirn in Falten legte und abzuwägen schien, was das kleinere Übel wäre – die Auseinandersetzung mit der nervenden Norma oder das Risiko eines Anpfiffs der resoluten Kommissarin –, wurde ihm die Entscheidung abgenommen. Die Tür zum Nebenzimmer flog auf, und eine Frau rauschte heraus: rote Haare, wogender Stoff, ein fragender Blick aus dunklen Knopfaugen.

»Wo finde ich …?« Heidrun Rosenblatt verschluckte den Rest des Satzes, als sie Norma bemerkte. »Frau Tann, ich grüße Sie! Hatten Sie inzwischen Kontakt zu Ihrem Freund?«

Erleichtert trat Norma ihr entgegen. »Timon hat sich immer noch nicht gemeldet. Aber es gibt einen neuen Hinweis. Oskar Hennies war ebenso radbegeistert wie er. Timon wird Oskar Hennies seine ausgearbeiteten Touren gezeigt und die Karte danach im Laden vergessen haben. Möglich, dass Oskar ihm noch andere Strecken empfohlen hat. Sie müssen Timon suchen lassen! Sofort! Ich befürchte, er ist auf einer Radtour verunglückt.«

»Auch das noch«, murmelte Heidrun Rosenblatt widerwillig. »Wir haben zwei Morde aufzuklären. Und jetzt noch eine Suchaktion?«

»Dann überlassen Sie mir die Karte, und ich fahre die Strecken selbst ab«, verlangte Norma energisch. »Womöglich ist er verletzt und liegt hilflos im Wald.«

»Die Karte ist ein Beweisstück, wie Sie sich denken können«, blaffte die Kommissarin und raunte dem Kollegen gespielt vertraulich zu: »Frau Tann gehörte früher zur Wiesbadener Mordkommission. Nach Jahren in diesem Beruf denkt man immer gleich an das Schlimmste.«

»Ich habe leider allen Grund dazu«, widersprach Norma.

Die Kommissarin hob beschwichtigend die Hände. »Beruhigen Sie sich, Frau Tann! Hat er ein Fahrrad mitgebracht?«

»Nein, das wollte Timon sich ausleihen«, erklärte Norma und fragte: »Wann genau wurde Hennies erschossen? Erst heute oder schon gestern?«

»Das wissen wir noch nicht genau«, bekannte die Kommissarin. »Nach der ersten Einschätzung des Rechtsmediziners allerdings eher am Samstag als heute. Dazu passt, dass die Kollegen bisher keine Zeugen auftreiben konnten, denen Hennies gestern Nachmittag noch begegnet wäre. Wenn Ihr Freund also tatsächlich um 10:30 Uhr im Laden war, könnte er ein wichtiger Zeuge sein.«

»Also suchen Sie ihn!«, bat Norma inständig.

Ihre Blicke trafen sich. In Heidrun Rosenblatts schwärzlichen Pupillen fingen sich die Strahlen der tiefstehenden Sonne, die sich in den nüchternen Büroraum hineingestohlen hatten. Mit einem Schnaufen, das alles Mögliche bedeuten konnte, wandte die Kommissarin sich um und stieß die Tür nach nebenan auf. Aus dem Nachbarraum drangen die Stimmen mehrerer Männer und Frauen. Anscheinend hatte sich dort bereits eine Sonderkommission versammelt. Heidrun Rosenblatt rief Devid Smidt heran, der misstrauisch näherschlich, als würde er sich auf die nächste langweilige Aufgabe gefasst machen.

»Genug Protokoll geführt, Devid!«, schnarrte sie. »Trauen Sie sich zu, eine Suchaktion zu leiten? Mit allem Zipp und Zapp?«

Schlagartig blühte er auf. Helle Aufregung löste die Resignation ab. Rote Flecken explodierten auf den mageren Wangen. »Sie meinen, komplette Mannschaften der Bereitschaftspolizei? Hubschrauber mit Wärmebildkamera? Suchhunde?«, fragte er strahlend.

»Alles, was das Herz begehrt«, erklärte sie mit einem Wink in Normas Richtung. »Frau Tann verlässt sich auf Sie, Devid! Als Erstes leiten Sie die Fahndung zur Aufenthaltsermittlung von Dr. Timon Frywaldt ein.«

Timon würde einen hohen Preis für die Suche zahlen müssen. Die Konsequenzen waren Norma bewusst. Eine Fahndung zur Aufenthaltsermittlung bedeutete Nachfragen bei den Kollegen im Hessischen LKA, bei der Nachbarschaft und Verwandtschaft und womöglich sogar bei der Ex-Frau, zu der er kaum Kontakt hatte. Trotzdem fiel Norma ein Stein vom Herzen.

Hochmotiviert straffte der junge Mann die Schultern und verschwand im Nebenzimmer, um sich umgehend mit der Inspektion in Jena in Verbindung zu setzen und alles Notwendige in die Wege zu leiten.

»Ich könnte in den Krankenhäusern anrufen«, bot Norma an.

»Überlassen Sie das uns«, schlug Heidrun Rosenblatt vor. »Als Privatperson bekommen Sie sowieso keine Auskunft. Eine Kollegin in Jena wird die Kliniken in der Umgebung übernehmen und außerdem die Hotels und Pensionen abtelefonieren und nachfragen, ob Frywaldt irgendwo als Gast gemeldet ist. Erich!« Mit wachem Blick wandte sie sich dem Kollegen zu. »Du kümmerst dich um den Fahrradverleih.«

»Langsam, Heidrun! Ich habe frei und wollte heute Abend …«, begann Erich Wallener, schaffte es aber nicht, seinem Einwand Gehör zu verschaffen.

Mit einem »Wunderbar, danke dir!« schnitt ihm Heidrun Rosenblatt das Wort ab. Wallener fügte sich mit einem Achselzucken, das die Kommissarin mit einem breiten Lächeln belohnte. »Zu Fuß wird Frywaldt kaum losmarschiert sein.«

»Da wäre ich mir nicht sicher«, gab Norma zu bedenken. »Er könnte gejoggt sein. Timon braucht Bewegung wie die Luft zum Atmen.«

»Es wäre hilfreich, wenn Sie weitere Hinweise für uns hätten. Ein paar Ideen, wo sich Ihr Freund aufhalten könnte? Verwandte? Ein anderer Urlaubsort? Eine Hütte, ein Ferienhaus?«

»Was glauben Sie, worüber ich die ganze Zeit grübele? Er muss hier in Weimar sein. Irgendwo in der Stadt. Ich habe keine andere Erklärung. Aber die Karte könnte mich vielleicht weiterbringen«, erklärte sie nachdrücklich.

Nach kurzem Überlegen lenkte die Kommissarin ein. »Also, in Teufels Namen, machen Sie sich Fotos davon. Erich, du hast ein Auge darauf!«

Bereitwillig holte sie das Beweisstück aus dem Nebenraum, damit Norma unter Walleners argwöhnischen Blicken die Notizen und Markierungen mit abfotografieren konnte, und verschwand erneut nach nebenan. Nachdem Norma noch ein aktuelles Bild von Timon von ihrem Handy aus an Devid Smidt geschickt hatte, verließ sie die Polizeistation in der Hoffnung, der Enthusiasmus würde die mangelnde Erfahrung des Polizisten wettmachen. Sie jedenfalls hatte getan, was sie tun konnte. Jetzt hieß es, geduldig auf eine Nachricht zu warten. Heidrun Rosenblatt hatte versprochen sich zu melden, sobald es eine erste Spur gab. Norma sehnte sich nach frischer Luft und wollte außerdem möglichst ungestört telefonieren. Zielstrebig marschierte sie zurück zur Altstadt, schlug einen Halbkreis um das Stadtschloss und erreichte nach einem kurzen Abstecher, der sie in den weitgespannten Innenhof des Schlosses führte, eine steinerne Bogenbrücke, die Fußgängern und Radfahrern vorbehalten war. Im Flüsschen darunter im Schilf treibend, schnatterte eine Schar Wildenten, und ein Teichhuhn tauchte geschäftig durch Entengrütze. Norma nahm einen engen Treppenabgang zum Ufer der Ilm und folgte einem Spazierweg ein Stück weit zu einer abseits gelegenen Bank.

Dort kramte sie ihr Telefon aus dem Rucksack. Wen von beiden sollte sie anrufen? Luigi Milano oder Dirk Wolfert? So ungleich die beiden Wiesbadener Hauptkommissare waren, so eng hielten sie zusammen; privat wie beruflich. Luigi Milano, ein waschechter Wiesbadener Bub mit italienischen Wurzeln, gab gern den polternden Haudegen – ein Eindruck, zu dem seine massige Gestalt ihren unübersehbaren Beitrag leistete. Neben Milano wirkte der magere und blässliche Dirk Wolfert – Prototyp eines Beamten, der sich hinter starken Brillengläsern versteckte – wie ein Schattenwurf. Hinter Milanos ruppigem Auftreten verbarg sich ein sensibler Kern, der sich zaghaft offenbarte, wenn er Norma gelegentlich einen Freundschaftsdienst erwies und sich dafür, sofern es der Aufklärung nützte, großzügig über Vorschriften hinwegsetzte. Kleine Rechtsbrüche, die dem gewissenhaften Dirk Wolfert allein beim Gedanken daran den Schweiß auf die Stirn trieben. Bei aller Zuneigung, die er für Norma hegte, wusste er penibel zwischen Arbeit und Freundschaft zu unterscheiden. Was im Klartext hieß: Heikle Fragen zu polizeiinternen Angelegenheiten waren bei Milano besser aufgehoben, dafür erwies sich Wolfert für gewöhnlich als der deutlich Mitfühlendere. Als sie noch Hauptkommissarin im Wiesbadener Polizeipräsidium gewesen war, hatte sie mit beiden Kollegen gut zusammengearbeitet. Die Freundschaft hatte sich nach ihrem Weggang vertieft. Mit Timon war aus dem Trio schließlich ein Quartett geworden. Gelegentlich fühlte Timon sich von Wolferts Pedanterie genervt, sah aber wohlwollend darüber hinweg. An Milano gefiel ihm dessen Talent zu beißendem Spott.

Kurz entschlossen rief sie Milanos Mobilnummer an, und zu ihrem Glück ging er gleich dran und begrüßte sie knurrig – wie nicht anders von ihm zu erwarten. Im Hintergrund war eine weitere vertraute Stimme zu hören, wie Norma dankbar zur Kenntnis nahm.

»Ist Dirk bei dir?«

»Sitzt mir gegenüber«, sagte er schnaufend, als hätte er seine Masse soeben auf einem Stuhl platziert. »Wir sind bei Ricardo.«

Also ein frühes Abendessen bei Milanos Lieblingsitaliener, der die Kommissare als Gäste zu schätzen wusste und ihnen, wenn es frei war, das ruhige Nebenzimmer überließ.

»Seid ihr im Restaurant oder separat?«

»Nur Dirk und ich. Was ist los, Norma? Du klingst angespannt. Bist du in die Gartenlaube des Dichterfürsten eingebrochen und hast dich erwischen lassen?«

Während einer Fortbildung in Weimar hatte Milano als einzige Sehenswürdigkeiten Goethes Gartenhaus besucht, das – gemessen daran, wie oft er darauf zu sprechen kam – einen bleibenden Eindruck hinterlassen haben musste.

Wobei ihm auch ein Fußmarsch durch den Ilmpark im Gedächtnis haften geblieben war. Denn nach Möglichkeit vermied Milano körperliche Anstrengung.

»Goethes Gartenhaus kann ich von meiner Bank aus sehen«, sagte Norma, »Sieht hübsch aus! Allerdings fehlt mir die Muße fürs Touriprogramm.«

Gleich darauf drang Wolferts besorgte Stimme durch die Leitung, er schien Milano das Telefon abgenommen zu haben. »Was gibt's, Norma?«

»Wie gut, dass du da bist, Dirk. Ich muss euch beide sprechen.«

Sie bat ihn, den Lautsprecher einzuschalten. Während sie berichtete, hörten ihre Freunde schweigend zu. Gefasst erzählte sie von ihrer Suche nach Timon und schilderte die Morde auf der Theatertreppe und in der Kunsthandlung. Daraufhin stellten die Männer abwechselnd knappe und präzise Fragen, für die sie gleichermaßen knappe und präzise Antworten suchte.

»Nach Timon wird also gefahndet«, fasste Milano zusammen. »Musstest du das an die ganz große Glocke hängen?« Der Vorwurf war unüberhörbar.

»Glaube mir, Luigi, leicht ist es mir nicht gefallen. Man wird in seiner Abteilung anfragen, und ich kann mir gut vorstellen, was für ein Gerede das geben wird. Aber ich habe Angst um ihn. Timon muss etwas zugestoßen sein. Ich spüre das.«

»Nichts gegen deine Gefühle, Norma. Aber Fakten wären mir lieber.«

Verstimmt über sein Misstrauen, antwortete sie brüsk: »Ich habe euch gesagt, was ich weiß. Ihr kennt Timon. Er taucht nicht einfach unter. Niemals würde er mich im Stich lassen.«

»Schon gut, du hast das Richtige getan«, ergriff Wolfert einlenkend das Wort und kam auf den Punkt: »Wie können wir helfen?«

»Ich brauche einen neuen Ansatz. Vielleicht hat sein Verschwinden mit seinem Job zu tun?«

»Du befürchtest einen Racheakt oder dergleichen?«, fragte Wolfert mit unüberhörbarer Skepsis. »Welcher Kriminelle sollte es auf einen Wissenschaftler absehen? Timon ist kein Ermittler, der nach außen in Erscheinung tritt.«

Sein Einwand war berechtigt. Timon verbrachte die Arbeitstage vor allem im Labor des LKA. Trotz seines großen Ansehens in den Fachkreisen erfuhr die Öffentlichkeit wenig über seine Tätigkeiten.

»Hat er dir von einem prekären Fall erzählt?«, ließ sich Milano hören. »Von bösen Mails oder beschuldigenden Anrufen?«

»Nichts in der Richtung, aber wir dürfen keine Möglichkeit außer Acht lassen«, beharrte Norma eindringlich. »Im Kommissariat arbeitet ihr doch eng mit dem LKA zusammen. Vielleicht kommt euch etwas zu Ohren, das uns weiterhilft?«

Unisono versprachen sie, sich unter Timons Kollegen umzuhören. Sie war dankbar für die Unterstützung ihrer Freunde und fühlte sich für einen kurzen Moment etwas weniger alleingelassen.

18

Welch eine Freude, nach einer späten Sitzung in der Redaktion empfing mich zu Hause ein Brief aus Weimar. Nach langer Zeit endlich ein Lebenszeichen von Lucia! Und so viele Neuigkeiten! Seit zwei Jahren ist sie mit László Moholy-Nagy, einem Photographen und Künstler aus Ungarn, verheiratet, den sie in Berlin kennenlernte, während sie als Redakteurin beim Rowohlt Verlag arbeitete. Seit Kurzem leben beide in Weimar, was mich umgehend an meinen Mentor, den Chefredakteur Walther Schulte vom Brühl, erinnerte. In der kurzen Zeit, die Herr Schulte vom Brühl nach meinem Eintritt ins Volontariat bis zu seiner Pensionierung beim Tagblatt verblieben war, hatte er mich unter die Fittiche genommen und unablässig von seiner Weimarer Zeit geschwärmt. Seitdem ist sehr viel passiert, und die kleine Stadt wurde ins große Licht der Öffentlichkeit gerückt. Auch wenn manche Zeitgenossen aus ihrer Abscheu gegen die neue Staatsform keinen Hehl machen: Mit der »Weimarer Republik« ist ein demokratisches Zeitalter angebrochen, und ich bin voll Hoffnung auf bessere Zeiten, obwohl die Straßenkämpfe weiterhin andauern.

Lucias Mann wurde als Meister ans Staatliche Bauhaus berufen, und Lucia scheint wie besessen von der Photographie. Sie gehe, so schreibt sie vergnügt, im Weimarer Atelier des Photographen Otto Eckner in die Lehre. Mein erster Gedanke beim Lesen des Briefes war: Ich will mir Urlaub nehmen und nach Weimar reisen, um Lucia wiederzusehen und mir selbst ein Bild von dieser Bauschule machen, von der Lucia derartig begeistert ist. Ihr Brief ist ein Sonnenstrahl zwischen düsteren Wolken. Die Notenpressen laufen heiß. Tagtäglich wird das Land mit noch mehr Geld überschwemmt, das fast keinen Wert hat. Wo wird das enden?

19

WEIMAR
SONNTAG, DER 7. JULI

Die linde Abendluft sorgte für ein lebhaftes Treiben in den Gassen und auf den Plätzen. Vor dem Schwarzen Bären und den benachbarten Lokalen waren die meisten Tische besetzt, aber auf der Terrasse des Café Frauentor wurde gerade etwas frei. Norma war eigentlich auf dem Weg in die Pension, doch sie ergriff die Gelegenheit beim Schopf. Beim Anblick der Gläser auf den Tischen war ihr bewusst geworden, wie durstig sie war. Seit der Pause im Schwarzen Bären hatte sie nichts mehr getrunken. Beim Platznehmen fiel ihr am Nebentisch Meika Striewe auf, die allein vor einem Glas Weißwein saß und ihre Aufmerksamkeit ihrem Smartphone widmete. Wie einen Schutzschild hatte sie sich einen luftigen Seidenschal in den Ausmaßen eines Tischtuchs um Hals und Schultern geschlungen. Die markante Brille lag neben dem Weinglas, wie um nicht zu stören, wenn sich Meika mit einem Taschentuch verstohlen Tränen aus den Augenwinkeln tupfte. Normas Gruß ließ sie erschrocken zusammenzucken und hauchen, sie dürfe hier gar nicht sein.

»Wie meinen Sie das?«, fragte Norma verwundert.

»Oskar ist tot, hat grausam sterben müssen, und ich sitze hier und trinke Wein«, erklärte Meika stockend. »Das gehört sich doch nicht!« Allerdings habe sie es zu Hause nicht ausgehalten, fügte sie unglücklich hinzu.

»Leben Sie allein?«

Meika nickte bedächtig.

»Möchten Sie sich zu mir setzen?«

Nach kurzem Zögern nahm Meika ihre Brille und das Glas in die Hand und wechselte zum Nachbartisch, an den Norma ihr einladend einen Stuhl heranrückte.

»Glauben Sie, Oskar Hennies hätte etwas dagegen gehabt, dass Sie heute Abend unter Menschen gehen?«, fragte Norma, als Meika sich gesetzt hatte.

»Wohl eher nicht«, räumte Meika nachdenklich ein.

Der Wein sei zu empfehlen, bestätigte sie auf Normas Nachfrage, also bestellte Norma ebenfalls einen Grauburgunder von der Saale und eine große Flasche Wasser. Meika bedankte sich für das Foto von Oskar, das sie wieder und wieder anschauen müsse, um zu begreifen, wie real das Verbrechen sei. Von dem Geschehen am Nachmittag erzählte sie in aller Ausführlichkeit, als wäre Norma nicht dabei gewesen, aber Norma ließ sie ausreden und hörte aufmerksam zu. Es schien Meika zu helfen, sich Angst und Schrecken von der Seele zu reden, und allmählich fing sie sich.

»Was führt dich nach Weimar?«, fragte Meika. Beim zweiten Glas waren sie zum Du übergegangen.

»Es sollte ein Urlaub mit meinem Freund werden, aber er hat mich versetzt.«

»Habt ihr euch verkracht?«

»Es gab keinen Streit«, gab Norma aufbrausend zurück, entschuldigte sich aber gleich darauf. Die Frage war einfach zu nahe liegend. »Ich habe keine Ahnung, wo er stecken könnte.«

Meika musterte sie mitfühlend. »Du machst dir Sorgen!«

Auf dem Handy rief Norma ein Foto auf, das Timon nach einer Radtour zeigte, die ihn vom Rheingau hinauf auf die Taunushöhen und über das Wiesental des Rabengrunds zurück nach Wiesbaden geführt hatte: seine Lieblingsstrecke. Mit dem Helm über dem Arm lächelte er in die Kamera, glücklich und mit liebevollem Blick für die Frau, die ihn fotografierte. Sie zeigte das Bild Meika. »Das ist Timon. Er war am Samstag um 10:30 Uhr mit Oskar Hennies in der Kunsthandlung verabredet. Hast du ihn vielleicht gesehen?«

»Oh, ein Mann mit Zopf! Den kann er tragen.« Meika musterte das Display lange, bevor sie bedauernd sagte: »Er wäre mir aufgefallen, denke ich, ach was, ich bin mir sicher, dass ich mich an ihn erinnern könnte. Dein Freund sieht zu gut aus, um ihn zu übersehen. Aber ich war am Samstagvormittag gar nicht im Laden. Seit wann suchst du nach ihm?«

Norma erzählte von ihrer Ankunft, dem vergeblichen Warten und den ergebnislosen Erkundigungen in den Hotels. Und davon, dass die Polizei eine umfangreiche Suchaktion in Gang gesetzt hatte.

Meika schaute sie mit großen Augen an. »Dann ist es ernst! Hast du schon was von der Polizei gehört?«

Norma zuckte mit den Achseln. »Nichts bisher, leider.«

»Die Polizisten haben sicher auch jede Menge mit … mit der Sache mit Oskar und dem Mord auf der Theatertreppe zu tun. Zwei tote Menschen! Was ist bloß los in unserer Stadt?« Fassungslos schüttelte sie den Kopf.

Norma kam auf ihre Bekanntschaft vom Nachmittag zu sprechen. »Sagt dir der Name ›Achim Bergholter‹ etwas? Er behauptet, mit Oskar Hennies befreundet gewesen zu sein.«

»Stimmt, Achim Bergholter kommt oft in den Laden«, bestätigte Meika nach einem Schluck aus dem Weinglas.

»Hat Bergholter viele Bilder gekauft?«

»Nur gelegentlich als Kapitalanlage«, erklärte Meika in leicht geringschätzigem Ton, als habe es ihrer Ansicht nach kein Kunstwerk verdient, als reines Handelsobjekt betrachtet zu werden.

»Er gibt damit an, seine Familie würde einen echten Kandinsky besitzen«, warf Norma ein.

Meika nickte zustimmend. »Das bindet er jedem auf die Nase. Das Bild heißt ›Blau auf hellem Gelb‹. Durch das Gemälde haben sich Oskar und Bergholter kennengelernt. Bergholter suchte Oskars Rat als Experten.«

»Woher weißt du das alles?«

Zu ihrem Aushilfsjob gehöre es auch, Gutachten auszuformulieren, die Oskar für Kunden anfertigte, und in eine professionelle Fassung zu bringen, schilderte Meika ihre Arbeit. Das mache ihr Spaß und sie habe dabei viel über Kunst gelernt. »Über ›Blau auf hellem Gelb‹ hat Oskar eine kunstwissenschaftliche Dokumentation erstellt und war dafür mehrmals in Wiesbaden.« Das Original befinde sich dort in der Obhut von Achim Bergholters Vater, ergänzte sie und bestätigte damit, was Bergholter im Kaffeegarten erzählt hatte. Lothar Bergholter sei der derzeitige hochbetagte Eigentümer des Gemäldes und Achim der zukünftige Erbe.

»Hast du das Original ansehen dürfen?«

»Oskar hat mich einmal nach Wiesbaden mitgenommen«, sagte Meika und lächelte wie in seliger Erinnerung. Vermutlich tat auch der Wein seine Wirkung. »Eine abstrakte Arbeit, wunderschön! Kandinsky hat das Bild hier in Weimar gemalt. Er war 1922 als Meister ans Bauhaus berufen worden. Schon damals, 1925, muss das Bild eine Stange Geld gekostet haben, was aber nichts gewesen sein kann im Vergleich zu seinem heutigen Wert. Für andere Kandinsky-Gemälde wurde schon bis zu einer Million und mehr bezahlt, und die Familie Bergholter ... aber ich sollte nicht über Kunden reden.« Mit schüchternem Blick brach sie ab.

So schnell wollte Norma das Thema nicht beenden. Solange der Kunsthändler die einzige Verbindung zu Timons Verschwinden war, wollte sie möglichst viele Informationen sammeln.

»Das bleibt alles unter uns«, versicherte sie eindringlich. »Vermutlich ging es darum, ob der Kandinsky echt ist oder eine Fälschung?«

»Oskar bestätigte, dass das Gemälde von Kandinsky gemalt wurde. Das ist keine Frage. Aber Sascha Dannhardt zweifelt die Besitzverhältnisse an und klagt deswegen gegen die Bergholters. In Kürze beginnt das Gerichtsverfahren.«

»Ein Prozess um das Bild? Wer ist Sascha Dannhardt?«

»Er lebt hier in Weimar. Wir kennen uns seit meiner Kindheit, unsere Eltern sind befreundet. Wie gesagt, eigentlich dürfte ich nicht ...« Meika sah verunsichert auf.

»Magst du noch einen Grauburgunder?«

Die nächste Runde ging auf Normas Rechnung.

»Hatte Sascha Dannhardt Ärger mit Oskar?«, fragte sie unverblümt. »Oder andersrum: Hatte Oskar Ärger mit Sascha? Wegen des Gutachtens?«

Es brauchte einen Moment, bis Meika den tieferen Sinn der Frage erfasste. »Was denkst du! Nein, niemals. Im Gutachten ging es ausschließlich um den Zustand des Gemäldes, nicht um die Besitzansprüche. Mit Oskars Tod hat Sascha keinesfalls etwas zu tun.«

Sie war unwillkürlich laut geworden. Die Gäste am Nebentisch schauten sich neugierig um, wurden aber gleich darauf von der Bedienung abgelenkt, die die Bestellungen aufnehmen wollte.

Mit fahrigen Händen strich Meika sich den bauschigen Pony aus der Stirn. »Wenn ich jetzt nichts esse, bin ich gleich knülle.«

Kaum waren nebenan die Wünsche notiert, orderte Meika einen gratinierten Ziegenkäse. Norma hatte keinen Appetit, wollte aber ebenfalls einen klaren Kopf behalten. Immer noch keine Nachricht von Devid Smidt! Sie zwang sich, ihre Aufmerksamkeit auf die Speisekarte zu richten, und entschied sich kurzentschlossen für einen Gemüseteller nach mediterraner Art. Während sie auf das Essen warteten, plauderte Meika über Oskar. Dass er für sie weit mehr als ein angenehmer Arbeitgeber gewesen war, konnte Norma deutlich heraushören. Trotz seiner Knauserigkeit, was Meikas Entlohnung anging. Geld sei ihm beinahe noch wichtiger gewesen als die Kunst. Doch sie schien es ihm nicht nachzutragen.

»Und jetzt?«, fragte Norma mitfühlend. »Wie wirst du ohne Job klarkommen?«

Meika schüttelte den Kopf und klärte das Missverständnis auf. »Kein Problem, auf den Verdienst in der Kunsthandlung bin ich seit einer Weile nicht mehr angewiesen. Ich bin nur Oskar zuliebe geblieben, weil er noch keinen Ersatz gefunden hatte«, erzählte sie und fügte hinzu, sie habe erst kürzlich an der Bauhaus-Universität ihren Master in Mediengestaltung erworben und danach sofort eine Stelle bekommen.

»Gratuliere«, murmelte Norma, die in Gedanken bei Timon und der Suchaktion war. Es dämmerte, die Bedienung ging von Tisch zu Tisch, um Teelichter anzuzünden. Würde Devid Smidt die Suche bei Einbruch der Dunkelheit einstellen?

»Mein Traumjob!«, verkündete Meika mit einem ungläubigen Lächeln, als könnte sie ihr Glück kaum fassen. »Ich arbeite für das neue Bauhaus-Museum. Du hast sicher davon gehört.«

Norma konzentrierte sich wieder auf ihr Gegenüber. Mit dem Museumsneubau, Weimars Beitrag zu dem 100-jährigen Bauhaus-Jubiläum, habe die Stadt auch der zeitgemäßen Architektur ein Denkmal setzen wollen, hatte sie gelesen. »Timon und ich wollten es unbedingt ansehen. Was tust du dort?«

»Aktuell bereite ich eine Sonderausstellung über Lucia Moholy vor.«

»Moholy?«, überlegte Norma laut. »Gab es nicht einen Bauhausmeister mit diesem Namen?«

»Du meinst László Moholy-Nagy, Fotograf und experimenteller Lichtkünstler aus Ungarn, der von 1923 bis 1928 Meister am Bauhaus war. Lucia war seine Ehefrau und ebenfalls Fotografin.«

»Also war sie eine Bauhaus-Meisterin«, schloss Norma spontan.

Meika setzte eine kritische Miene auf. »Könnte man denken! Wo das Bauhaus doch als fortschrittlich für die dama-

82

lige Zeit galt und Frauen dort studieren durften. Doch wenn es um die Berufung der Meister ging, blieben die Männer lieber unter sich. Frauen waren als Meisterinnen allenfalls in der Weberei geduldet.«

»Und Lucia Moholy?«, warf Norma fragend ein.

»Lucia stand im Schatten ihres Mannes und arbeitete ohne offizielles Amt für die Bauschule. Ihre Fotos sind trotzdem wahre Meisterwerke. Es ist nicht allein meine persönliche Überzeugung, dass das Bauhaus seine Berühmtheit vor allem Lucias Talent zu verdanken hat. Niemand sonst konnte Objekte, Innenräume und Häuser so perfekt fotografieren wie sie.«

»Und nun möchtest du Lucia Moholy mit der Ausstellung die Anerkennung zukommen lassen, die sie schon vor 80, 90 Jahren verdient hätte?«

»Nun ja, das kann ich nicht allein, das Team unterstützt mich«, räumte Meika bescheiden ein. »Jedenfalls ist es höchste Zeit dafür. Lucia war wie andere Bauhäuslerinnen ein Vorbild für die Frauen ihrer Generation und nachfolgenden. Mutig sind diese Künstlerinnen ihren Idealen gefolgt und haben sich in ihrer Kreativität trotz aller Widerstände, auch vonseiten der männlichen Studenten und Meister, nicht beirren lassen.«

Meika war ins Dozieren gekommen, als kommentierte sie bereits die Ausstellung. Während sie von den talentierten Bauhäuslerinnen schwärmte und sie als Wegbereiterinnen der Frauenbewegung lobte, ging Norma durch den Kopf, wie euphorisch und zuversichtlich die jungen Studentinnen und Kunsthandwerkerinnen damals gewesen sein mochten. In den Jahren des Aufbruchs der Weimarer Republik schien das Grauen des Ersten Weltkriegs überwunden, und der Schrecken des Zweiten Weltkriegs lag in der Ferne. Welche eine Gnade, nicht zu wissen, was die Zukunft bereithielt.

Beim Essen schwiegen sie: beide müde geredet, und die eine in Trauer, die andere in Sorgen verfangen. Bevor sie sich trennten, tauschten sie ihre Mobilnummern aus, um in Verbindung zu bleiben. Als Norma in der anbrechenden Nacht zur Pension ging, schien sich die Angst um Timon wie eine Stahlklammer um ihr Herz zu legen. Waren das Schritte hinter ihr? Wurde sie verfolgt? Timon? Als sie abrupt herumfuhr, war da nichts als eine menschenleere Gasse. Die angespannten Nerven hatten ihr einen Streich gespielt. Verzweifelt und zum Umfallen erschöpft schloss sie die Tür der Pension Elise auf.

20

FREITAG, DER 22. FEBRUAR 1924

Endlich in Weimar! Täglich schließe ich neue Bekanntschaften. So viele begeisterte junge Männer und Frauen, darunter mancher vom Geist der Wandervogelbewegung erfüllt, die den Krieg und das Elend der Hungerjahre hinter sich gelassen haben. Nun lernen, arbeiten und leben sie unter unvorstellbar kargen Bedingungen am Staatlichen Bauhaus im Van-de-Velde-Haus in einer engen Gemeinschaft von Schülern und Meistern. Wir schicken euch ins Bauhaus!, drohen Weimarer Eltern ihren unartigen Kindern. Die enthusiastischen Bauhäusler schreckt die beschwerliche Ausbildung nicht. Besonders beeindrucken mich die jungen Frauen, deren Kraft und Kreativität die der männlichen Bauhäusler nicht selten in den Schatten stellen. Auch Lucia gehört zu der bunt gemischten Gemeinschaft von Deutschen, Österreichern, Ungarn und anderen Nationen, die dem Manifest von Walter Gropius gefolgt sind, um eine neue Zunft der Handwerker zu schaffen und die Kluft zwischen Handwerk und Kunst zu überwinden. Was wäre das Bauhaus ohne die Energie und Weitsicht eines Walter Gropius und die großen Köpfe, die er nach Weimar holte? Einige habe ich in diesen Tagen erleben und kennenlernen dürfen: Lyonel Feininger, Johannes Itten, Josef Albers, Wassily Kandinsky, Paul Klee und natürlich auch Lucias Ehemann, László Moholy-Nagy, ein Photograph, der für seine Gestaltungen mit Licht gefeiert wird.

Am liebsten würde ich mit wehenden Fahnen ans Bauhaus wechseln. Aber letztendlich schlägt mein Herz noch stärker für das Schreiben als für die Kunst und das Handwerk. So bleibe ich bei dem, was Gott für mich vorgesehen hat, und sammele und recherchiere, um Artikel zu verfassen und das Bauhaus und sein revolutionäres Konzept in das Bewusstsein der Deutschen zu pflanzen.

21

Früh um 7 Uhr meldete sich Devid Smidt endlich per Telefon und teilte Norma in resigniertem Tonfall mit, dass die Suche spät in der Nacht abgebrochen und mit dem ersten Tageslicht erneut aufgenommen worden sei. Bisher keine Spur des Vermissten, und die Anfragen in den Krankenhäusern von Erfurt bis Jena hätten auch nichts ergeben. Ihre Gefühle schossen zwischen Enttäuschung und Hoffnung hin und her. So erleichtert sie war, dass man Timon weder verletzt oder gar tot aufgefunden hatte: die Aussicht auf weitere Stunden der Ungewissheit schien unerträglich. Ob sie um diese Uhrzeit schon einen Kaffee bekäme? Als sie durch die Tür in den Frühstücksraum hineinspähte, dessen Anrichte bereits reichhaltig bestückt war, hörte sie ein lautes Maunzen hinter sich und entdeckte auf der Treppe im Flur eine rot getigerte Katze. Zutraulich ließ das Tier sich streicheln und beantwortete Normas Kraulen mit wohligem Schnurren.

Kirsten Walderbeck kam mit einem großen Brotkorb aus der Küche. »Oh, Sie haben Freundschaft mit Lyonel geschlossen.«

»Lyonel?«, fragte Norma, ohne sich von dem Tier abzuwenden.

»Nach Feininger«, erklärte die Wirtin und lachte. »Ich bin Fan seiner Bilder. Sie mögen Katzen, wie ich sehe!«

»Ich habe selbst einen Kater, oder er hat mich, das trifft

es wohl eher«, sagte Norma und richtete sich wieder auf. »Eigentlich gehört er meiner Vermieterin.«

»Alles gut mit Ihrem Freund?«, fragte Kirsten. »Er hat Sie hoffentlich nicht noch länger warten lassen?« Beim Blick in Normas Gesicht schrumpfte das unbekümmerte Lächeln zusammen.

Norma strich sich durch die Haare. Sie musste furchtbar aussehen nach der unruhigen Nacht. Trotz oder vielleicht sogar wegen ihrer Erschöpfung nach den aufwühlenden Ereignissen hatte sie kaum Schlaf gefunden. »Die Polizei hat noch gestern Abend eine Suchaktion gestartet. Leider ohne Erfolg.«

»Kommen Sie!«, sagte Kirsten und bat Norma in den Frühstücksraum. »Nehmen Sie Platz. Cappuccino?«

Sie verschwand wieder Richtung Küche. Lyonel trabte mit erhobenem Schwanz in den Frühstücksraum, strich Norma um die Waden und ließ sich nach einer Weile auf der Fensterbank nieder. Nebenan begann eine Kaffeemaschine zischend ihre Arbeit. Wenig später kehrte Kirsten mit zwei großen Bechern zurück und setzte sich zu Norma an den Tisch.

»Was soll man davon halten?«, fragte die Pensionswirtin kopfschüttelnd. »Ihr Freund wird vermisst. Philipp Viohl, der Politiker, wurde vor dem Nationaltheater erschossen. Und gestern hat man einen Kunsthändler ermordet aufgefunden. Oskar Hennies, ein angesehener Geschäftsmann! Nicht zu fassen. Ich bin schockiert.«

»Haben Sie Oskar Hennies persönlich gekannt?«

Kirsten nickte betrübt. »Aber ja, Oskar stammte aus einer alten Weimarer Familie wie ich auch. Seine Großmutter Greta war eng mit meiner Großmutter Elise befreundet. Auch Greta hatte sich im Bauhaus als Keramikerin ausbilden lassen, wurde aber nicht so erfolgreich wie Elise.

Später half Greta ihrem Vater im Atelier. Er war Fotograf und führte sein Geschäft in den Räumen, in denen heute Oskar seine Kunsthandlung hat ... hatte. Viele Bauhäusler gehörten damals zu den Kunden der Fotohandlung Hennies. Auch die Moholys, die dort ihr Material einkauften.«

»Sie sprechen von Lucia Moholy und László Moholy-Nagy?«

Kirsten strahlte sie an. »Sie sind über das Bauhaus informiert, Frau Tann?«

»Es interessiert mich. Haben Sie das ›Drachenfest‹ von Albin Frywaldt gelesen?«

»Natürlich, die Memoiren sind Pflichtlektüre für eine Bauhäusler-Enkelin«, antwortete sie lächelnd. »Elises uralte Ausgabe kenne ich in- und auswendig. Wie ich hörte, hat man das ›Drachenfest‹ zum 100-jährigen Jubiläum neu aufgelegt.«

»Mein Freund ist mit Albin Frywaldt verwandt.«

»Tatsächlich? Dann habe ich etwas für Sie!« Erfreut sprang sie auf, eilte zu einem Wandregal und zog einen schweren Bildband hervor. »Das Buch wird Sie von Ihren Sorgen ablenken. Schauen Sie nur in Ruhe hinein.«

»Was ist das?«, fragte Norma.

Mit großer Geste platzierte Kirsten den Wälzer neben dem Kaffeebecher. »Voilà! Die Biografien und Werke vieler Bauhausfrauen werden darin beschrieben. Dazu gehören unter anderem die Weberin Gunta Stölzl, Gertrud Grunow, eine Pädagogin und Formmeisterin, Lucia Moholy, die Fotografin. Dann gab es noch Alma Siedhoff-Buscher, die Kinderspielzeuge und Kindermöbel ...«

Bei dem Stichwort fiel Norma ihrer Gastgeberin etwas unhöflich ins Wort. »Kindermöbel?«

Kirsten nahm es nicht krumm. »Auch, ja! In erster Linie kennt man Alma Siedhoff-Buscher für ihr Holzspielzeug.

Es wurde damals schon industriell gefertigt. Dadurch konnte es billiger verkauft werden. Auch arme Familien sollten sich kreatives Spielzeug leisten können. Ihr Schiffbauspiel haben Sie bestimmt schon mal gesehen. Es ist bis heute zu kaufen und gilt als ihr bekanntester Entwurf.«

»Ein toller Erfolg!«

»Obwohl man es ihr als Frau ziemlich schwer gemacht hat. Alma Siedhoff-Buscher musste hart darum kämpfen, um von der Weberei in die Holzbildhauerwerkstatt zu kommen. Stoffe waren etwas, was die Herren am Bauhaus als naturgegeben für Frauen hielten. Alma arbeitete jedoch lieber mit Holz. Ihre Kindermöbel waren vor allem praktisch und wandelbar. Von der Wickelkommode zum Schreibtisch sozusagen.«

»Dann stammt von ihr die berühmte dreieckige Wiege in den Bauhausfarben Blau, Gelb und Rot?«, tippte Norma aufs Geratewohl. »Man sieht diese Wiege auf vielen Plakaten.«

»Nein«, widersprach Kirsten lächelnd. »Die berühmte Wiege wurde von dem Bauhäusler Peter Keler entworfen. Nach der Farbenlehre von Wassily Kandinsky. Mir erscheint es ungerecht, dass Alma Siedhoff-Buscher trotz ihrer visionären Kindermöbel heute beinahe vergessen ist. Kelers Wiege dagegen ist geradezu ein Symbol für das Bauhaus geworden.«

»Hat Alma auch Kinderschränke entworfen?«

»Einen Spielschrank, aber auch andere Möbelstücke, soweit ich weiß. Schauen Sie ins Buch! Ich muss jetzt leider weitermachen. Die Berliner sind im Anmarsch, zwei befreundete Ehepaare, die regelmäßig bei mir buchen. Unverbesserliche Frühaufsteher!«

Im Flur wurden muntere Stimmen laut. Kirsten erhob sich, um die Stammgäste in Empfang zu nehmen, und ließ Norma mit der gewichtigen Lektüre allein. Flüchtig blätterte sie durch die großformatigen, reichlich mit Fotografien bestückten Seiten. Für eine Weile blieb ihr Blick an einem Schwarz-Weiß-Foto von Lucia Moholy hängen, das die Fotografin 1930 als Selbstporträt aufgenommen hatte. Es zeigte eine nachdenkliche Frau von 36 Jahren, die ihr Gesicht auf die aufgestützten Fäuste legte. Etwas Zeit nahm Norma sich auch für die Möbelentwürfe von Alma Siedhoff-Buscher, mit denen unter anderem das Kinderzimmer im Haus am Horn ausgestattet worden war. Ein Wohnhaus, wie Norma im selben Kapitel erfuhr, das anlässlich der ersten Bauhausausstellung 1923 als Musterhaus errichtet worden war und zu den wenigen in Weimar verwirklichten Bauhausarchitekturen gehörte. Gedankenverloren stellte sie das Buch ins Regal zurück, frühstückte eine Kleinigkeit und verließ, nachdem sie noch mal kurz in ihrem Zimmer gewesen war, die Pension. Sie lieh sich wieder ein Fahrrad aus und durchquerte die Innenstadt, die noch zu schlafen schien. Der Berufsverkehr in den Straßen war mäßig, und Norma gab sich ihren Grübeleien hin.

Sie hassen mich! Was Timon am Donnerstagabend in der Biebricher Wohnung über seine Cousinen gesagt hatte, ging ihr nicht aus dem Sinn. Wie schnell waren solche Worte dahingesagt, und was oder wen konnte man nicht alles hassen: schlechtes Wetter, missgelaunte Nachbarn, den Chef, sofern man einen hatte. Timons Behauptung musste gar nichts bedeuten. Anderseits hatte sie in ihrem Leben als Polizistin und Privatdetektivin oft genug beobachten müssen, in welche Katastrophen wahrer Hass manchmal führte. Wenn es um Erbschaften ging, mutierte so manches Familiennest zur Mördergrube, und diese beiden Frauen wollten nicht unbedingt mit Sympathie punkten. Aber morden für einen Kinderschrank, den die eine Schwester sogar zum Sperrmüll geben wollte? Ein lautes Hupen riss sie aus den abgründigen Spekulationen. Wo hatte sie ihre Augen? Der Fahrer des Wagens, den sie beim Abbiegen übersehen hatte, gestikulierte hinter der Scheibe mit eindeutigen Handzeichen. Norma winkte ihm entschuldigend zu und radelte mit einem flauen Gefühl weiter.

Wie zu erwarten, wurde sie nicht mit offenen Armen empfangen.

»Was wollen Sie schon wieder und so früh am Morgen?«, fauchte Beate Frywaldt und spähte wachsam durch den Türspalt, als befürchtete sie, Norma würde in frecher Vertretermanier den Fuß in die Tür stellen. Ehrlich gesagt, dachte Norma in diesem Augenblick an genau das. Tat es aber nicht, schon allein aus Sorge um ihren Fuß. Die Tochter von Großonkel Fritz machte nicht den Eindruck, als würde sie Rücksicht auf Knochen und Weichteile nehmen.

»Sie haben uns nur Ärger eingebrockt«, fauchte sie. »Die Polizei war gestern noch spätabends hier. Was wir über Timons Verbleib wüssten. Dabei haben wir genug mit der Wohnung zu tun.«

Es war nicht zu fassen. Timon befand sich höchstwahrscheinlich in Gefahr, und diese Frau fühlte sich bei der Wohnungsauflösung gestört? Hatte sie kein Herz? »Ich muss Ihre Schwester sprechen«, verlangte Norma angriffslustig. Von Felicitas erhoffte sie sich mehr Entgegenkommen.

»Warum?«, donnerte Beate feindselig.

»Das sage ich Ihrer Schwester persönlich.«

Aus dem Hintergrund rief eine Frau, vermutlich Felicitas: »Wer ist es denn? Die Polizei? Nachrichten über Timon?«

Beate Frywaldt warf die Tür ins Schloss. Unbeeindruckt klingelte Norma Sturm. Nerven konnte sie auch, wenn es darauf ankam. Als die Tür aufflog, stand sie Felicitas Nurkowski gegenüber, die sie betreten musterte und nachdrücklich behauptete, sie wisse nicht, wo Timon sich aufhalte und habe das auch gegenüber der Polizei erklärt.

»Lassen Sie mich in die Wohnung«, bat Norma. »Ich würde gern sehen, was Timon von Ihrem Vater geerbt hat. Bitte, nur einen Moment! Vielleicht findet sich darin ein Hinweis, wo er steckt.«

»Dafür muss ich Sie nicht extra reinlassen.«

»Bitte, wieso nicht?«

»Wie meine Schwester angekündigt hat: Der Schrank steht draußen hinter dem Haus.«

»Was?«, rief Norma entgeistert. »Wie lieblos ist das denn? Wenn Sie schon keinen Respekt vor Timons Gefühlen haben, dann sollten Sie wenigstens den letzten Willen Ihres Vaters achten.«

»Wagen Sie es nicht, sich ein Urteil über meine Gefühle zu meinem Vater zu erlauben«, zeterte Felicitas und war ihrer Schwester in diesem Augenblick zumindest hinsichtlich der schrillen Tonlage ebenbürtig.

Norma holte tief Luft und zählte bis drei, bevor sie nach den Büchern fragte, die Timon vermacht worden waren.

Unversehens war Beate zurück und baute sich, beide Hände in die magere Taille gestemmt, neben der Schwester auf. Hämisch zischte sie: »Keine Sorge! Alles was Timon bekommen hat, haben die Hausmeister samt Schränkchen rausgeschafft. Bis auf das letzte verranzte Fachjournal aus dem vorigen Jahrhundert. Keine Ahnung, warum man all das Altpapier aufheben sollte. Nicht mehr mein Problem!« Naserümpfend rauschte Beate wieder ab.

Felicitas beugte sich mit feuerroten Wangen und sichtlich beschämt vor und flüsterte: »Die Hausmeister sind in dieser Minute dabei, alles Ausgeräumte auf die Straße zu stellen. Der Sperrmüll wird heute Vormittag …«

Den Rest hörte Norma nicht mehr. Sie rannte die Treppe hinunter und eilte durch die Hintertür in den Garten. Tatsächlich waren zwei Männer gerade damit beschäftigt, die Elemente eines zerlegten Kleiderschranks von einer Terrasse hinaus auf den Gehweg zu schleppen, wo bereits eine Couch und zwei Sessel standen. Der Jüngere wurde nicht müde, dem Älteren unterwegs Anweisungen für die seiner Meinung nach erforderliche Tragetechnik zu erteilen. Hastig schaute Norma sich auf der Terrasse um und entdeckte hinter einem altmodischen Paravent ein Schränkchen. Es hatte vier quadratische Türen, die oberen waren blassblau, die beiden unteren strohgelb gestrichen. Dazwischen befanden sich vier Schubladen mit umgekehrter Farbanordnung. Die Lacke wirkten stumpf und betagt wie das gesamte Möbelstück. Das musste Timons Erbstück sein. Sie warf einen raschen Blick in alle Fächer. Alles ausgeräumt bis auf ein paar Fetzen Papier. Wo mochte der Inhalt geblieben sein? Vermutlich in den Kartons, die neben dem Schränkchen abgestellt und randvoll mit Büchern und Zeitschriften waren.

Als die Männer zurückkehrten, trat Norma ihnen in den Weg. Sie fischte ihr Portmonee aus dem Rucksack und hielt dem Jüngeren einen 50-Euro-Schein vor die Nase. »Würden Sie mir das Schränkchen samt den Kisten bitte in die Pension Elise bringen?«

Der Mann sah erst verdattert auf den Schein, dann auf den Schrank, endlich auf Norma und erwiderte ungerührt: »Das Zeug gehört mir nicht. Ich darf Ihnen gar nichts verkaufen.«

»Kommen Sie! Das geht sowieso alles zum Sperrmüll. Beate Frywaldt will nichts davon behalten. Also? Tun Sie mir den Gefallen?«

Wachsam blinzelte er zu den Fenstern hinauf, als wollte er prüfen, ob sie aus der oberen Etage überwacht wurden. »Und wie soll ich das Zeug transportieren?«, fragte er gedehnt.

»Wie wäre es damit?«, sagte Norma, sich in Geduld übend, und deutete auf einen Kastenwagen mit der Aufschrift »Hausmeisterservice«, der am Straßenrand geparkt war. »Das ist doch Ihrer, oder nicht? Ich wette, das Schränkchen und die Kartons passen locker rein.«

Der ältere Kollege mischte sich ein. »Hab dich nicht so, Raik! Ich bin sicher, die Dame legt noch einen Fuffi drauf!« Er grinste Norma zuversichtlich mit seiner Zahnlücke an.

Norma gab jedem der Männer einen 50er. »Dafür muss alles mit, was sich im Schrank befunden hat.«

Zufrieden pfeifend schleppte der Zahnlückige die Kartons zum Kastenwagen. Der Jüngere hielt sich zurück, bis das Schränkchen an der Reihe war. Als alles sicher im Transporter verstaut war, versprach Norma den Männern einen weiteren 50er, wenn sie sich umgehend aufmachen und die Fracht in der Pension Elise abliefern würden. Sie selbst schnappte sich das Rad und strampelte los. Über die Strecke durch die Fußgängerzone wäre sie schneller als die Männer, die das Zentrum umrunden mussten, dachte Norma. Doch die Altstadtgassen begannen sich zu füllen, und zwischen den Touristengruppen kam sie langsamer voran als erhofft. Als sie die Pension erreichte, stand der Lieferwagen bereits vor dem Haus, und die aufgeregte Wirtin lieferte sich eine heftige Diskussion mit dem jüngeren Hausmeister.

»Da ist sie ja!«, rief der Mann erleichtert und zeigte mit ausgestrecktem Arm auf Norma, die schwungvoll vom Rad sprang. »Die Frau hat das angezettelt.«

Kirsten Walderbeck eilte Norma entgegen. »Was soll das, Frau Tann? Meine Pension ist kein Möbellager.«

Norma versuchte, die aufgebrachte Wirtin zu beruhigen. »Warten Sie, bis Sie sehen, was drin ist.«

Die Männer öffneten die Heckklappe.

Als das Schränkchen zum Vorschein kam, schlug Kirsten die Hände vor den Mund und raunte: »Das sieht aus wie …«

»Pst!«, zischte Norma. »Später!«

Kirsten nickte verstehend. Der Aufruhr hatte Nachbarn und Passanten angelockt, die sich zu einem Grüppchen zusammengefunden hatten und neugierig zuschauten, wie die Männer den Laderaum leerten und das Möbelchen sowie die Kartons auf Kirstens Geheiß in einen Nebenraum trugen, in dem Gartengerät und Werkzeug lagerten. Langsam zerstreuten sich die Zuschauer. Die Hausmeister rückten ab, nicht ohne zuvor ihren restlichen Lohn eingefordert zu haben.

Kirsten und Norma blieben allein zurück.

Die Wirtin strich bewundernd über den kompakten Korpus. »Das könnten originale Bauhausfarben sein. Was für ein hübscher Fund!«

Norma erklärte, was es mit Timons Erbe auf sich hatte. »Als ich den Schrank gesehen habe, musste ich sofort an Alma Siedhoff-Buscher denken. Er ähnelt so sehr den Möbeln im Buch. Aber ob er wirklich aus dem Bauhaus stammt?«

Nachdem Kirsten das Buch geholt und sie die abgebildeten Zeichnungen mit dem Fund verglichen hatten, sprach in der Tat eine Menge für seine Echtheit. Timons Erbstück entsprach dem Prototyp eines Kinderschranks, der allerdings niemals für die industrielle Produktion vorgesehen war. Im Buch waren Alma Siedhoff-Buschers Skizzen abgebildet. Nur ein Musterstück war verwirklicht worden. Als das Bauhaus 1925 Weimar verlassen und nach Dessau übersiedeln musste, war der Kinderschrank offensichtlich in private Hände abgegeben worden und galt seitdem als verschollen.

»Ob Ihr Freund ahnt, was für ein wertvolles Einzelstück er geerbt hat?«, fragte Kirsten aufgeregt. »Wussten seine Verwandten nichts davon?«

»Sie hatten offensichtlich keine Idee. Für Fritz Frywaldts Töchter ist das alter Plunder.«

»Fritz Frywaldt?«, wiederholte Kirsten ungläubig.

»Albin Frywaldts Sohn«, erläuterte Norma.

Kirsten starrte sie verblüfft an. »Haben das Verschwinden Ihres Freundes und seine Erbschaft irgendetwas miteinander zu tun?«

»Keine Ahnung«, antwortete Norma beunruhigt. »Außer Timon gehören, soweit ich weiß, nur die Töchter zu den Erben. Sie haben den Löwenanteil bekommen, also die Wohnung und die Geldanlagen. Wie wenig ihnen an Timons Anteil liegt, durfte ich vorhin eindrucksvoll erleben.«

»Entschuldigen Sie«, bat Kirsten mit warmem Lächeln. »Vergessen Sie, was ich gesagt habe. Es sind diese Todesfälle, die mich nervös machen. Ihr Freund wird über Ihre Hilfe sehr glücklich sein, wenn er zurückkommt.«

Ja, wenn! Nur eins schien klar: Timons Verschwinden wurde immer rätselhafter.

22

Kirsten erwies sich als die Großzügigkeit in Person; nicht allein, weil sie den Überfall mit dem Möbelstück so souverän hingenommen hatte. Ohne zu zögern stellte sie Norma

das »Gartenstübchen« zur freien Verfügung. Norma ent-
schied sich fürs Erste für eine gründliche Inspektion der
kompletten Erbschaft und begann mit dem Ausräumen
der Kartons. Was deren Inhalt betraf, hatten sich Timons
Erwartungen an die Hinterlassenschaft des Onkels erfüllt.
Die Kartons brachten überwiegend alte wissenschaftliche
Bücher zutage: schwergewichtige Bände zu den Themen
Biologie, Astronomie, Medizin und Chemie mit mutmaß-
lich überholten Inhalten, aber ein kleiner Schatz für einen
Bücherfreak und an Geschichte Interessierten wie Timon.
Sie erledigte die selbst gestellte Aufgabe mit aller Gründlichkeit und stieß gegen Ende der Inspektion sogar auf eine
Inventarliste, in der alle Bände mit Autor und Titel und
sogar dem Preis, den vergleichbare Ausgaben bei Sammler-
börsen erzielt hatten, aufgeführt waren. Die Angaben waren
wenige Monate alt, und kein Buch kam über 200 Euro hinaus. Hatte Fritz Frywaldt sich vergewissern wollen, ob sich
nicht wider Erwarten eine Art Blaue Mauritius in seinem
Bücherschatz verbergen sollte?

Anschließend schaute sie im Schränkchen nach, ob
darin nicht doch etwas vergessen worden war. Drei der
vier Schubladen, die das Möbel mittig trennten, ließen sich
weit herausziehen. Die vierte Schublade klemmte und ver-
weigerte sich bis auf eine Handbreit, erwies sich aber, als
Norma durch den Spalt hineingriff, als so leer wie die anderen. Die quadratischen Türen, die jeweils paarweise den
oberen und unteren Korpus verschlossen, wackelten in den
Scharnieren. Im linken oberen Fach musste vor Urzeiten
ein Tintenfass ausgelaufen sein. Ein dicker, dunkler Fleck
und tiefschwarze Spritzer zeugten von dem Unglück. Alles
in allem war das knapp 160 Zentimeter hohe Schränkchen
jedoch gut in Schuss.

Als die Bestandsaufnahme erledigt und damit die Ablenkung von ihren Sorgen um Timon aufgehoben war, begannen die blankliegenden Nerven sie wieder zu quälen. In einer SMS hatte Devid Smidt gemeldet, dass der Suchtrupp gerade ein Waldstück durchkämmte, das von Radwegen durchzogen war. Die Sorge um Timon lag wie ein Eispanzer um ihre Brust. Trotzdem verwarf sie den Gedanken, auf eigene Faust loszuziehen und die auf der abfotografierten Karte gekennzeichneten Routen selbst zu überprüfen. Es wäre eine aussichtslose Verschwendung ihrer Ressourcen, die sich sinnvoller einsetzen ließen. Durch gezieltes Nachdenken zum Beispiel. Wie in einer Mühle drehten sich in ihrem Kopf die spärlichen Fakten, die gesichert schienen: Timon verabredete sich, nachdem er den Flachbettscanner benutzt hatte, telefonisch mit Oskar Hennies, der nur wenige Stunden später durch einen Kopfschuss sterben sollte. Die Fragen, die sich daraus ergaben, ließen die Gedankenmühle aufs Heftigste rotieren. Was hatte Timon auf den Scanner gelegt? Was mochte ihm (in seiner Erbschaft?) als so wichtig erschienen sein, dass er damit (in Kopie) einen Kunstexperten aufsuchen wollte? Oder ging ihre Fantasie mit ihr durch, und Timon hatte einfach nur die Streckenbeschreibungen der Radausflüge eingescannt? Falls er tatsächlich etwas Wertvolles gefunden haben sollte, musste er es mitgenommen oder irgendwo versteckt haben.

Aufschlussreich könnte der Computer sein – unter der Voraussetzung, dass Timon die Kopie abgespeichert und die Schwestern den Rechner nicht ebenfalls in den Müll befördert hatten. Kommisssarin Rosenblatt müsste alldem nachgehen! Außerdem sollte sie sich beim Notar erkundigen, ob Timon womöglich doch mehr geerbt hatte als den Schrank mitsamt seinem Antiquariat. Norma sah wenig Chancen, selbst auch nur ein Wort aus dem Notar herauszubekommen. Ihr gegenüber würde er sich auf seine Schweigepflicht berufen. Der Polizei dagegen wäre es möglich, sich notfalls Rückhalt über den Staatsanwalt zu besorgen.

Als Timons Erbschaft wieder in den Kartons verstaut war, griff Norma zum Telefon, besann sich aber eines Besseren und beschloss, der Polizeistation einen persönlichen Besuch abzustatten. Wenn sie Heidrun Rosenblatt Auge in Auge gegenüberstand, würde es dieser weniger leichtfallen, ihre Anliegen abzuwimmeln, als bei einem Anruf. Norma hatte den Raum von der Gartenseite betreten und verschloss nun die Außentür beim Hinausgehen. Den Schlüssel versenkte sie auf der Terrasse in einer ausgemusterten bemalten Milchkanne, worum Kirsten sie ausdrücklich gebeten hatte. Es gab nur diesen einen für den Zugang von außen, und Kirsten wollte jederzeit hineingelangen können, ohne durch das Haus und die zweite Tür zum Gartenzimmer zu gehen. Deren Schlüssel liege immer oben auf der Zarge, hatte sie Norma noch verraten, und Normas Hinweis, da gebe es durchaus sicherere Verstecke, mit einer unbekümmerten Geste abgetan.

Mit dem Rad wäre Norma in fünf Minuten am Ziel gewesen. Doch der Stellplatz, wo in der Frühe noch vier Räder zur Auswahl gestanden hatten, war leer. Offensichtlich waren ihr die Berliner Ehepaare zuvorgekommen. Also per pedes! Inzwischen fand sie sich in den Altstadtgassen gut zurecht. Beim Anblick der Herderkirche fiel ihr der alte Herr von der Terrasse des Schwarzen Bären ein. Ob er seinen 80. Geburtstag einsam hatte beenden müssen? Sie hätte sich gern für den Tipp mit der Pension Elise bedankt und hoffte, ihn in den kommenden Tagen zufällig zu treffen, was so unwahrscheinlich nicht war. Weimar hatte sich als übersichtliches Städtchen erwiesen. Der eine oder andere Tourist hatte bereits mehrfach ihren Weg gekreuzt. Auch der Mann Ende 30, der soeben mit dem Audioguide am Ohr das beeindruckend steile Kirchendach in Augenschein nahm, war ihr bereits zuvor aufgefallen. Im Biedermeiergarten – gestern – hatte sie ihn bemerkt. Der Mann hatte kurz nach ihr und Bergholter den Kaffeegarten betreten, sich nach einem freien Tisch umgeschaut und konzentriert in einem Reiseführer geblättert, während Achim Bergholter vom Kandinsky-Kunstwerk erzählt hatte. Auf den ersten Blick ein Tourist wie viele andere. Von seinem Gesicht, das vom Schirm einer hellblauen Kappe beschattet worden war, war kaum mehr zu erkennen gewesen als das markante, glattrasierte Kinn. Seine Kleidung, die aus Jeans, schlichten Sneakern und einem dunkelblauen Hemd bestand, war wenig bemerkenswert. Aufgefallen waren Norma bereits gestern seine Gestalt und Körperspannung: Die hagere, austrainierte Statur eines Jägers, der seine Beute mit beharrlicher Ausdauer hetzte. Dazu eine lauernde Wachsamkeit, die er vergeblich zu verbergen versuchte. Normas Instinkte schlugen Alarm. Hatte sie in ihrem Leben nicht genug ausgestanden, um sofort zu spüren, wenn von einem Menschen Gefahr ausging?

Fesselten ihn die Sehenswürdigkeiten tatsächlich so sehr, wie er vorzugeben schien? Wanderte nicht immer wieder ein verstohlener Seitenblick zu ihr herüber? Betont gelassen schlenderte Norma an ihm vorüber und widerstand der Versuchung, sich umzuschauen, als sie nach links in die enge Jakobstraße einbog. Ein Stück weiter erreichte sie den Torbogen des Kirms-Krackow-Hauses, in dem der Eingang des Museums lag. In der Nische verborgen studierte sie für ein, zwei Minuten scheinbar die Informationen zur bürgerlichen Wohnkultur des 18. und 19. Jahrhunderts, um dann blitzschnell vorzutreten – und um ein Haar mit dem Jäger zusammenzuprallen. Er zuckte zurück, gab eine Entschuldigung von sich und strebte, als hätte er nichts anderes im Sinn gehabt, durch den Innenhof zum Eingang des Cafés. Norma tat so, als würde sie ihr Handy checken, und schoss, als er sich vor der verschlossenen Eingangstür herumdrückte, heimlich einige Fotos. Verfolgte der Mann sie gezielt? Doch aus welchem Grund? Als sie fünf Minuten später die Polizeistation erreichte, erschien ihr die vermutete Gefahr plötzlich lächerlich und ein Produkt ihrer angespannten Nerven. Wahrscheinlich war alles nur Zufall gewesen.

Nicht minder zufällig war ihr Beinahezusammenstoß mit Devid Smidt, der schwungvoll um eine Hausecke geeilt kam, als Norma auf dem Weg zum Haupteingang war. Sein Zusammenzucken und seine fahrige Gestik ließen ebenso auf eine kurze Nacht schließen wie die dunklen Ringe unter den Augen. Aber was tat er hier? Müsste er nicht draußen in Wald und Feld seinen Suchtrupp befehligen?

Norma spürte, wie ihr die Panik den Rücken hochkroch. »Haben Sie Timon gefunden?«

»Tut mir leid, Frau Tann. Bisher hat sich nichts ergeben.«

»Was ist mit den Kliniken?«

Er schüttelte den Kopf. »Timon Frywaldt wurde nicht eingeliefert, und nirgendwo hat man einen Mann ohne Personalien behandelt, auf den die Beschreibung Ihres Freundes passt.«

»Aber Sie geben doch nicht auf?«

»Bedaure, heute Mittag um 12 Uhr werden wir die Suche einstellen.«

»In zwei Stunden schon? Das können Sie nicht machen! Was, wenn er irgendwo liegt? Im Wald! Verletzt und …!«

»Frau Tann! Bitte beruhigen Sie sich!« Der energische Ausruf stammte von Heidrun Rosenblatt, die mit einer

Zigarettenschachtel in der Hand aus dem Haupteingang herausgetreten war, sich nun dazugesellte und ihren Kollegen aufforderte, Norma ohne Vorbehalt auf den neusten Stand zu bringen.

»Also gut«, begann er. »Mittlerweile haben wir alle Straßen und Wege kontrolliert, die Ihr Freund auf der Karte markiert hatte. Zusätzlich wurde der Ettersberg systematisch von einem Helikopter mit Wärmebildkamera überflogen. Zurzeit sind unsere Leute im Ilmtal und in der Umgebung des Schlosses Belvedere eingesetzt. Nichts bisher. Absolut kein Hinweis. Die Aktion läuft aus, sobald die Kollegen dort fertig sind.«

Norma wollte es nicht glauben. War das zu fassen? Die Polizei ließ einen Kollegen im Stich! Bevor sie aufbegehren konnte, schickte die Kommissarin Devid Smidt mit einem Wink, dem er wie ein gut trainierter Schäferhund folgte, ins Gebäude hinein.

Mehr enttäuscht als zornig wandte Norma sich Heidrun Rosenblatt zu. »Ist das Ihre Entscheidung?«

»Glauben Sie mir, Frau Tann«, hob die Kommissarin in einer Stimmlage an, als spräche sie zu einem hitzköpfigen Teenager, »ich kann Ihre Sorgen um Ihren Lebensgefährten nachvollziehen. Auch wir würden ihn sehr gerne finden, um ihn, wie Sie wissen, als Zeugen zu befragen. Deswegen haben wir die Personensuche gestartet und parallel dazu Erkundigungen eingezogen. Ihr Freund ist ohne Rad angereist, wie Sie selbst uns bestätigt haben. Tatsache ist: Keiner der hiesigen Verleiher hat ein Rad an jemanden namens Frywaldt verliehen. Ihre Theorie, er sei auf einer Radtour verunglückt, entbehrt jeder Grundlage.«

»Und wenn Timon sich ein Rad in einem Hotel ausgeliehen hat?«

»In welchem Hotel? In welcher Pension? Wir haben, was Sie begonnen haben, in aller Gründlichkeit fortgesetzt. Keine Unterkunft führt einen Gast dieses Namens«, erklärte die Kommissarin und fummelte unentwegt an der Zigarettenschachtel herum, was Normas Nervosität nur noch vergrößerte.

»Jetzt stecken Sie sich endlich eine an!«

Heidrun Rosenblatt lachte leise. »Wozu? Das Rauchen habe ich aufgegeben. Aber es ist ein prima Vorwand, wenn man raus will aus der Teamsitzung und frische Luft schnappen. Rauchern gegenüber herrscht aufgrund ihrer Sucht eine gewisse Großzügigkeit, wie ich feststellen durfte.« Sie fixierte Norma aus engstehenden, graugrünen Augen. »Wir haben zwei Morde aufzuklären, Frau Tann. Das erfordert alle verfügbaren Kräfte.«

»Ihre Leute haben keine Zeit, sich um einen Kollegen zu kümmern, der vielleicht, nein, mit Sicherheit in Gefahr ist. Das wollen Sie mir doch damit sagen, Frau Rosenblatt, oder nicht? Das ist ein Fehler, nein schlimmer: ein Versäumnis!« Norma schnappte nach Luft. Sie musste sich in den Griff bekommen, verflucht!

Auch die Kommissarin hob die Stimme an: »Falls Ihrem Freund etwas zugestoßen sein sollte, das in Verbindung mit dem Mord an Oskar Hennies steht, werden wir das aufdecken. Aber sicherlich nicht, indem sich unsere Leute durchs Laub der Straßengräben am Ettersberg wühlen. Ich brauche jeden Einzelnen. Und jetzt muss ich rein. Wenn Sie also nichts Neues haben?« Sie schob die Schachtel in die Jackentasche und schritt auf die Eingangstür zu.

Norma hielt sie zurück. »Warten Sie! Da ist noch etwas.«

Die Kommissarin kehrte zurück. »Kommen Sie zur Sache, Frau Tann!«

»Timons Erbschaft«, erklärte Norma und fasste in wenigen Sätzen zusammen, wie sie das Schränkchen gerettet hatte. »Kann sein, dass das Möbel ein Bauhaus-Original ist. Ein Kinderschrank von der Designerin Alma Siedhoff-Buscher. Wenn die Schwestern aus Habgier …?«

Ungeduldig fiel ihr die Kommissarin ins Wort: »… Timon ermordet haben? Wegen eines Schranks, den sie loswerden wollten?«

»Aber nein, nicht wegen des Schranks selbst. Vielleicht steckte etwas besonders Wertvolles darin? Ein Erbstück, von dem ich nichts weiß. Sie sollten Fritz Frywaldts Computer und den Scanner checken. Und Sie müssen mit dem Notar sprechen, der das Testament eröffnet hat.«

»Wissen Sie, was ich muss, Frau Tann? Zurück zu den Kollegen! Wir bleiben in Verbindung.« Vor der Tür drehte sie sich, den Griff in der Hand, noch einmal zu Norma um. »Lassen Sie prüfen, ob der Schrank tatsächlich ein Original ist. Kann ja nicht schaden.«

»Das werde ich«, versprach Norma und war, bei aller Enttäuschung und Ungewissheit, auf seltsame Art dankbar für diese Aufforderung.

23

Wieder in Weimar, und zu welchem Anlass! Seit gestern Abend bin ich ganz offiziell mit Ida verlobt. Im Frühling soll Hochzeit sein. Ich hatte größte Bedenken, dass ihrem Vater, dem Weimarer Fabrikanten, ein einfacher Journalist aus Wiesbaden als Schwiegersohn willkommen wäre. Aus der zerstörerischen Wirtschaftskrise ist Idas Vater mit Geschick und Chuzpe halbwegs unbeschadet herausgekommen. Mich duldet er, weil er seiner geliebten Tochter keinen Wunsch abschlagen kann. Dafür stellt er zwei Bedingungen: Wir sollen in Weimar heimisch sein (in einem Haus, das er für uns kaufen wird), und ich habe mir hier eine Anstellung bei der Zeitung zu suchen. Es fällt mir schwer, Wiesbaden, die Redaktion und die alten Eltern endgültig zu verlassen, den Preis für meine lebenslustige Ida will ich jedoch frohen Mutes zahlen. Im Herbst beim Drachenfest sind wir uns begegnet. Ida ist keine Bauhaus-Studentin, liebt aber die berühmten Feste der Bauhäusler (wer tut das nicht?). Während wir die bezaubernden, wilden und schillernden Drachen bewunderten, die die Studenten auf den Hügeln der Stadt aufsteigen ließen, kamen wir miteinander ins Gespräch, als würden wir uns seit Jahren kennen. Seitdem gab es Besuche, ich in Weimar, Ida in Wiesbaden, bis wir uns ganz sicher waren. Aber gezweifelt haben wir eigentlich nie. Ida, meine geliebte Braut!

Und danke, Lucia, treue Freundin! Denn Lucia hatte uns einander vorgestellt. Sie und Ida kannten sich von den Bauhaus-Festen, und Ida hatte Lucia darum gebeten, in ihres Vaters Fabrik Produkte für einen Katalog zu photographieren. Es gab große Skepsis vonseiten des Vaters, diese technische Arbeit einer Frau anzuvertrauen. Doch wie gesagt, Ida kann er nichts abschlagen. Und Lucia hat ihn durch ihre Aufnahmen überzeugen können! Lucia ist eine begnadete Photographin, der es gelingt, Gebrauchsgegenstände wie Leuchten und Vasen, selbst Teekannen so darzustellen, dass uns die schlichten Bilder wie Kunst erscheinen. Keinesfalls will ich ihr aus Freundschaft schmeicheln. Die Schönheit der Photos nimmt viele gefangen, allen voran die Bauhäusler, die sie mittlerweile zur »Hausphotographin« ernannt haben. Um noch mehr zu lernen, will sie an der Leipziger Hochschule für Grafik und Buchkunst Kurse in Reproduktionstechnik belegen. Nach meinem Eindruck entspringen die Anstrengungen nicht einem gewöhnlichen Ehrgeiz. Sie strengt sich an für die Sache an sich. Und für László, der ihr die Anerkennung, die sich von ihm wünscht, vorenthält, aber kein Problem damit hatte – während sie in Berlin verweilten – von ihrem Verdienst zu leben. Jetzt verdient er als Bauhausmeister das Geld – und sie bekommt als Lohn für ihre Arbeit von den Bauhäuslern nicht mehr als ein Lob.

24

Da Meika für das Bauhaus-Museum arbeitete, kannte sie bestimmt einen Experten für Bauhausmöbel. Norma beschloss, sie sofort zu fragen.

Erfreut nahm Meika den Anruf entgegen. »Schön, von dir zu hören! Hast du endlich gute Nachrichten von deinem Freund?«

»Immer noch nichts Neues«, antwortete Norma knapp, weil sie das beklemmende Thema nicht ausweiten mochte. »Aber ich habe eine Bitte. Timon hat ein Möbelstück geerbt, das vom Stil her zum Bauhaus passt. Ich würde den Schrank gern prüfen lassen. Kennst du jemanden im Museum, den ich darum bitten könnte?«

Meika überlegte nicht lange. »Dr. Winter ist dafür der Richtige. Er weiß alles über die Möbelentwürfe der Bauhäusler. Montags ist er gewöhnlich im Haus. Magst du in einer Stunde ins Museum kommen?«

Sie versprach, Norma bei Dr. Winter anzumelden und lud sie außerdem zu einer exklusiven Privatführung durch die Sonderschau »Lichtfaktur« ein. Die Ausstellung mit Fotografien von Lucia Moholy würde offiziell erst am kommenden Vormittag eröffnet werden.

Auf ihrem Weg zu ihrer Verabredung machte Norma einen Abstecher zum Gauforum, einer Reihe klobiger Gebäudekolosse, die sich im Karree um eine fußballfeldgroße Freifläche gruppierten. In monströsem Popanz hatten Hitler und seine Schergen sich und ihrer Gewaltherrschaft damit ein Denkmal setzen wollen. Denn leider war Weimar nicht nur die Heimat großer Denker wie Goethe, Schiller und Herder sowie Geburtsstätte der Weimarer Republik, sondern in den 1930er- und 1940er-Jahren auch eine Hochburg der Nationalsozialisten gewesen. Düsterstes Zeugnis der menschenverachtenden Diktatur war das Konzentrationslager Buchenwald, das außerhalb der Stadt auf dem Ettersberg lag und nun eine Gedenkstätte war.

Bedrückt wandte Norma dem Gauforum den Rücken zu und blickte nun unmittelbar auf das Bauhaus-Museum, das sich als ein kompakter Kubus mit horizontalen Linien und wenigen, gezielt gesetzten markanten Fensteröffnungen selbstbewusst gegen seinen geschichtsbelasteten Nachbarn behauptete. Auf dem Vorplatz, ihrem Treffpunkt, wartete Meika bereits.

Als sie nebeneinander auf den Haupteingang zuhielten, brachte Meika das Gespräch auf Oskar Hennies. »Ich muss mich um die Beerdigung kümmern, er hatte sonst niemanden. Du warst doch Polizistin. Kennst du dich mit den Formalitäten aus?«

»Zuerst muss die Leiche freigegeben werden«, antwortete Norma. »Wenn du möchtest, spreche ich mit Kommissarin Rosenblatt und bitte sie, dich zu benachrichtigen, wenn es so weit ist.«

Meika bedankte sich für die Unterstützung. »Glaubst du, der Mörder wird gefasst?«

»Die Arbeit der Polizei ist höchst effizient. Sie werden ihn finden, aber es könnte seine Zeit brauchen.«

»Was genau hast du bei der Wiesbadener Polizei gemacht?«

»Zuletzt war ich bei der Mordkommission. Jetzt bin ich, wie gesagt, Privatdetektiv.«

»Ach du Schreck!«, entfuhr es Meika. »Bist du nach Weimar gekommen, weil du einen Mörder jagst?«

»Ich bin hier im Urlaub, und so soll es bleiben«, widersprach Norma zuversichtlicher, als ihr zumute war. Sie war doch längst in das Geschehen involviert.

Im Gegensatz zur Geschlossenheit der Fassade erwies sich das Gebäude innen ausgesprochen offen und durchlässig, als würden die hellen, luftigen Räume ineinandergreifen. Auf dem Weg zu Dr. Winters Büro schaute Norma sich nach allen Seiten um und blieb auf einer Galerie stehen, um von oben einen Blick ins Foyer zu werfen.

»Hast du Fotos von dem Möbelstück?«, fragte Meika, die neben ihr auf der Brüstung lehnte.

»Ja, schau hier!« Norma hatte das Schränkchen von allen Seiten fotografiert und zeigte Meika die Bilder auf ihrem Smartphone.

»Das sieht tatsächlich aus wie ein Original aus dem Bauhaus«, staunte Meika und schien noch überraschter, als sie hörte, dass der Schrank aus dem Erbe von Albin Frywaldts Sohn Fritz stammte.

Als sie das Büro mit dem Namensschild »Dr. Knut-Werner Winter« erreichten, war die Tür abgesperrt, und auf Meikas Klopfen kam keine Antwort.

»Das verstehe ich nicht«, wunderte sich Meika. »Ich hatte unseren Besuch angemeldet.«

Eine Dame erschien in der gegenüberliegenden Tür. »Sie wollen zu Dr. Winter, nicht wahr? Er hat mich gebeten, ihn zu entschuldigen. Er musste überraschend fort. Irgendetwas ist mit seiner Mutter.«

Enttäuscht bedankte Norma sich für die Information.

Winters Kollegin zog die Tür mit einem netten Gruß wieder zu.

Meika zuckte mit den Achseln. »Pech! Dann müssen wir es ein andermal versuchen. Ich bleibe dran, versprochen. Komm, ich zeige dir die Ausstellung!«

Widerstrebend stimmte Norma zu. Eigentlich war ihr nicht danach, aber die Ablenkung würde ihr vielleicht guttun.

»Diese Bilder sind meine Herzenssache«, offenbarte Meika, als sie Norma in den Ausstellungsraum führte, in dessen karg gehaltener Atmosphäre die großformatigen Schwarz-Weiß-Abzüge eine kühne Wucht entfalteten. »Fotos sind Erinnerungen. Ohne Lucias Fotos hätte das Bauhaus sicher nicht den Ruf, den es heute hat.«

Gespannt ging Norma näher heran. Die Bilder zeigten Außen- und Innenansichten des berühmten Bauhausgebäudes in Dessau und außerdem die dort verwirklichten und in Form sowie Gestaltung wegweisenden Meisterhäuser. Eine Wand präsentierte Lucia Moholys meisterliches Können, Gebrauchsgegenstände wie Tischlampen, Stühle, Küchengefäße und Kannen wie Kunstwerke mit ästhetischer Schlichtheit in Szene zu setzen.

»Fällt dir etwas auf?«, fragte Meika mit spitzbübischer Miene.

»Sag es mir«, bat Norma, im Stillen gerührt über Meikas Freude, ihre Begeisterung über die Fotos weitergeben zu dürfen.

»Die Objekte werfen keine Schatten. Sie stehen auf einer Glasplatte, die auf zwei Stühle aufgelegt ist. Dadurch betont Lucia das Material an sich und die geometrischen Linien. Wenn man die vollkommenen Bilder betrachtet«, plauderte Meika im Tonfall der Expertin, »kann man sich kaum vorstellen, dass Lucia als Künstlerin so lange unterschätzt wurde, ja, dass sie sich selbst unterschätzte. Ihr Ehemann László Moholy-Nagy heimste den Ruhm ein. Er wurde 1923 ans Bauhaus nach Weimar berufen, und als seine Ehefrau begleitete sie ihn hierher und später nach Dessau. Als sie in Berlin lebten, kam es schließlich zur Trennung.«

Die helle Stimme hallte von den Wänden wider. Sie waren unter sich. Die Handwerker, die eben noch letzte Hand an die Beleuchtung gelegt hatte, waren gegangen.

Lucia sei eine außergewöhnlich fleißige Fotografin gewesen, wusste Meika zu erzählen. »Leider können wir nur einen Teil der Aufnahmen zeigen. Viele Negative sind verschollen.«

»Wie schade, aus welchem Grund?«

Erfreut über Normas Interesse fuhr Meika fort: Lucia Moholy sei als Jüdin und Lebensgefährtin eines vom NS-Regime verfolgten Politikers 1933 in die Emigration gegangen, und es war ihr nicht möglich gewesen, ihr Wertvollstes, die Negative, mitzunehmen.

»Ich kann mir gut vorstellen, dass man sich in dieser Situation beschränken musste«, überlegte Norma laut. »Aber Negative sind doch nicht sonderlich groß und haben kaum Gewicht.«

»Und ob! Damals haben die Profis mit Negativen auf Glasplatten gearbeitet. Zwischen 1923 und 1928 hat Lucia in Formaten von 18 mal 24 Zentimeter und 13 mal 18 Zentimeter fotografiert und um die 600 Fotos geschossen. Mehrere hundert schwere Glasplatten sind nichts für eine Flucht.«

»Es muss sie sehr geschmerzt haben, sich von ihrem Werk zu trennen«, vermutete Norma und bewunderte ein Foto der berühmten Stahlrohrstühle von Marcel Breuer, das zum Glück nicht verloren gegangen war. »Was hat sie mit den Glasnegativen gemacht?«

»Den größten Teil davon, um die 500 Stück, hat Lucia ihren Freunden aus dem Bauhaus anvertraut. Nach dem Krieg hat sie die Negative leider nicht in der kompletten Anzahl zurückbekommen. Ein Teil wurde später sogar ohne ihre Einwilligung veröffentlicht, andere Negative sind bis heute verschwunden, was sehr bedauerlich ist. Magst du ihre Porträts sehen?«

Meika ging voraus in einen benachbarten Raum, dessen Exponate Norma noch stärker in ihren Bann zogen als die Objektbilder. Meika zitierte Lucia Moholys Statement, sie habe Menschen fotografiert wie Häuser, was nach einer gewissen geistigen Distanz der Fotografin zu ihren menschlichen Motiven klang. Und trotzdem meinte Norma, diesen Personen, die sich vor rund 100 Jahren hatten ablichten lassen, persönlich sehr nahezukommen. Aufmerksam studierte sie deren Namen. Viele sagten ihr nichts, von anderen hatte sie gehört. Darunter waren die Politikerin und Frauenrechtlerin Clara Zetkin, der Gründer des Bauhauses Walter Gropius, dann der Maler Johannes Itten und Lyonel Feininger, ebenfalls Maler, mit seiner Ehefrau sowie das Künstlerehepaar Wassily und Nina Kandinsky; diese beiden ganz privat in ihrem Wohnzimmer. Ob Timon auf der Reise nach Weimar dazu gekommen war, in der Kandinsky-Biografie zu lesen? Die freudige Überraschung auf seinem Gesicht ... Die Erinnerung an den Abschied am Wiesbadener Bahnhof versetzte Norma einen tiefen, schmerzlichen Stich.

Sie lenkte sich mit dem nächsten Exponat ab. Mit den Blicken erforschte sie das Porträt eines hageren, schalkhaft lächelnden Mannes, der den Kopf auf die rechte Hand gestützt hielt: eine gestellte Pose, die trotzdem nichts Steifes hatte. Die Augen! Die starken, knochigen Finger! Ähnlichkeiten über Generationen hinweg.

»Unglaublich!«, rief sie. Dann fiel ihr Blick auf den Namen des Mannes.

Meika, die sie ungestört hatte schauen lassen, kam neugierig näher. »Wer interessiert dich so?«

»Albin Frywaldt!«

»Der Verwandte deines Freundes?«

»Ich meine, Timon in diesem Gesicht zu erkennen ...« Sie geriet ins Stocken.

Meika erklärte, auf das Porträt konzentriert: »Albin und Lucia waren eng befreundet. Albin hat nicht am Bauhaus studiert oder gelehrt, aber er fühlte sich der Schule sehr verbunden und hielt sich deswegen häufig in Weimar auf, lebte einige Jahre ganz hier. Er betrachtete sich als eine Art Biograf des Bauhauses. Du weißt bestimmt, dass er aus Wiesbaden stammte?«

»Er war lange Zeit Journalist beim Wiesbadener Tagblatt«, bestätigte Norma, die sich wieder gefasst hatte. »Die Zeitung gibt es heute noch. Wann und warum ging Albin nach Weimar?«

»Über Lucia hat er seine spätere Frau Ida kennengelernt und mit ihr in Weimar ein neues Leben begonnen. Sie wären gern hiergeblieben, aber nachdem die Nazis immer mehr Einfluss in der Stadt bekamen, ist die Familie nach Wiesbaden gezogen. Mit ihrem kleinen Sohn Fritz!«

Der vor kurzem hochbetagt verstorben ist, dachte Norma bewegt. Timons geschätzter Vertrauter, Großonkel und Freund.

Norma räusperte sich, bevor sie fragte: »Woher kennst du dich so gut mit der Familiengeschichte der Frywaldts aus?«

»Das habe ich aus Albins Bauhaus-Memoiren erfahren. Darin hat er sein Privatleben nicht ausgelassen, was die Zeit und die Umstände damals sehr lebendig werden lässt.«

»Das war auch mein erster Eindruck«, bestätigte Norma. »Timon hat mir das Buch geschenkt, und auf der Bahnfahrt habe ich einige Kapitel gelesen.«

Als sie den Rundgang beendet hatten, verabredeten sie, in Kontakt zu bleiben. Meika wollte sich melden, wenn Dr. Winter zurückkehrte, und Norma würde sie informieren, falls sie Neuigkeiten über Oskar erführe. Auf dem Weg hinaus ging ihr durch den Kopf, welch herzliche und hilfsbereite Menschen sie in den vergangenen anderthalb Tagen kennengelernt hatte: zuerst den geschichtskundigen Jubilar, danach Kirsten Walderbeck und Meika, selbstverständlich. Die Reihe ließ sich mit Heidrun Rosenblatt und ihrem ehrgeizigen Gehilfen fortsetzen, sofern man, was die Herzlichkeit betraf, bezüglich der Kommissarin Abstriche machte.

Auch die Dame, die sie im Flur vor Dr. Winters Büro angesprochen hatte, schien ihr wohlgesonnen zu sein. Zumindest winkte sie ihr auf dem Museumsvorplatz mit ausladenden Bewegungen zu und erhob sich von dem Mauerstück, auf dem sie in der Sonne gesessen hatte.

Gespannt ging Norma zu ihr hinüber. »Haben Sie eine Nachricht von Dr. Winter?«

»Seine Mutter ist gestürzt. Zum Glück blieb die alte Dame unverletzt, aber er möchte sie in den kommenden Stunden nicht allein lassen. Deswegen hat er mich gebeten, ihm einige Unterlagen vorbeizubringen. Die Mutter wohnt in meiner Nachbarschaft. Soll ich ihm bei der Gelegenheit etwas von Ihnen ausrichten?«

»Sehr gern! Ich möchte Dr. Winter ein Möbelstück zeigen, das möglicherweise aus dem Bauhaus stammt.«

»Tatsächlich? Das wird ihn sehr interessieren.«

Norma übergab ihr eine Visitenkarte. »Ich bin jederzeit auf dem Handy erreichbar. Darf ich nach Ihrem Namen fragen?«

»Mühlbauer, Renate«, antwortete sie ohne aufzuschauen und zog, den Blick auf die Karte geheftet, überrascht die Augenbrauen zusammen. »Eine Privatdetektivin aus Wiesbaden? Das klingt aufregend.«

»Halb so wild«, winkte Norma ab.

»Sind Sie hier in Weimar gut untergekommen?«, erkundigte sich Renate Mühlbauer zuvorkommend.

»Ich wohne in der Pension Elise.«

»Das kenne ich, ein hübsches Haus! Alles klar, Frau Tann. Dr. Winter wird sich bestimmt bei Ihnen melden.«

Aus den Augenwinkeln hatte Norma eine Bewegung wahrgenommen, ein blitzschnelles hellblaues Auf und Ab hinter dem Heck eines Kleinwagens. Unauffällig schaute sie hinüber, während Renate Mühlbauer über Zufallsfunde echter Bauhausproduktionen plauderte, mit denen Dr. Winter zu seinem Entzücken gelegentlich konfrontiert würde. Norma gab uneingeschränkte Aufmerksamkeit für ihr Gegenüber vor und versuchte dabei verstohlen, die Person genauer auszumachen. Als sich der Beobachter ein Stück aus der Deckung wagte, erkannte sie den Mann mit der hellblauen Kappe, den sie im Innenhof des Kirms-Krackow-Hauses geknipst hatte. Also war die Verfolgung doch keine Einbildung. Blieb die Frage: Warum spionierte er ihr hinterher?

25

Ein diffuser Schatten auf dem Asphalt verriet, dass der Kappenträger unbeirrt zwischen dem Kleinwagen und der vorderen Stoßstange eines SUV lauernd hocken blieb. Lass uns sehen, wer die besseren Nerven hat!, forderte sie ihren Verfolger in Gedanken heraus, ohne sich die Beunruhigung anmerken zu lassen.

Sie verabschiedete sich von Renate Mühlbauer und schlenderte in scheinbarer Lässigkeit der benachbarten Weimarhalle entgegen. Vor dem Kongresszentrum kündigte ein massiver Schaukasten die kommenden Open-Air-Konzerte im Weimarhallenpark an, der hinter der Weimarhalle und dem Bauhaus-Museum lag. Vielleicht ließ der Kerl sich aus der Reserve locken, wenn sie sich nur unbekümmert genug gab – und sich ihr damit hoffentlich die Gelegenheit bot, ihm auf den Zahn zu fühlen. Als würde sie sich brennend für die Veranstaltungen interessieren, betrachtete Norma die ausgehängten Plakate. Was dann geschah, hatte sie jedoch auf keinen Fall erwartet. Anstatt ihr hinterherzuschleichen, verließ der Mann sein Versteck und spazierte in aller Seelenruhe auf Renate Mühlbauer zu. In der spiegelnden Glasscheibe beobachtete Norma mit wachsendem Unwillen, wie er die Museumsdame in ein Gespräch verwickelte. Welches Ammenmärchen er ihr auch auftischen mochte, es war von Erfolg gekrönt. Renate Mühlbauer fasste in die Jackentasche, und was sie dem Verfolger mit gutgläubigem Lächeln offerierte, war allem Anschein nach Normas Visitenkarte! Ein hilfsbereites Wesen war leider nicht immer zum Vorteil aller. Womöglich ließ sich die liebenswürdige Frau Mühlbauer in diesem Moment die Information über Normas Unterkunft aus der Nase ziehen.

Am liebsten hätte Norma den Unbekannten sofort zur Rede gestellt und gefragt, warum er ihr nachstellte. Mit einer ehrlichen Antwort dürfte sie allerdings kaum rechnen. Vermutlich würde er nach Ausflüchten suchen oder sich gleich davonmachen. Er hatte bekommen, was er wollte: ihre Identität war ihm auf dem Silbertablett serviert worden. Ihre einzige Chance war, so zu tun, als hätte sie die Unterhaltung nicht bemerkt, um den Spieß umzudrehen und ihrerseits die Verfolgung aufzunehmen. Anders als ihr Verfolger, der sich nicht besonders geschickt angestellt hatte, war sie geübt darin, Menschen zu beschatten. Mit gespielter Unbekümmertheit wandte sie sich der Treppe zu, die zwischen der Kongresshalle und dem Museumsgebäude zur Seebühne hinabführte. Nachdem sie auf halber Höhe kehrtgemacht und sich wieder nach oben geschlichen hatte, erspähte sie ihn auf der anderen Straßenseite, wo er auf dem Fußweg in Richtung Zentrum voranschritt. Also unbemerkt hinterher, was ihr mit der gebotenen Vorsicht zu gelingen schien. Auf seinem Weg vorbei am Stadtmuseum und entlang der üppigen Fassade des historischen Postgebäudes sah er sich nicht einmal um. Womöglich war es ihm gleichgültig, ob sie ihm folgte. Wie es sie ärgerte, dass er wusste, wer sie war, während sie nur eine Handvoll unscharfer Schnappschüsse erbeutet hatte. Auch das Foto, das ihn vor der Tür des Cafés zeigte, taugte nicht für eine Personenrecherche im Internet. Als sie die Fußgängerzone erreichten, schloss sie dichter auf. Dank seiner Körperlänge war die hellblaue Kappe zwischen den Passanten leicht im Blick zu behalten. Trotzdem hätte sie ihn auf dem Theaterplatz beinahe aus den Augen verloren, weil sie in eine Menschengruppe geriet, die sich vor dem Goethe-Schiller-

Denkmal versammelt hatte. Man wollte, wie Norma den Gesprächen und Transparenten entnahm, mit einer Andacht und einer Schweigeminute den beiden Mordopfern Philipp Viohl und Oskar Hennies gedenken. Norma befreite sich aus der Menge und eilte weiter, bis sie auf Höhe des Wittumspalais, dem barocken Witwensitz der Herzogin Anna Amalia, zum zweiten Mal aufgehalten wurde. Ein Grüppchen junger Frauen bestürmte Norma in ausgelassener Heiterkeit mit der Aufforderung, bei einem Spiel zum Junggesellinnenabschied mitzumachen. Halbwegs höflich wehrte Norma diese Bitte ebenso ab wie das Glas Sekt, das man ihr aufdrängen wollte, und hielt im Weitereilen angestrengt nach der hellblauen Kappe Ausschau. Wohin war er verschwunden? Geradeaus in die Schützengasse, die ein Stück weiter zur Fahrstraße wurde, oder nach links? Kurzentschlossen folgte sie dem größeren Menschenstrom in den verkehrsfreien Bereich und hatte Glück: Auf der breiten Promenade der Schillerstraße erspähte sie die Kappe in der Menge. Mit schnellen Schritten verringerte sie den Abstand und tauchte flink hinter drei jungen Musikern ab, die im Schatten der Stadtbäume ein Streichkonzert gaben, als der Mann sich abrupt und unerwartet umschaute. Hatte er sie bemerkt?

Wenn ja, gab er sich unbeeindruckt, als er weiterging und am Café Frauentor vorbeispazierte, auf dessen Terrasse sie gestern mit Meika beisammengesessen hatte. Dann entschwand er ihren Blicken durch die Eingangstür eines Zeitungsladens. Norma wagte sich näher heran. Im Schatten der Markise lugte sie durch das Schaufenster – und fuhr erschrocken zurück. Nur durch die Scheibe getrennt, stand er seitlich zu ihr am Regal und durchsuchte die Auslage mit den aktuellen Tageszeitungen. Mit einsatzbereiter Handykamera tastete sie sich zentimeterweise vor und wartete lauernd ab, bis er den Kopf hob und sich umsah. Nur ein Moment, aber sie hatte ihn erwischt: im Profil und Frontal. Das sollte genügen!

Gespannt kehrte sie in die Pension Elise zurück. Auf dem Bett sitzend lud sie das Foto auf ihr Tablet und aktivierte ein Personensuchprogramm, das umgehend mit der Arbeit begann und das Internet durchforstete. Auf der Homepage eines Weimarer Sportvereins wurde es fündig. Anlässlich einer Weihnachtsfeier waren erfolgreiche Mitglieder geehrt worden. Darunter war ein Marathonläufer, der eine Auszeichnung für seine persönliche Bestzeit im Berlin-Marathon erhalten hatte und dessen schlanke, sportliche Statur sowie das markante Kinn deutlich an ihren Verfolger erinnerten. Im dazugehörigen Text stieß sie auf seinen Namen: Frank Rassow. Sie klickte sich durchs Internet und fand die Webseite eines Journalisten namens Frank Rassow. Auf ein persönliches Foto hatte er verzichtet, aber der Wohnort passte: Weimar!

Was mochte ein Journalist von ihr wollen? Onlineportale, Regionalzeitungen und Lifestylemagazine gehörten zu Rassows Auftraggebern, für die er Reiseberichte und Interviews mit Semiprominenten verfasst hatte. War ihm Timons Verschwinden zu Ohren gekommen, und er spekulierte auf eine ergiebige Story? Hastig überflog sie seine Veröffentlichungen. Die Publikationen waren seriös, die Artikel gut, aber brav und konventionell geschrieben und schienen überhaupt nicht zu dem gefährlichen Eindruck zu passen, den der Mann auf sie gemacht hatte. Oder diente ihm der Beruf als Tarnung?

Ihre Überlegungen wurden vom Klingeln des Handys unterbrochen. Wolfert! Dankbar nahm sie das Gespräch entgegen. Seiner gewohnt unaufgeregten Stimme waren die Sorgen, die ihn als ihren Freund bedrücken mussten, kaum anzuhören, aber seine warmherzige Anteilnahme spürte sie deutlich. Gemeinsam mit Milano leiste er Amtshilfe für die Weimarer Sonderkommission, erfuhr Norma. Sie war erleichtert. Wenigstens wühlte kein Außenstehender in Timons Privatleben und seiner Arbeit herum. »Wie gut, dass ihr das übernommen habt!«

Wolferts Seufzer klang sogar durchs Telefon resigniert. »Wir finden einfach keinen Anhaltspunkt. Hat Timon dir wirklich nichts erzählt, Norma? Scheinbar nebensächliche Andeutungen? Ein Detail, und wenn es noch so unwichtig erscheint?«

»Was glaubst du, worüber ich mir permanent den Kopf zerbreche? Ich weiß nichts, rein gar nichts! Ihr müsst weiterhin bei den Kollegen im LKA nachhaken. Vielleicht arbeitete er an einem brisanten Fall? Timon tritt, wie ihr wisst, als Experte in Strafprozessen auf. Sein Name steht unter Gutachten, die nicht jedem gefallen. Vielleicht wollte sich doch jemand rächen?«

Als Spezialist für Spurenauswertungen und Fragestellungen, die sich mit biologischen oder medizinischen Kriterien beantworten ließen, hatte Timon zur Aufklärung zahlreicher Straftaten beigetragen.

»Bisher gibt es darauf keine Hinweise, aber wir bleiben dran«, versprach Wolfert.

In wenigen Sätzen fasste sie zusammen, was Timons Erbschaft mit sich gebracht hatte. »Außerdem scheint sich ein Journalist für mich zu interessieren. Womöglich hat er von Timons Verschwinden gehört. Wenn der Mann auf eine reißerische Story aus ist, wird er mich kennenlernen.«

»Schick mir seine Daten, Norma. Ich sehe zu, dass ich etwas über ihn herausfinde.«

Um die Nachforschung hatte sie eigentlich Milano bitten wollen. Dass Wolfert ihr diesen nicht ganz legalen Freundschaftsdienst vorbehaltlos anbot, zeigte deutlich, wie besorgt er war.

»Pass auf dich auf«, warnte er sie zum Abschied.

Nach dem Gespräch poppte eine SMS auf:

Können wir uns kurzfristig treffen? Um 12:30 Uhr im Bauhaus.Atelier? Sascha Dannhardt.

Sascha Dannhardt? Nach allem, was passiert war, brauchte sie eine Sekunde, um sich an den Mann zu erinnern, von dem Meika erzählt hatte: Achim Bergholters Gegner im Prozess um den Kandinsky. Was mochte er von ihr wollen? Viel Zeit, um zu überlegen, ließ er ihr nicht. Wenn sie pünktlich sein wollte, blieben ihr nur 20 Minuten.

26

Unmittelbar hinter dem historischen Hauptgebäude der Bauhaus-Universität lag das Bauhaus.Atelier, ein historisches kleines Gebäude mit modischem Punkt im Namen. Hinter den Bruchsteinmauern, die eine stabile Grundlage für das luftige Glasdachgebilde boten, befand sich ein Laden, der Bücher und Bauhaus-Utensilien anbot. Zudem konnten Besucher und Studenten der Bauhaus-Universität hier Getränke und kleine Gerichte kaufen. Norma hatte sich gesputet und kam gut fünf Minuten zu früh an. Mit einer Saftschorle versorgt, nahm sie draußen auf einem der giftgrünen Stühle Platz. Unter den Gästen war sie als einzige Frau allein. Dannhardt sollte sie also finden können. Während sie wartete, schoss ihr durch den Kopf, wie oft Timon wohl während seiner Weimarbesuche über den Campus spaziert sein mochte. Die entspannte Atmosphäre inmitten der Studenten und Touristen hätte ihm sicher gefallen. Würden sie irgendwann gemeinsam hierherkommen, oder …? Schluss jetzt, befahl sie sich selbst. Das Letzte, was Timon half, war ihr andauerndes selbstzerfleischendes Grübeln. Sie musste sehr an sich halten, um nicht zu jeder neuen Stunde bei Heidrun Rosenblatt anzurufen, aber vielleicht gab es endlich erste Hinweise.

Die Kommissarin nahm sofort ab, bat aber um ein paar Minuten Geduld. »Ein Gespräch in der anderen Leitung. Ich melde mich gleich bei Ihnen. Versprochen!«

War das ein gutes oder schlechtes Zeichen? Um sich abzulenken, rief Norma im Internet Informationen über die Gebäude der ehemaligen Kunstgewerbeschule auf. Eine zeitlos schöne Architektur, wie es hieß, die allerdings nicht vom Bauhaus inspiriert, sondern anderthalb Jahrzehnte früher entstanden war: von 1904 bis 1911 gebaut, nach den Entwürfen des Architekten Henry van de Velde, der sich ursprünglich dem Jugendstil verschrieben hatte, wie der prägnant gewölbte Giebel des kleineren, über Eck gebauten Van-de-Velde-Baus nebenan bewies. Die von großen Atelierfenstern strukturierte Fassade des Hauptgebäudes war entschieden schlichter gehalten. 1919 waren Walter Gropius und seine Bauhäusler hier eingezogen und hatten in diesen Räumen den Grundstein für die weltweit angesehene Bau- und Kunstgewerbeschule gelegt. Ob die jungen Leute, die sich im Café mit Getränken versorgten und im Freien die Haupttreppe belagerten, sich der bemerkenswerten Vergangenheit des Uni-Gebäudes bewusst waren? In den Memoiren beschrieb Albin Frywaldt den harten Alltag der Studenten damals, die Krieg und Hungersnot soeben überlebt hatten und in den ungeheizten Ateliers des Bauhauses frierend und mit leerem Magen für eine schönere Welt schufteten – getrieben von der Hoffnung auf ein freies, selbstbestimmtes Leben in der Weimarer Republik.

Ein Anruf! Heidrun Rosenblatt hielt Wort, hatte aber keine positiven Neuigkeiten. Die Suche in Wald und Feld würde nicht wieder aufgenommen, erklärte sie in bei aller Freundlichkeit sehr bestimmtem Tonfall und versicherte eindringlich: »Wir lassen einen Kollegen nicht im Stich und tun unser Möglichstes, Timon Frywaldt zu finden.«

»Wie genau?«, fragte Norma mit klopfendem Herzen.

»Zurzeit prüfen wir, ob seine Arbeit in Wiesbaden Anlass für eine Entführung geben könnte«, antwortete Heidrun Rosenblatt in bestem Amtsdeutsch. »Halten Sie das für möglich?«

»Sie glauben gar nicht, was ich mir alles vorstelle«, gab Norma verzweifelt zurück. »Mein Gehirn läuft Amok. Aber Timon hat mir nichts von einer Bedrohung oder dergleichen erzählt.«

In wenigen Sätzen schilderte sie das vorangegangene Telefonat mit Wolfert.

»Ich bin über die Ermittlungen der Wiesbadener Kollegen im Bilde«, erwiderte die Kommissarin. »Auch wenn niemand etwas von einer Bedrohung weiß, hat es sie vielleicht trotzdem gegeben. Vielleicht wollte Herr Frywaldt seine Kollegen und vor allem Sie nicht beunruhigen?«

»Wir hätten darüber geredet«, behauptete Norma und war sich in der Tat ziemlich sicher. »Schließlich bin ich vom Fach. Timon hätte sich mit mir beraten, wenn ihm etwas verdächtig vorgekommen wäre.«

»Zusätzlich zu den Kollegen vom Wiesbadener Polizeipräsidium leistet das Hessische LKA Amtshilfe. Da ist geballte Polizeikompetenz am Werk. Gemeinsam werden wir ihn finden. Ich muss jetzt Schluss machen, das Team wartet. Die Kriminaltechniker geben gleich einen ersten Bericht zur Spurenlage in beiden Mordfällen ab. Wir bleiben in Verbindung.«

Damit endete das Gespräch. Die Bemühungen der Kommissarin, hoffnungsvoll und zuversichtlich zu klingen, hatten Norma gutgetan. Geballte Polizeikompetenz, wie wahr! Ihr blieb nichts anderes übrig, als darauf zu vertrauen und abzuwarten.

»Frau Tann?«

Der beleibte Mann, der sich mit fragender Miene ihrem Tisch näherte, nahm ihre zustimmende Geste dankbar zur Kenntnis und stellte sich als Sascha Dannhardt vor. Ein schwergewichtiger Mittdreißiger, der nach zu hohem Blutdruck und einem Widerwillen gegen Sport aller Art aussah und anders als Milano, dessen in der wuchtigen Masse verborgenen Kräfte unwillkürlich Respekt einflößten, nicht den Anschein erweckte, als würde er sich kühn in Konflikte stürzen. Sein blonder Haarschopf, der die breite Stirn wellig umkränzte, verlieh ihm etwas Naiv-Kindliches – ein Eindruck, den die wasserblauen Augen verstärkten.

»Sie haben meine Telefonnummer von Meika Striewe bekommen, nehme ich an«, sagte Norma, nachdem er sich mit unterdrücktem Ächzen gesetzt und die Aktenmappe, die er bei sich trug, auf den Tisch gelegt hatte. »Sie und Meika sind befreundet, soweit ich weiß.«

»Meika hat mir erzählt, dass Sie Privatdetektivin sind«, sagte er und betonte das Wort »Privatdetektivin«, als käme jemand mit diesem Beruf von einem anderen Stern.

Norma gab nicht viel darauf. Es passierte ihr nicht zum ersten Mal. Die wenigsten Leute hatten keine vorgefertigte

Meinung, was ihre Arbeit anging. »Das stimmt, aber mein Büro ist in Wiesbaden. Hier in Weimar mache ich Urlaub.«

»Dann kommt mein Anliegen sicher unpassend«, meinte er unsicher.

»Lassen Sie mich hören, worum es geht«, bot Norma ihm an. »Meika hat erwähnt, dass Sie mit Achim Bergholter wegen eines Kandinsky-Gemäldes prozessieren wollen. Möchten Sie mich deswegen sprechen?«

Er schluckte die Antwort hinunter und schaute sich argwöhnisch nach einer Gruppe junger Frauen um, die sich wenige Schritte entfernt auf dem Rasen niederließen und fröhlich und lautstark ihre Getränkevorlieben diskutierten. »Nicht hier. Kommen Sie!«

Behänder als erwartet sprang er auf, riss die Aktenmappe an sich und bewegte seinen rundlichen Körper auf den Eingang des Hauptgebäudes zu. Norma eilte hinterher. Drinnen angekommen ließ er ihr kaum Zeit, sich umzusehen. Sie hetzten eine Treppe hinauf, die sich in sanften Schwüngen in die zweite Etage schraubte. Norma blieb Dannhardt auf den Fersen, der mit großen Schritten den sattbraun glänzenden Fußboden überquerte und am Ende des Flurs eine der hohen Holztüren aufstieß.

Schwer atmend wandte er sich Norma zu und verkündete: »Hier sind wir vorerst ungestört.«

Sie betraten ein weitläufiges Atelier mit überhohen Wänden. Große Seminartische ließen darauf schließen, dass hier im Team gearbeitet wurde. Ein riesiges, von einem Metallraster strukturiertes Fenster folgte mit einem Knick der Dachform, um sich ein Stück weit in die Dachfläche hin einzuziehen. Staunend sah Norma sich um.

»Wundervoll, nicht wahr?«, schwärmte Dannhardt. »Diese Art der Verglasung war vor 100 Jahren eine Meisterleistung. Damit hatte Henry van de Velde den Bauhäuslern, die später in diesem Haus studierten, eine zukunftsweisende Architektur geliefert. Kennen Sie das berühmte Bauhaus-Gebäude in Dessau? Sein Markenzeichen sind die riesengroßen, gerasterten Fensterflächen. Ich könnte mir gut vorstellen, dass Walter Gropius sich von Henry van de Veldes Entwurf für das Dessauer Gebäude hat inspirieren lassen. Nachdem die braune Politik dafür gesorgt hat, dass das Bauhaus Weimar verlassen musste.«

»Sie sind Architekt!«

Dannhardt lächelte geschmeichelt. »Wo denken Sie hin? Nein, ich arbeite in der Verwaltung der Bauhaus-Universität. Das Gebäude fasziniert mich jedoch immer wieder aufs Neue.«

Norma konzentrierte sich auf ihr Gegenüber. »Herr Dannhardt, Sie haben mich sicher nicht unter das Dach gelockt, um über das Bauhaus zu reden. Was erwarten Sie von mir? Soll ich Ihnen Informationen besorgen, die Ihnen beim Prozess helfen könnten?«

»Genauso ist es«, bekannte er mit ineinander geschobenen Fäusten. Er bot ihr keinen Platz an, wirkte zu angespannt für höfliche Gepflogenheiten.

Norma stand ihm abwartend gegenüber. Mit dem Tageslicht im Rücken musste ihr Gesicht im Schatten liegen, während sich die Sonnenstrahlen in Dannhardts weichlichen Zügen fingen und jede seiner Regungen unterstrichen.

Spontan fragte sie ihn nach Oskar Hennies. »Er hat ein Gutachten über das Gemälde verfasst. Kannten Sie ihn gut?«

»Wie man einander eben so kennt, wenn beide in Weimar aufgewachsen sind. Natürlich hat mich Oskars Tod schockiert. Er verstand enorm viel von Kunst, aber auf die Eigentumsverhältnisse des Kandinskys ist er in seiner

Expertise nicht eingegangen. Trotzdem habe ich ihm nichts übelgenommen, falls Sie darauf hinauswollen«, beendete er seine Antwort mit harmloser Miene.

Sie stellte die nächste Frage. »Wie kann es dazu kommen, dass sich zwei Familien um ein Gemälde streiten? Was genau steckt dahinter?«

»Da müsste ich ausholen.«

»Tun Sie das!«, forderte sie ihn auf.

»Die Geschichte nimmt ihren Anfang in dem Jahr, als das Bauhaus von Weimar nach Dessau übersiedelte.«

»Also 1925!«

»So ist es«, bestätigte er. »In dem Jahr heirateten meine Urgroßeltern Gustav und Meta Dannhardt. Sie waren wohlhabend, Gustavs Vater August besaß eine Fabrik. Gustav liebte das Leben, die Kunst und seine Meta. Zur Hochzeit schenkte er ihr einen echten Kandinsky. Hier, sehen Sie selbst!«

Er nahm einen Kunstdruck im DIN-A4-Format aus der Aktenmappe und überreichte ihr das Blatt mit der Bemerkung, die Abbildung sei leider nur ein schwacher Abklatsch des vollkommenen Gemäldes, das Wassily Kandinsky mit den Abmessungen von 60 auf 40 Zentimeter in Öl auf Leinwand gemalt habe. Der Druck zeigte im oberen Drittel einen leuchtend blauen Kreis mit kräftigem schwarzem Rand, von dem aus weitere konzentrische Kreise in variierenden Rottönen ausgingen. Den Hintergrund füllte ein kühles blasses Gelb aus. Ein dicker schwarzer Balken im unteren Bereich bildete ein Gegengewicht zum schwebenden blauen Kreis und schien ihn optisch an seinem Platz zu halten. Eine ebenso spannungsreiche wie ausgewogene Komposition. Auf der Rückseite waren die Jahreszahl 1925 und der prosaische Titel des Bildes vermerkt, den Norma bereits von Meika erfahren hatte: »Blau auf hellem Gelb«.

»Darf ich die Kopie fotografieren?«, bat Norma und hielt das Handy bereit.

Dannhardt hatte nichts dagegen einzuwenden.

Wassily Kandinsky, der aus Russland stammte, sei, als Walter Gropius ihn 1922 nach Weimar ans Bauhaus holte, bereits als Maler abstrakter Gemälde und Autor des Werks »Über das Geistige in der Kunst« berühmt gewesen, berichtete Dannhardt fachkundig. Gustav Dannhardt hatte damals für das Geschenk für seine Braut schon tief in die Tasche greifen müssen. Das Geld war jedoch gut investiert. Während der Wirtschaftskrise in den 1920er-Jahren geriet die Dannhardt'sche Fabrik heftig ins Trudeln, und die Pleite war nicht abzuwenden. Das wertvolle Hochzeitsgeschenk wäre in der Konkursmasse untergegangen, hätte Meta es nicht rechtzeitig beiseitegeschafft und ihrer Schwester Gerda anvertraut. »Anvertraut zur sicheren Aufbewahrung! Weder verkauft noch verschenkt«, echauffierte sich Dannhardt und fügte in betrübtem Tonfall, als wäre er damals dabei gewesen, hinzu: »Damit nahm das Übel seinen Anfang.«

»Gerda war mit einem Herrn Bergholter verheiratet?«, vermutete Norma.

»So war es! Gerdas Mann hieß Walter Bergholter. Sein Enkel Achim behauptet, Walter hätte das Bild seinem Schwager Gustav abgekauft. Mit dieser dreisten Lüge wird uns die Rückgabe unseres Eigentums verweigert.« Aufgeregt versuchte er, eine verrutschte Stirnlocke zu bändigen, was ihm nicht gelingen wollte.

Norma hatte genug vom Stehen und steuerte einen Tisch an, um dort das Tablet aus dem Rucksack zu nehmen und die Unterhaltung in Stichworten festzuhalten. Es schien kompliziert zu werden mit den Namen und Verwandtschaftsbeziehungen. Auch Dannhardt zog sich einen Stuhl heran, sank schwerfällig nieder und stützte den Kopf in die auffällig kleinen, glatten Hände, bevor er mit der Familiengeschichte fortfuhr. Walter Bergholter hatte mit seiner Familie ebenfalls in Weimar gelebt und dort erfolgreich mit Kohle und Baustoffen gehandelt. Das Gemälde »Blau auf hellem Gelb« war auf dem Dachboden der Bergholter-Villa gut versteckt und unversehrt durch den Zweiten Weltkrieg gebracht worden.

»Warum hat Ihre Familie das Kunstwerk nicht in der Nachkriegszeit zurückgefordert?«, fragte Norma verwundert.

»Verstehen Sie, Frau Tann!«, hob Dannhardt an. »Meine Urgroßeltern waren davon überzeugt, auf dem Dachboden der Villa sei das Bild sicherer untergebracht als in ihrer Wohnung. Sie wohnten in einfachen Verhältnissen zur Miete, hatten mit dem Konkurs ja alles verloren. Die Bergholters sahen ihre Zukunft nicht in der DDR und verließen Weimar schließlich, kurz bevor die Mauer gebaut wurde. Sie zogen nach Wiesbaden. Wir Dannhardts blieben hier.«

»Aber ohne den Kandinsky?«

»Ja, denn Walter Bergholter hatte, wie meine Großmutter es ausdrückte, einen Riecher für alles, was gewinnbringend war. Er schmuggelte das Bild in den Westen.«

»Er nahm also ein Gemälde mit, das ihm offenbar nicht gehörte, sondern der Familie lediglich in Obhut gegeben worden war?«

»Das ist die Wahrheit!«

»Aber nicht die Ansicht der Bergholters?«

»Wie das damals gesehen wurde, kann ich nicht sagen. Ich weiß nur, dass es zur DDR-Zeit gar nicht zur Diskussion stand, ›Blau auf hellem Gelb‹ zurückzuverlangen.« Die Familie habe andere Sorgen gehabt, als sich über ein

Kunstwerk Gedanken zu machen, das sich ebenso gut auf dem Mond hätte befinden können.

Soweit waren die Ereignisse für Norma nachvollziehbar. Doch auch die DDR war längst Geschichte. »Weswegen wollen Sie ausgerechnet jetzt wegen des Bilds prozessieren? Gab es einen besonderen Anlass?«

Sonnenlicht verfing sich in seinem Lockenkranz, als er bestätigend nickte. »Mein Großvater Rudolf ist im Januar gestorben. Er wurde 89 Jahre alt. Nach seinem Tod sind meine Eltern in seinen Papieren auf einen Briefwechsel gestoßen. Mein Großvater war ein gründlicher Mensch. Jeden Brief hat er mit Durchschlag geschrieben und alle Schreiben und die Antworten sorgfältig abgeheftet. Besagte Briefe stammen aus dem Jahr 1990.«

»Die Briefe gingen von Weimar nach Wiesbaden an die Adresse der Bergholters, nehme ich an? Mit der Wende war für Ihren Großvater die Gelegenheit gekommen, den Kandinsky zurückzuverlangen?«

»Die Mauer war offen, der Weg in den Westen frei«, sagte Sascha Dannhardt. »Rudolf hat die Briefe im Namen seiner Mutter geschrieben. Es war ihr größter Wunsch, ihr Hochzeitsgeschenk wiederzubekommen.« Sascha Dannhardt hatte seine hochbetagte Urgroßmutter noch kennengelernt. Sein Urgroßvater hingegen war bereits in den 1970er-Jahren auf einer Baustelle tödlich verunglückt.

»An wen genau gingen die Briefe?«

»Mein Großvater Rudolf richtete seine Bitte an Lothar Bergholter. Lothar ist der Sohn und Erbe von Walter, der das Bild in den 40er-Jahren mit in den Westen genommen hatte. Lothar ist ein Nachzügler und kam erst 1945 zur Welt. Seine älteren Brüder hat er nicht kennengelernt. Sie waren fast noch Kinder, als sie im Krieg fielen. Das weiß ich von meinem Großvater, der seine älteren Cousins sehr geliebt hatte. Wegen dieser familiären Verbundenheit waren Rudolfs Briefe an Lothar Bergholter ausgesprochen wohlmeinend formuliert, obwohl sich die beiden nicht kannten.«

»Und wie hörten sich Lothar Bergholters Antworten an?« Dannhardt lächelte betrübt. »Sie klangen ganz nach dem Besserwessi, der seiner armen Ostverwandtschaft nicht das Schwarze unter den Fingernägeln gönnt.«

»Nicht das Schwarze unter den Fingernägeln? Sie haben Humor«, meinte Norma mit einem verstohlenen Grinsen. »Ein Kandinsky-Gemälde besaß nach der Wende bereits einen beträchtlichen Wert. Von heute nicht zu reden.«

»Das Bild gehört unserer Familie«, empörte sich Dannhardt. »Ich fordere es zurück, weil ich mich meinen Vorfahren gegenüber verpflichtet fühle. Denken Sie, es geht mir ums Geld? Für mein Auskommen brauche ich das Bild nicht.« In dieser Hinsicht schien er mit Achim Bergholter einer Meinung zu sein, der sich nicht weniger altruistisch gebärdet hatte.

»Ihre finanziellen Verhältnisse kümmern mich nicht«, gab Norma gelassen zurück. »Aber wenn, wie vor wenigen Jahren geschehen, ein ›marktfrischer‹, also noch nicht auf Auktionen gehandelter Kandinsky für fast 18 Millionen Euro versteigert wird: Wer könnte bei einer solchen Summe nicht schwach werden?« Sie lächelte, als sie seinen anerkennenden Blick bemerkte. »Ich war mit einem Kunsthändler verheiratet und kenne mich ein wenig in dem Metier aus. Kommen wir auf den Prozess zurück. Worauf fußen Ihre Forderungen? Ausschließlich auf den Briefen?«

»Sehen Sie, Frau Tann«, begann er umständlich, »meine Großmutter Meta war mit 88 Jahren geistig hellwach und hat mir bis ins kleinste Detail beschrieben, wie das Bild in die Hände der Verwandtschaft geraten war und was sich danach abgespielt hatte. Und die Briefe sind unwiderlegbare Dokumente!«

»Wo liegt dann das Problem?«

Mit einem tiefen Seufzer erklärte er: »Außer mir und meinen Eltern sieht das offenbar niemand so eindeutig. Unser Anwalt hat größte Zweifel, ob das Gericht uns recht geben wird.«

Was sie nicht wunderte. Die Erinnerung der alten Dame in allen Ehren, aber bei solchen Summen wurde mit harten Bandagen gekämpft. »Wann beginnt der Prozess?«

»Der Termin wird in Kürze festgesetzt.«

»Was hat die Konkurrenz zu bieten?«

»Rein gar nichts!«, prustete er aufgebracht. »Über seinen Anwalt verweist Achim Bergholter darauf, dass alle Papiere verloren gegangen seien und der Kandinsky in Vaters Tresor für seine Familie als Eigentümer sprechen würde.«

»Was erwarten Sie nun von mir? Ich kann keine stichhaltigen Beweise herbeizaubern.«

»Darum geht es mir nicht.«

»Sondern?«

»Ich möchte Sie bitten, Achim auf den Zahn zu fühlen. Machen Sie ihn nervös, treten Sie ihm auf die Füße.« Der alte Bergholter ließe vielleicht mit sich reden, aber der Sohn sei knallhart und trat in den Verhandlungen als Wortführer auf. Das klang kämpferisch. Hatte sie Dannhardt unterschätzt?

»Was haben Sie vor? Wollen Sie Ihren Verwandten erpressen?«

Ein Ansinnen, das er energisch von sich wies. »Ich bin nicht kriminell. Es kann allerdings nicht schaden, die dunklen Geheimnisse seines Feindes zu kennen.«

Ging es noch kryptischer? »Hat Bergholter Dreck am Stecken? Wenn ja, was wissen Sie darüber?«

»Gerüchte in der Familie, uralte Geschichten«, murmelte er.

Norma verlor die Geduld. »Herr Dannhardt, wenn Sie mich engagieren wollen, müssen Sie die Karten auf den Tisch legen. An windigen Ermittlungen bin ich nicht interessiert. Mein Freund könnte in Gefahr sein, ich habe andere Sorgen.«

»Das tut mir sehr leid, Meika hat mir davon erzählt«, sagte Dannhardt, und sein Mitgefühl wirkte aufrichtig. »Ich hatte angenommen, dass er mittlerweile zurück ist. In Weimar kann man doch nicht spurlos verschwinden!«

»In Ihrem Städtchen kann man sogar ermordet werden.«

Dannhardt zuckte zusammen. »Stimmt, es ist unfassbar. Zwei Morde innerhalb von zwei Tagen! Und noch kein Verdächtiger festgenommen, heißt es.«

Die Tür wurde aufgestoßen. Laut schwatzend strömte eine Schar Studentinnen herein. Die jungen Frauen blieben verunsichert stehen, als sie Norma und Dannhardt bemerkten.

»Kommen Sie nur!«, rief er, stemmte sich hoch und raunte Norma zu: »Bedaure, wir können nicht bleiben. Hier findet gleich ein Seminar statt.«

Die runden Schultern an den Specknacken herangezogen marschierte er Norma voraus auf den Flur. Wie sollte sie ihm helfen, wenn er nicht konkret wurde?, dachte sie verärgert, während sie der Treppe nach unten folgte. Sie hätte nichts gegen einen kleinen Auftrag einzuwenden gehabt, ganz im Gegenteil. An Urlaub und Entspannung war wegen Timon sowieso nicht zu denken, und tatenlos auf eine Nachricht warten zu müssen, machte sie wahnsinnig. Arbeit wäre ihr als Ablenkung höchst willkommen. Zwei erschossene Männer, Timon vermisst, und Sascha Dannhardt machte seltsame Andeutungen über seinen Kontrahenten Achim Bergholter. War Achim Bergholter zufällig auf sie aufmerksam geworden, oder hatte er sie vor Hennies' Laden abgepasst? Sah sie Gespenster? Was ging in dieser Stadt vor?, grübelte sie.

Unten im Foyer blieb Dannhardt stehen. Sie waren allein bis auf zwei Frauen, die mit ehrfürchtigen Gesichtern eine weibliche Skulptur betrachteten, die unter dem Treppenlauf aufgestellt war.

»Was sind das für Familiengeschichten?«, raunte Norma ihm zu.

Er behielt die Besucherinnen im Blick, die sich endlich sattgesehen hatten, und sagte, als sich die Ausgangstür hinter den Frauen schloss: »In unserer Familie gibt es ein Gerücht, das Siegmar Bergholter betrifft.«

»Wer ist Siegmar Bergholter?«

»Pst!« Er sah sich wachsam um. »Siegmar war der Bruder von Walter.«

Norma tat es ihm gleich. Die Frauen waren nicht zurückgekommen, und auch sonst schien niemand in Hörweite zu sein. »Nur, um sicherzugehen: Siegmar war also der Bruder von Walter, dem vermeintlichen Bilderdieb?«

»Stimmt, und Siegmar wurde steinalt. Achim hat ihn noch kennengelernt. Als er ein Junge war, pflegten sie einen engen Kontakt.«

»Warum auch nicht? Siegmar war sein Großonkel«, fuhr sie ihn ungeduldig an. »Worauf wollen Sie hinaus?«

»Siegmar könnte seinen Großneffen hinsichtlich seiner Weltanschauung beeinflusst haben«, flüsterte er in einer Stimmlage, als spräche er vom Teufel persönlich. »Siegmar soll als junger Mann Mitglied der O.C. gewesen sein.«

»Was soll das sein? O.C.?«

»Reden Sie mit Otto Bessing«, antwortete er kurz ange-

bunden und nannte ihr eine Hausnummer in der Seifengasse.
»Alles Gute für Ihren Freund. Ich melde mich!«

Damit stürmte er zur Tür hinaus und ließ Norma perplex zurück. Was sollte sie mit seinen obskuren Andeutungen anfangen?

27

Der Stadtplan wies zwei Varianten auf, die von der Bauhaus-Universität zur Seifengasse führten. Mit dem Wunsch nach viel Grün und frischer Luft entschied Norma sich für den Weg durch den Ilmpark. Sie überquerte die Belvederer Allee und näherte sich einer in sattem Gelb gehaltenen klassizistischen Villa, in der einst der Musiker Franz Liszt gewohnt und gewirkt hatte, wie Norma auf einem Schild las. Nach dem verwirrenden Gespräch mit Sascha Dannhardt hatte sie keinen Sinn für die Schönheit des Hauses. Auch einer Hinweistafel, an der sie kurz darauf im Park vorbeikam, wollte sie zunächst keine Beachtung schenken, als eine Eingebung sie innehalten ließ. Wie elektrisiert studierte sie den abgebildeten Plan, der in großer Detailfreudigkeit den Verlauf der »Großen Parkhöhle« abbildete. Unter dem Parkareal verbarg sich ein Stollensystem, das von der Kante des Ilm-Grabens, durch den das Flüsschen mäanderte, bis über die Belvederer

Allee hinausreichte. Die ausgedehnten Dimensionen dieser unterirdischen Gänge, die der Plan wiedergab, erschienen ihr alarmierend genug, um auf der Stelle nach ihrem Handy zu greifen und in der Hoffnung, die Teamsitzung wäre mittlerweile beendet, noch einmal Heidrun Rosenblatt anzurufen.

»Frau Tann, das trifft sich gut! Ich wollte mich später sowieso bei Ihnen melden. Aber wir können auch jetzt reden.«

Norma glaubte ihr den Druck, unter dem sie stand, anzuhören. Die Worte alarmierten sie. »Gibt es Neuigkeiten? Was haben die Kriminaltechniker herausgefunden?«

»Es wird Ihnen nicht gefallen«, prophezeite Heidrun Rosenblatt düster.

»Was ist passiert?«

»Timon Frywaldt ist in den Fokus der Ermittlungen gerückt, das ist passiert! Frywaldt steht im Verdacht, Philipp Viohl und Oskar Hennies erschossen zu haben.«

Vor Schreck hielt Norma die Luft an und stotterte fassungslos: »Das ist völlig abwegig! Brauchen Sie einen Sündenbock, weil Sie keinen Verdächtigen präsentieren können?«

»Glauben Sie, mir gefällt es, gegen einen Kollegen zu ermitteln? Aber die Fakten sprechen leider gegen ihn! Unsere Anfrage in Wiesbaden hat ergeben, dass er mit der Handhabung von Schusswaffen geschult ist. Er gilt sogar als hervorragender Schütze mit einer bemerkenswert ruhigen Hand.«

»Was ihm aufgrund seiner Position im Polizeidienst nicht vorzuwerfen ist.« In eine Art Routine verfallend, um die Nerven zu behalten, fragte Norma nach der Tatwaffe.

»Wir haben die Waffe bisher nicht gefunden«, erklärte Heidrun Rosenblatt missmutig. »Aber die Projektile an den Tatorten weisen eindeutig auf eine Glock 17 hin. Der Täter benutzte vermutlich einen Schalldämpfer.«

Die Glock 17 war eine handliche Pistole im Kaliber 9 × 19 Millimeter aus Österreich, die eine unheimliche Karriere gemacht hatte, wie Norma wusste. Eine Waffe, die wegen ihrer Zuverlässigkeit und leichten Handhabung von Gut und Böse, von Polizeibehörden wie Killerkommandos, in der ganzen Welt geschätzt und verwendet wurde. »In beiden Fällen?«

»Zweifelsfrei starben die Männer durch dieselbe Waffe«, erläuterte Heidrun Rosenblatt die Zusammenhänge. »Philipp Viohl wurde in der Nacht von Freitag auf Samstag um 2:05 Uhr erschossen. Zeugen haben auf dem Theaterplatz einen dunkel gekleideten, maskierten Radfahrer gesehen. Der Täter vermutlich. Er wurde von Überwachungskameras in der Wielandstraße aufgezeichnet. Leider geben die Bilder zu wenig her für eine Fahndung.«

Stattdessen nahm man Timon ins Visier? Was für ein irrsinniger Verdacht! Norma schluckte ihren Protest hinunter. »Haben Sie herausfinden können, wann genau Oskar Hennies getötet wurde?«

Entgegen ihrer Erwartung speiste die Kommissarin sie nicht mit einer ausweichenden Antwort ab. »Hennies kam am Samstag zwischen 11:01 Uhr und 14 Uhr zu Tode. Zuvor, um 9:52 Uhr, erreichte ihn ein Anruf von Timon Frywaldt, das Gespräch war kurz. Zwischen 10:58 Uhr und 11:01 Uhr hat Hennies vom Laden aus mit einem Kunden telefoniert. Nach 11:01 Uhr gab es weder weitere Telefonate noch Kundenbesuche. In der Nachbarschaft hat danach niemand Hennies zu Gesicht bekommen. Um 14 Uhr wurden alle Aufzeichnungen gelöscht, die die Überwachungskameras von diesem Tag aufgenommen hatten.«

»Was wohl der Täter getan hat«, nahm Norma an.

»Davon ist auszugehen, und Timon Frywaldt hatte, wie Sie selbst sagen, um 10:30 Uhr eine Verabredung mit dem späteren Opfer. Er könnte geblieben oder noch einmal zurückgekehrt sein.«

»Er war es nicht«, beharrte Norma, hastig ihre Gedanken ordnend. »Was für ein Motiv hätte er für die Morde haben sollen? Er hatte nie zuvor mit Hennies etwas zu tun und Viohl kannte er gar nicht. Mir gegenüber hat er die Namen nie erwähnt.«

»Timon Frywaldt hatte jede Menge Gelegenheiten, die beiden Männer kennenzulernen. Er war in den vergangenen Jahren sehr oft in Weimar, wie wir von den Nachbarn seines Großonkels erfahren haben.«

»Das hätte *ich* Ihnen auch sagen können. Timon hat Fritz regelmäßig besucht. Sie standen sich sehr nah.«

»Was niemand bezweifelt«, gab Heidrun Rosenblatt nüchtern zurück. »Aber die Treffen mit Fritz Frywaldt müssen nicht die einzigen Gründe für Timons Aufenthalte in Weimar gewesen sein. Vielleicht waren die Besuche nur ein Vorwand?«

»Ein Vorwand wofür?«, gab Norma verstört zurück. »Was unterstellen Sie ihm? Denken Sie, Timon ist abgetaucht, weil er zwei Morde begangen hat?«

»Ist das nicht naheliegend? Die Fahndung nach Frywaldt läuft auf Hochtouren. Hier wie in Wiesbaden.«

Dieser Verdacht würde bis in die Büros und Labore des LKA vordringen. Selbst wenn er sich später als unbegründet herausstellen sollte (sich als unbegründet herausstellen würde!), konnte etwas davon hängen bleiben. Aber wichtiger als alles andere war nach wie vor, dass Timon gefunden wurde.

»Immerhin kann ich jetzt sicher sein, dass die Suche forciert wird«, entgegnete sie sarkastisch.

»Beruhigen Sie sich«, bat Heidrun Rosenblatt besänftigend. »Wir sind keine Anfänger und ermitteln natürlich in alle Richtungen weiter. Für mich bleibt er ebenso ein wichtiger Zeuge.«

»Der Mörder könnte Timon bemerkt haben.« Ihre Sorge hatte Norma unwillkürlich lauter werden lassen.

In die Stimme der Kommissarin mischte sich ein mütterlicher Ton. »Auch diese Möglichkeit ziehen wir in Betracht, glauben Sie mir.«

»Darf ich fragen, mit wem Hennies telefoniert hat?«

»Dürfen Sie. Er hat einen Kunden angerufen. Warten Sie!« Durch den Hörer klang ein Klicken wie von einer Tastatur. »Hier habe ich ihn. Achim Bergholter, wohnhaft in Weimar.«

»Tatsächlich!«

»Sie kennen ihn?«

»Ich bin ihm vor der Kunsthandlung begegnet, als ich den Tatort verlassen habe«, sagte Norma und schilderte das Gespräch im Kaffeegarten. »Liegt etwas gegen Bergholter vor? Hat er Vorstrafen?«

»Frau Tann, Ihnen ist doch klar, dass ich darüber keine Auskunft geben darf«, entgegnete Heidrun Rosenblatt abwehrend. »Ich habe schon viel zu viel verraten.«

»Sie müssen zwei Morde aufklären, ich will meinen Freund finden. Unsere Chancen verdoppeln sich, wenn wir unsere Informationen austauschen. Lassen Sie uns zusammenarbeiten«, bat Norma, ihre Ungeduld zügelnd, und erinnerte daran, dass sie sich mit der Polizeiarbeit auskannte. »Meinetwegen«, erklärte Heidrun Rosenblatt schließlich einlenkend. »Bergholter ist unbescholten und polizeilich absolut unauffällig. Wir haben ihn überprüft. Für den Samstag hat er ein Alibi. Er war bis zum späten Nachmittag auf dem Golfplatz, wie mehrere Zeugen bestätigen.«

Ermutigt durch diese offene Antwort fragte Norma: »Haben Sie nachgehakt, was Hennies von ihm gewollt hat?

Ging es vielleicht um das Kandinsky-Gemälde aus Bergholters Familienbesitz?« Sie fasste zusammen, was sie über den Zwist zwischen beiden Familien erfahren hatte.

»Stimmt! Hennies habe sich über Sascha Dannhardt beschwert, sagt Bergholter. Dannhardt habe Hennies bedroht. Aber von mir wissen Sie das nicht!«

»Sie haben mein Wort, keine Sorge. Weswegen sollte Dannhardt ihm gedroht haben?«

»Angeblich ist Dannhardt mit der Expertise über das Gemälde nicht einverstanden. Sie sei nicht objektiv formuliert. Wir gehen dem nach, Frau Tann.«

In dem Gespräch mit Norma hatte Dannhardt nicht diesen Eindruck erweckt. Sie ging nicht weiter darauf ein, denn sie hatte noch etwas auf dem Herzen. »Wenn Sie Timon finden wollen, nehmen Sie sich die Parkhöhle vor.«

Eine kurze Pause in der Leitung, dann die verblüffte Frage: »Warum die Parkhöhle?«

»In Timons Reisetasche lag ein Flyer davon, und wenn ich mir vorstelle, wo man in Weimar verloren gehen könnte, warum nicht dort?«

»Oder untertauchen im wahrsten Sinn des Wortes«, sagte Heidrun Rosenblatt nachdenklich. »Der Ilmpark ist großflächig unterhöhlt von Gängen und Höhlen, die als Bierkeller, Kohlenlager und Abwasserleitungen gedient haben. Im Zweiten Weltkrieg wurden die Stollen zu Bunkern ausgebaut. Früher soll es sogar Verbindungsgänge zwischen den Häusern gegeben haben. Ein Teil der Stollen ist zugänglich, aber viele Bereiche sind aus Sicherheitsgründen gesperrt. Kein schlechtes Versteck. Ich schicke Devid sofort mit einem Suchtrupp los.«

Was nur in Timons Interesse sein konnte, wusste Norma und kämpfte trotzdem gegen das Gefühl des Verrats an.

Wäre er endlich aufgespürt und in Sicherheit, würde sie alles daransetzen, seine Unschuld zu beweisen.

28

Als Norma über das Pflaster schritt, fand sie Ablenkung in der Vorstellung, unmittelbar Johann Wolfgang von Goethes Spuren zu folgen. Die langgestreckte Seifengasse verband das Wohnhaus der Charlotte von Stein, Goethes langjährige Vertraute (und Geliebte, wie gemunkelt wurde), mit dem Anwesen des Dichters am Frauenplan. Dort hatte Goethes Geliebte, die Mutter seiner Kinder und sehr viel spätere Ehefrau Christiane gewirkt und gelebt. Christiane hatte ihm den Haushalt geführt und sich darin fügen müssen, von der »besseren Gesellschaft« wegen ihrer einfachen Herkunft als »Goethes dickere Hälfte« und mit anderen wenig schmeichelhaften Benennungen verunglimpft zu werden. An einem der bescheidenen Häuser stieß Norma auf das Klingelschild mit dem Namen »Otto Bessing«. Sie hatte sich nicht angemeldet und kam auf gut Glück. Als ein hagerer weißhaariger Mann die Tür öffnete, war die Verwunderung auf Normas Seite. Vor ihr stand der geschichtskundige Tischnachbar vom gestrigen Mittag.

Der Hausherr ließ sich keine Überraschung anmerken.

»Hat es mit dem Zimmer geklappt? Schickt Kirsten Sie zu mir?«

Norma bedankte sich für den Tipp. »In der Pension Elise bin ich prima untergekommen, aber deswegen bin ich nicht hier. Sascha Dannhardt hat mir Ihre Adresse gegeben, Herr Bessing.«

»Netter Junge, der Sascha! Eine Niete in Mathematik, aber für Geschichte konnte er sich erwärmen.«

»Sie waren Lehrer?«

Er winkte ab. »Das wäre ich liebend gern geworden, aber dem DDR-Regime war ich nicht gradlinig genug. So habe ich dies und das gearbeitet und mich nach der Wende als Nachhilfelehrer und Gästeführer durchgeschlagen. Jetzt lebe ich von meiner kleinen Rente. Treten Sie ein und lassen Sie mich wissen, was Sie herführt.«

Im Flur ging es eng zu, und die Küche war unwesentlich geräumiger. Zwei Blumensträuße und Geschenkpäckchen auf dem Tischchen bewiesen, dass der Jubilar an seinem gestrigen 80. Geburtstag nicht vergessen worden war. Da sei noch Sekt im Kühlschrank, meinte er gut gelaunt, akzeptierte aber ihre höfliche Ablehnung. Zuvorkommend räumte er den Tisch leer und stellte zwei Gläser und eine Saftflasche bereit.

»Einen Apfelsaft nehmen Sie doch? Bitte setzen Sie sich!«

Norma nahm auf einem der beiden zierlichen Stühle Platz, Bessing zog sich den anderen heran. Aufmerksam studierte er die Visitenkarte, die Norma ihm überreicht hatte, während sie überlegte, wie sie beginnen sollte. Schließlich brachte sie das Gespräch auf die Streitigkeiten zwischen den Familien Dannhardt und Bergholter. Otto Bessing wusste davon, außerdem hatte er Oskar Hennies gut gekannt und schien betroffen von dessen Tod. Bedächtig kratzte er sich den Nacken und stützte das Kinn in die Hände.

»Diese Morde sind ein Schock für alle«, sagte Norma, um das Schweigen aufzulösen.

Langsam senkte er die Hände, wandte ihr den Kopf zu und sagte: »Glauben Sie mir, Frau Tann, ich mochte Oskar, und sein Schicksal berührt mich tief. Ein Mörder läuft frei herum, was niemandem gefallen kann. Aber soll ich deswegen schockiert sein? Nein, schockiert bin ich über das, was in Buchenwald geschehen ist. Schockiert bin ich darüber, dass die Nazis meinen Vater ermordet haben, einen einfachen Mann, der nicht einmal im Widerstand gewesen war, sondern nur diesen Hass nicht hatte akzeptieren können. Es braucht viel, um einen Mann mit meiner Biografie zu schockieren.«

Norma suchte seinen Blick. »Wofür steht die Abkürzung O.C.? Sascha hat davon gesprochen.«

Die Frage schien ihn zu verblüffen. »In welchem Zusammenhang?«

»Es muss etwas mit der Familiengeschichte der Bergholters zu tun haben. Sascha nannte den Namen Siegmar Bergholter.«

»Siegmar Bergholter«, wiederholte Bessing nachdenklich. »Den Bergholters gehörte bis in die 1930er-Jahre eine Kohlenhandlung hier in Weimar. Die Familie war wohlhabend. Soweit ich mich erinnere, hatte der Firmengründer zwei Söhne, Walter und Siegmar. In den Nachkriegsjahren gingen die Bergholters in den Westen. Lassen Sie mich nachrechnen. Ja, es könnte hinkommen ...« Er brach nachdenklich ab und schaute vor sich hin, als hätte er Normas Anwesenheit ausgeblendet.

»Was könnte hinkommen?«, fragte sie und brachte sich in Erinnerung.

»Trinken Sie, Frau Tann.«

Sie folgte der Aufforderung und nahm einen Schluck des süßen, aromatischen Safts.

Als sie das Glas absetzte, sagte Bessing: »Siegmar Bergholter muss etwa Jahrgang 1895 oder 1896 gewesen ein. Insofern wäre es rein rechnerisch möglich, dass er als junger Mann der O.C. angehörte.«

Vorausschauend hob er die Hand, um Normas Frage zuvorzukommen. »Die Abkürzung O.C. steht für die Organisation Consul. Ein Geheimbund, eine Terrororganisation, auf deren Konto Anfang der 1920er-Jahre zahlreiche politische Morde gingen. Ihre Beweggründe waren nationalistisch und antisemitisch. Zu den prominentesten Opfern gehörten Matthias Erzberger von der Zentrumspartei und Walther Rathenau, der liberale Politiker und Außenminister. Rathenau wurde in Berlin aus einem fahrenden Auto heraus erschossen, Erzberger ein Jahr zuvor im Schwarzwald getötet. Philipp Scheidemann, der 1918 die Republik ausgerufen hatte, hatte Glück und überlebte 1922 in Kassel ein Attentat.«

»Er entging also den Schüssen?«

»Nein, bei dem Anschlag fiel kein Schuss, aber er war nicht weniger hinterhältig. Der Angreifer spritzte seinem Opfer Blausäure ins Gesicht.«

»Blausäure?«, überlegte Norma und kratzte ihr chemisches Wissen zusammen. Timon wäre es möglich gewesen, aus dem Stand darüber zu referieren. »Cyanwasserstoff, wenn ich mich nicht irre, und in der geringsten Menge gefährlich.«

»Ein extremes Gift, das allein über die Haut aufgenommen oder eingeatmet tödlich sein kann«, stimmte Bessing ihr zu. »Später haben es sich die Nazis auf perfideste Weise zunutze gemacht. Zyklon B sagt Ihnen etwas?«

Mit beklommenem Nicken antwortete sie: »Das Gas, mit dem in Auschwitz gemordet wurde.«

Nach einer kurzen Pause, in der er ihr Glas aufgefüllt hatte, kam sie auf die Organisation Consul zurück. »Was wollte die O.C. mit ihren Attentaten erreichen?«

»Aus meiner Sicht waren es skrupellose Terroristen, deren Ziel es war, das Rad der Geschichte zurückzudrehen. Die Weimarer Republik war ein wackliger Kutter in rauer See, permanent vom Untergang bedroht, und der Besatzung blies ein scharfer Wind ins Gesicht. Die O.C. agierte in ganz Deutschland und hatte starke Verbündete in allen Bereichen der Gesellschaft bis hin zu hohen Rängen bei Militär und Polizei.«

»Und hier in Weimar? Siegmar Bergholter?«, warf Norma ein.

»Versetzen wir uns 100 Jahre zurück«, sagte Bessing, lehnte sich gegen die Stuhllehne und holte zu einem weiteren Vortrag aus. »Ich hatte es gestern kurz angesprochen. Vor den Wahlen der Nationalversammlung waren in den Großstädten Aufstände mit tödlichen Folgen auf allen Seiten an der Tagesordnung. Berlin, die Hauptstadt, galt als besonders gefährliches Terrain. Das beschauliche Weimar erschien als sicherer Ort für die erste Nationalversammlung des neuen Parlaments. Das Aufgebot an Polizei und Militär war, zum Leidwesen der Bürger, hoch. Zu den Wachposten, die die Parlamentarier vor Attentaten schützen sollten, gehörten auch Freiwilligen-Korps.«

»Eine Art Hobbysoldaten?«, meinte Norma eine Spur zu lässig.

»Vorsicht, das wäre eine unangemessene Verharmlosung«, widersprach Bessing ernsthaft. »Wir dürfen nicht vergessen, dass der Erste Weltkrieg gerade zu Ende gegangen war und sich in den Städten ein Heer traumatisierter Überlebender sammelte. Verzweifelte Gestrandete und ehemalige

Soldaten, die keine andere Zukunft wussten, als das zu tun, was sie gelernt hatten: zu kämpfen und zu töten. Solche armen Teufel fanden in den Freikorps eine neue Gemeinschaft und Perspektive.«

»Auch Siegmar Bergholter? Immerhin stammte er aus bürgerlichen Verhältnissen. Warum hätte er sich einer solchen Verbindung anschließen sollen?«

»Weil er verroht war durch die Kriegserlebnisse? Oder verblendet und vom Ausgang des Krieges tief enttäuscht wie so viele andere? Beides wäre vorstellbar. Aus diesen Freikorps rekrutierten sich die Gefolgsleute der Organisation Consul. Dazu gehörten zahlreiche Bürgerliche, Intellektuelle und hohe Militärs, die ihren nationalistischen Zielen nacheifern wollten.«

»Verstehe, aber was hat das mit Achim Bergholter zu tun?«, überlegte Norma.

»Das kann ich Ihnen nicht sagen. Unbestritten ist, dass das ewig Gestrige in den Köpfen der Verblendeten weiterexistiert.«

Hatte Onkel Siegmar dem Neffen rechtsextremes Gedankengut ins Hirn gepflanzt? War es das, was Dannhardt vermutete? Norma erhob sich und bedankte sich für die Informationen. »Sie wären ein wunderbarer Lehrer geworden.«

»Grüßen Sie Kirsten von mir.« Er lud sie ein, ihn jederzeit wieder zu besuchen, denn er habe noch viel zu erzählen.

Zurück im Freien erlebte Norma die enge Gasse mit zwiespältigen Gefühlen, dachte weniger an die Herzensangelegenheiten des Geheimrats als an finstere Gesellen, die mit Pistolen im Gürtel und mit Blausäure gefüllten Spitzen in den Händen um die Häuser schlichen. Kinderstimmen holten sie in die Gegenwart zurück. Vor dem Goethe-Museum hatte sich eine lange Schlange gebildet. Ausgelassene Grundschüler umströmten Norma wie ein bunter Fischschwarm, und das nostalgische Klappern von eisenbeschlagenen Hufen der Kutschpferde tat ein Übriges, ihre Nervosität zu besänftigen. Sie musste etwas essen, auch wenn sie keinen Appetit hatte. So kam das Gasthaus Zum weißen Schwan auf dem Frauenplan wie gerufen. Zarte Geigenklänge begleiteten sie, während sie auf der Terrasse einen Salat verzehrte. Ein Mädchen spielte mit geschlossenen Augen wie selbstvergessen ein klassisches Stück, das Norma kannte, aber keinem Komponisten zuordnen konnte.

Ihr Gedankenkarussell nahm Fahrt auf. Bessings düstere Verschwörungsgeschichten vermischten sich mit den Sorgen um Timon und diesem haarsträubenden Verdacht gegen ihn. Was hätte sie darum gegeben, bei einem der vorbeispazierenden Menschen seinen baumelnden Zopf zu entdecken! Angespannt hielt sie außerdem nach dem Journalisten Frank Rassow Ausschau, der sich dieses Mal entweder geschickter anstellte oder die Verfolgung aufgegeben hatte. Sofern überhaupt etwas an ihrer Vermutung dran war! Vielleicht war das, was ihr wie eine Beschattung erschienen war, nur ein Zufall gewesen, und Rassow hatte es mitnichten auf sie abgesehen? Weimars Innenstadt war überschaubar und häufigere Begegnungen unvermeidbar. Ein älterer Mann, der dank einer knielangen Wanderhose und den fleischigen nackten Waden, die aus schweren Wanderstiefeln herausquollen, eher nach Hüttentour als nach Stadtbummel aussah, fiel ihr nun zum gefühlt zehnten Mal unter den Passanten auf. Auch ein Damentrio, das munter berlinerte, hatte ihren Weg bereits mehrmals gekreuzt. Renate Mühlbauer war womöglich eine Bekannte des Journalisten und der Eindruck, sie habe ihm die Visitenkarte überreicht, eine Folge von Normas Verfolgungswahn. Was passieren konnte, wenn man sich selbst zu wichtig nahm.

Kaum hatte sie die Rechnung beglichen, entdeckte sie eine weitere bekannte Gestalt. Eiligen Schrittes strebte Achim Bergholter über das Pflaster, warf der Straßenmusikerin einen missbilligenden Blick zu und setzte seinen Weg in Richtung Süden fort. Als er nach links in die Marienstraße abbog, hatte Norma die Verfolgung längst aufgenommen.

29

Achim Bergholter marschierte zielstrebig voran, während Norma ihm in sicherem Abstand auf genau der Strecke folgte, die sie zu ihrer Verabredung mit Sascha Dannhardt zurückgelegt hatte. Wollten sich die Männer womöglich im Van-de-Velde-Haus treffen? Zu einem Plausch unter Verwandten über den Sinn und Unsinn des Gerichtsverfahrens und die Zukunft des Kandinsky-Gemäldes? Mit der Idee lag sie falsch. Bergholter wandte sich auf Höhe des Liszthauses nicht den historischen Häusern der Bauhaus-Universität zu, sondern setzte seinen Weg auf der Belvederer Allee fort. Auf der Hut schlich Norma hinterher – darauf gefasst, blitzschnell in eine Einfahrt abzutauchen, falls Bergholter sich umdrehen sollte. Die Häuser zur Rechten hatten große Gärten. Die gegenüberliegende Straßenseite war unbebaut: Dort begann der westliche Teil des Ilmparks. Ob sich Devid

Smidts Suchtrupp schon in der Parkhöhle umschaute? Ihr blieb keine Zeit, diesem Gedanken nachzuhängen. Bergholter hatte sein Tempo verlangsamt und spazierte 50 Schritte voraus auf einem Fußweg, der von Bäumen beschattet wurde. Wenig später bog er auf ein Grundstück ab. Norma pirschte sich im Schutz von Zaun und Hecke näher heran.

Wenn das kein Bauhausstil ist!, dachte sie beim Anblick des heruntergekommenen Wohnhauses, das sich mit flachem Dach unter eine mächtige Linde duckte: zwei ineinander verschachtelte Würfel, über deren Wandflächen sich in unregelmäßigen Abständen Fensterluken verteilten. Für einen optischen Kontrast zu den kleinen Öffnungen sorgte ein großes gerastertes Fassadenfenster, das sich um die Hausecke herum fortsetzte. Die Außenwände waren altersgrau. Der Putz hatte Löcher. Doch der Betonmischer vor der Haustür, die Farbeimer, zwei lange Leitern und weitere Gerätschaften ließen darauf schließen, dass Renovierungsarbeiten in vollem Gang waren. Auch der Garten hätte Fürsorge vertragen. Auf dem Rasen türmte sich Bauschutt neben Dachbalken und zerbrochenen Ziegeln, und in den Blumenrabatten wucherte Gestrüpp. Zu sehen war niemand, kein Handwerker und auch Bergholter selbst nicht mehr, den Norma aus den Augen verloren hatte, als er durch das aus den Angeln gehobene Gartentor getreten war. Gespannt näherte sie sich der Eingangstür, die weit offen stand. Im Flur war Achim Bergholter damit beschäftigt, eine Wand auszumessen und die Ergebnisse mit einem Bleistift auf den Putz zu kritzeln.

Norma klopfte gegen den Türrahmen. »Verzeihen Sie bitte die Störung, aber das Haus macht mich neugierig, Herr Bergholter. Ich kam zufällig hier vorbei.«

Verdutzt blickte er auf. »Hallo, Frau Tann! Was für eine Überraschung.«

Er legte Stift und Zollstock auf dem Estrich ab und lud sie mit einer freundlichen Geste ins Haus ein. Neugierig schaute sie sich um. Flur, Wohnbereich und Küche waren leergeräumt, und die Wände bis auf wenige Fetzen von der Tapete befreit. Eine ausgetretene, enge Holztreppe führte hinauf in die erste Etage.

»Das also ist das Haus, von dem Sie mir gestern erzählt haben?«

Mit einem Grinsen erklärte er: »Ein Schüler des berühmten Walter Gropius hat es entworfen. Man wusste lange nicht, dass auch dieses Haus zum Bauhauserbe gehört.«

»Das wundert mich! Wie ich gelesen habe, gibt es in Weimar nur ein Wohnhaus, das von einem echten Bauhäusler stammt: das Haus am Horn.«

»Das glaubte man lange«, stimmte Bergholter ihr zu. »Das Haus am Horn wurde vom Maler Georg Muche entworfen und sollte als Musterhaus für die Bauhausausstellung 1923 dienen. Der Entwurf, den Walter Gropius zuvor vorgelegt hatte, war übrigens in einer demokratischen Abstimmung von den Studenten abgelehnt worden.«

»Ein Widerspruch seiner Studenten? Das muss den Bauhaus-Meister ordentlich geärgert haben«, vermutete Norma. »Und welche Geschichte verbirgt sich hinter Ihrem Haus?«

»Nun, es ist bei Weitem nicht so berühmt wie das Haus am Horn und gut 90 Jahre unbeachtet gewesen.«

»Tatsächlich! Wieso das?«

Bereits in den 1930er-Jahren habe man das Flachdach durch ein Satteldach ersetzt und andere Umbauten vorgenommen, schilderte Bergholter. »Von der ursprünglichen Gestaltung war wenig zu erkennen. Das wird jetzt zurückgebaut. Kommen Sie, ich zeige Ihnen das Obergeschoss.«

Der Rundgang war schnell beendet. Den heutigen Platzansprüchen einer Familie würde das Haus nicht genügen, was für Bergholter keine Rolle spielte, wie er betonte. Da seine Frau und die Kinder es vorzogen, in Wiesbaden wohnen zu bleiben, würde er allein hier leben, wenn er geschäftlich in Weimar zu tun hatte, erzählte er, als sie in den unteren Flur zurückkehrten.

»Darf ich fragen, womit Sie Ihr Geld verdienen?«, erkundigte sich Norma.

Sein Unternehmen befasse sich mit Chemie und Galvanik, erklärte er und ließ einige Fachbegriffe fallen, die Norma nichts sagten. Die Tochterfirma in Weimar floriere bestens, behauptete er.

Sichtbar lustlos streckte er die Hand nach einer Tür aus, die einen Spalt offen stand und ins Dunkle führte. »Möchten Sie den Keller sehen? Er gibt nicht viel her.«

»Lassen Sie nur! Aber was verbirgt sich hier?« Neben dem Kellerabgang befand sich ein weiterer Raum.

Mit sichtlicher Freude stieß Bergholter die Tür auf. »Dies ist das Kaminzimmer. Schauen Sie, Frau Tann! Ist der Kamin nicht ein Prachtstück?«

Ein Anblick, der Norma zusammenzucken ließ. Das »Prachtstück« war ein schwergewichtiger offener Kamin aus gusseisernen Platten, die mit Jagdszenen verziert waren. Zögernd betrachtete Norma ein Rudel riesiger Hunde genauer, die eine Gruppe Hirsche auf mehrere Jäger zutrieben, die sich mit den Gewehren im Anschlag bereithielten. Die Seitenteile des Kamins sollten offenbar etwas Griechisches darstellen. Fehlte nur noch eine Reihe schauriger Zinnkrüge auf dem Sims.

»Hm, nach Bauhaus sieht das aber nicht aus. Der Kamin kommt sicherlich raus, oder?«

»Was denken Sie?«, schnaufte Bergholter empört. »Was

den Kamin betrifft, habe ich mich gegen den Denkmalschützer durchsetzen können.«

Er meinte es ernst. Das Monstrum hatte es ihm angetan. Norma wollte ihre Scharte wieder auswetzen und ihn bei Laune halten. »Es muss wunderbar sein, ein so besonderes Haus zu besitzen.«

»Ein Denkmal, das mich finanziell ganz schön fordert«, sagte er mit zögerlichem Lächeln. »Für die Summe, die mich die Instandsetzung kostet, hätte ich neu bauen können.« Außerdem gebe es andauernd Ärger mit den Handwerkern. Gerade habe ihn der Elektriker im Stich gelassen, wodurch die Baumaßnahmen für eine Weile stillstehen würden.

»Ich verrate Ihnen etwas, Frau Tann«, sagte er mit vertraulich gesenkter Stimme. »Ich mache mir rein gar nichts aus dem Bauhaus-Stil. Für mich ist das alles zu kühl, zu eckig, zu kalt, zu glatt. Sehen Sie sich die Räume an! Für heutige Ansprüche viel zu klein. Von der Bauphysik gar nicht zu reden. Die energetischen Verhältnisse dieses Gebäudes sind ein Desaster.«

Nun war Norma wahrhaftig verwirrt. »Wieso haben Sie das Haus trotzdem gekauft?«

»Aus familiärer Verbundenheit! Um den Rückbau komme ich nicht herum. Denkmalschutz, Sie wissen schon. Das Haus liegt mir als Erinnerung an meine Vorfahren am Herzen. Die Familie ist das Wichtigste.«

Seine letzte Bemerkung versetzte ihr einen kleinen Stich. Normas Eltern waren gestorben und die Beziehung zu ihrem Bruder, der sich kontaktscheu auf seinem norddeutschen Bauernhof einigelte, war nicht sonderlich eng, weshalb das Thema Familie für sie schwierig war. Aber es gibt Lutz, dachte sie trotzig. Mit ihrem früheren Schwiegervater Lutz Tann pflegte sie seit dem Tod ihres Mannes eine enge

Freundschaft. Und sie hatte Timon! Warum konnte sich nicht alles zum Guten wenden und Timon zurückkommen?

»Frau Tann?«

Sie zuckte zusammen. »Wie bitte?«

»Entschuldigung, aber Sie wirkten mit einem Mal abwesend.«

»Ich bin ziemlich durch den Wind. Mein Freund ...«

»Sie sprachen gestern im Café von ihm. Haben Sie ihn noch immer nicht erreicht?«

Um nichts unversucht zu lassen, reichte sie ihm das Smartphone mit einem Foto von Timon, das sie auch der Polizei gesendet hatte. Es war eine neutrale Aufnahme und fühlte sich nicht so intim an wie das Bild von der Radtour. »Vielleicht ist er Ihnen in der Stadt zufällig aufgefallen?«

Bereitwillig musterte er das Display. »Ich würde Ihnen gern helfen. Aber diesen Mann kenne ich nicht.«

»Schauen Sie ihn sich bitte genau an! Timon Frywaldt aus Wiesbaden.«

Er tat ihr den Gefallen, betrachtete das Foto nochmals eingehend, änderte seine Meinung jedoch nicht. »So leid es mir tut, ich kenne ihn nicht. Wenn Sie ansonsten Hilfe brauchen, Frau Tann, melden Sie sich.«

»Danke für das Angebot, aber die Polizei tut ihr Möglichstes.«

Was war das? Ein leises Pochen, das aus weiter Ferne zu stammen schien. Sie lauschte. »Haben Sie Handwerker im Keller?«

»Wie kommen Sie darauf?«, wunderte er sich.

»Ein Klopfen, es scheint von unten zu kommen.« Sie lenkte den Blick auf das zerschrammte Fischgrätenparkett zu ihren Füßen. Oder drang das Geräusch aus dem Kamin heraus? Es war zu schwach für eine konkrete Ortung.

Er lauschte mit schief gehaltenem Kopf. »Ach das! Solche Geräusche hört man hier öfter. Sie stammen bestimmt aus der Parkhöhle. Die Stollen reichen bis ans Grundstück heran. Wenn dort Ausbesserungen stattfinden, schallt das hoch bis ins Haus.«

Sie horchte angestrengt. Das Klopfen dauerte weiter an, dumpfer jetzt und um Nuancen lauter. Ob im Erdreich ein maroder Stollen abgestützt wurde? Oder verursachte vielleicht Devid Smidts Suchmannschaft derartige Geräusche?

Bergholter lenkte sie ab, als er erklärte: »Das Haus gehört von 1933 bis in die Nachkriegsjahre meinem Großonkel. Auch wenn er Gropius und seine Mitläufer verachtete.«

»Ist es Tradition in Ihrer Familie, Immobilien zu kaufen, die man nicht leiden kann?«

»Wenn Sie so wollen, Frau Tann«, sagte er ernsthaft und ihre Ironie ignorierend. »Onkel Siegmar war die Lage wichtig, die Nähe zum Ilmpark. Er hat den Kamin einsetzen lassen. Das Kaminzimmer liebte er.«

Siegmar Bergholter? Der Mann, der, wie Otto Bessing nicht ausschließen wollte, möglicherweise Mitglied der rechtsterroristischen Organisation Consul gewesen war? Spitzfindig bemerkte sie: »Nach 1933 waren einige Immobilien günstig zu haben.«

Mit verächtlicher Geste winkte er ab. »Kein rechtschaffener Bürger wurde damals gezwungen, seinen Besitz zu verhökern und sein Vaterland zu verlassen.«

»Das ist nicht Ihr Ernst!«, wandte Norma empört ein. »Dass die Machtergreifung der Nationalsozialisten unzählige Enteignungen auf der einen und Bereicherungen auf der anderen Seite möglich gemacht hat, werden Sie wohl kaum abstreiten.«

Was sollte dieser kurze Disput? Hatte er mit seiner

Bemerkung ihre politische Einstellung herauskitzeln wollen?

Die Klopfgeräusche ließen nicht nach. Die Lautstärke war nach wie vor leise, aber der Rhythmus war schneller, als würde jemand im Untergrund hektisch mit Metall auf Metall schlagen. Ein Stakkato, das an Normas Substanz ging. Ihr Nervenkostüm war erschreckend dünn.

Bergholter entging ihr Zustand nicht. »Was ist los? Sie sind grau wie die Wand. Kommen Sie! Raus an die Luft.« Mit besorgter Miene führte er sie durch den Flur bis vor die Haustür.

Draußen wischte sie sich über die Stirn. »Warum war Ihrem Großonkel die Lage am Ilmpark wichtig genug, um ein Haus zu kaufen, dessen Stil er verachtete?«

»Siegmar war ein Naturfreund«, entgegnete Bergholter achselzuckend. »Er mochte das Grün drum herum.«

»Haben Sie ihn gut gekannt?«

»Wir standen uns sehr nah«, sagte Bergholter und lächelte gedankenverloren. »Siegmar siedelte in den Nachkriegsjahren von Weimar nach Wiesbaden über und ist dort 1986 gestorben. Zu seinem Andenken habe ich dieses Haus gekauft. Er war der Bruder meines Großvaters Walter und hat mir mit all seiner Erfahrung sehr viel für mein Leben mitgegeben.«

Im Stillen rekapitulierte Norma die Verwandtschaftsbeziehungen, wie sie ihr von Sascha Dannhardt und Otto Bessing geschildert worden waren. Danach war Walter Bergholter der Mann mit dem Riecher für Dinge von Wert, derjenige, der den Kandinsky in den Nachkriegsjahren in den Westen entführt hatte.

Sie gab sich unbedarft. »Gestern haben Sie mir im Café von Ihrem Kandinsky-Gemälde erzählt. Wie ist Ihre Familie eigentlich an ein wertvolles Bild wie dieses gekommen?«

Er winkte unbekümmert ab. »Falls Sie denken, das Bild wäre 1933 einer jüdischen Familie weggenommen worden oder so was in der Art, kann ich Sie beruhigen. Mein Großvater Walter hat den Kandinsky seinem Schwager Gustav abgekauft, als dessen Fabrik in Konkurs ging. Gustav brauchte Geld, und mein Großvater half ihm aus der Patsche. Alles einwandfrei.«

»Die Legalität des Besitzerwechsels wird von der Familie Dannhardt bezweifelt.«

Er musterte sie eindringlich. »Sie wissen von dem Streit? Bestimmt hat die Kleine aus der Kunsthandlung darüber gequatscht. Ich habe Sie beide gestern Abend zusammen gesehen.«

Seine Vermutung ließ Norma unkommentiert stehen. »Haben Sie Beweise für den Kauf?«

»Woher denn?«, schnaufte er zornig. »Alle Papiere sind in der Nachkriegszeit verloren gegangen.«

»Es soll einen Briefwechsel aus der Zeit nach der Wende geben, in denen die Dannhardts ihre Ansprüche erklärt haben und der …«

Ärgerlich fiel er ihr ins Wort. »Nichts als Gewäsch! Wir haben das Bild, und das ist Beweis genug.«

Aussage gegen Aussage. Sascha Dannhardts Karten standen schlecht.

Sie brachte das Gespräch auf Siegmar Bergholter zurück. »War er Ihnen ein Vorbild?«

»Mehr noch, Onkel Siegmar war mein Idol«, sagte er inbrünstig, um sich sogleich zu verbessern: »Siegmar *ist* ein Idol für alle Zeiten.«

Wie stark mochte der Großneffe von der politischen Gesinnung des Großonkels geprägt worden sein? Oder hatte Siegmar Bergholter seine extremen Ansichten im Alter revidiert? Brennende Fragen, die ihr auf der Zunge lagen, die sie aber besser für sich behielt. Vorerst jedenfalls.

Großneffe Achim schien in Gedanken beim geliebten Idol. »Siegmar starb, als ich 16 war. Als 90-Jähriger befürchte er, dement zu werden, und beugte dem geistigen Verfall vor.«

»Was meinen Sie?«

Bergholter schien ihre Frage gar nicht gehört zu haben. Wie zu sich selbst sagte er leise: »Dass ich ihn auf dem Hochsitz finde würde, hatte er nicht bedacht. Sonst hätte er sich vielleicht nicht ausgerechnet dort mit seiner Jagdflinte in den Kopf geschossen.«

Was für ein Schock für einen 16-Jährigen! Norma hatte Tote gesehen, die durch einen Schrotschuss entstellt worden waren, und konnte sich die Situation ausmalen. Als wollte er dadurch den Erinnerungen entgehen, führte Bergholter sie rund ums Haus und schilderte, unterstützt von weiten Gesten, wie er sich in Zukunft den Garten vorstellte. Als Norma das Grundstück verließ, schimpfte in einer Lindenkrone ein Eichelhäher und begleitete sie ein Stück weit mit seinem Zetern.

30

Die Bauhäusler haben den Kampf verloren. Walter Gropius' verzweifelte Bemühungen, seine Schule zu retten, verpufften wirkungslos. Die Feinde des Bauhauses und die Nazis in der Stadt haben gewonnen. Nach nur sechs Jahren verlässt das Bauhaus Weimar und setzt seine Arbeit zukünftig in Dessau fort. Lucia geht mit nach Dessau, gemeinsam mit László.

Oft denke ich mit Wehmut an Wiesbaden. Johann, lieber Bruder! Du hast geschrieben, die Schreinerei läuft gut. Ich bin ebenso dankbar wie du, dass deine Hände heil geblieben sind. Und auch dafür, dass du mit dem zerschossenen Knie gut zurechtkommst. Ich selbst habe ebenso erfreuliche Nachrichten. Wir haben uns hier in Weimar gut eingerichtet, und Ida erwartet unser erstes Kind! Wie wunderbar hat es sich gefügt, dass mir in der Werkstatt im Van-de-Velde-Haus ein Kinderschrank aufgefallen ist. Weil die Bauschule auszieht, musste alles Inventar raus. Auch das entzückende Möbelstück von Alma Buscher, die sich persönlich dafür eingesetzt hat, dass ich das Schränkchen mitnehmen durfte. Ida ist glücklich, die erste Anschaffung für unser Kindchen. Ob Alma mir verzeihen würde, wenn sie wüsste, dass ich in den Korpus einen doppelten Boden eingezogen habe? Während des Krieges hatte ich meine Tagebücher im Dachgebälk der Werkstatt verborgen, weil es mir an den Kragen gegangen wäre, hätte ein sogenannter Patriot meine kritischen Beurteilungen der politischen

Lage gelesen. Und auch in diesen unruhigen Zeiten wünsche ich mir ein sicheres Versteck für meine Aufzeichnungen. Wozu bin ich der Sohn eines Schreinermeisters, und wer sollte schon in einem Kindermöbel etwas so Brisantes vermuten wie vertrauliche Aufzeichnungen über die Bauhäusler, ihre Zukunftsträume und Weltanschauungen? Von meinen privaten Gedanken nicht zu reden. Sollte das Tagebuch in die falschen Hände fallen, wären den Freunden, die sich mir anvertraut haben, die größten Schwierigkeiten gewiss. Die NSDAP breitet sich aus wie ein alles verschlingender Krake. Aber die Zeit wird kommen, und die Freiheit wird die Unterdrückung besiegen. Dann werde ich die Visionen der Bauhäusler und ihre Stimmen in meinen Memoiren öffentlich und lautstark zu Gehör bringen.

31

MONTAG, DER 8. JULI

Devid Smidt meldete sich am späten Nachmittag, als Norma auf dem Weg zur Pension war. Sie zog sich in einen abgelegenen Hauseingang zurück, um ungestört sprechen zu können. Seine Stimme spiegelte seine Resignation wider, als er verkündete, dass sich in der Parkhöhle kein Hinweis habe finden lassen – weder auf Timon noch auf einen sonstigen heimlichen Bewohner.

»Und Sie haben wirklich das gesamte Stollensystem abgesucht?«, vergewisserte sich Norma entmutigt. »Die ehemaligen Bunker und alle Bereiche, die für Besucher gesperrt sind?«

Den Hauptstollen – einen halben Kilometer lang –, der als Abwasserkanal für eine zu Goethes Zeiten geplante Brauerei vorgesehen gewesen war, sei er persönlich abgegangen und habe in jedes Loch hineingeleuchtet, versicherte Devid Smidt geduldig. Alle übrigen Gänge seien von den Kollegen kontrolliert worden. »Wir haben jede Ecke und jeden Winkel durchstöbert. Uns ist keine Ratte durch die Lappen gegangen. Da ist nichts, und da war nichts.«

»Und die Arbeiten im Stollen?«

»In der Parkhöhle war kein Bautrupp zugange. Wie kommen Sie darauf?«

»Ich war zufällig in Achim Bergholters Haus in der Belvederer Allee und habe Klopfgeräusche gehört. Bergholter vermutete, sie kämen aus dem Stollen.«

»Uns ist nichts dergleichen aufgefallen. Aber in der Belvederer Allee wird ein Kanal repariert, das könnte eine Erklärung sein.«

»Sie geben die Suche doch nicht auf?«

Ein gereiztes Schnaufen drang in ihr Ohr, bevor er versprach: »Wir bleiben dran. Zwei Morde sind aufzuklären. Frywaldt ist einer der wenigen Anhaltspunkte, die wir haben.«

Mit zittrigen Fingern verstaute sie das Handy im Rucksack. Wenige Minuten später kam sie an der Pension Elise an. Kirsten Walderbeck war auf dem Sprung, um Besorgungen zu erledigen, bot aber sofort an, Norma einen Tee zu bringen. Im Haus herrschte Stille, als wären alle anderen Gäste unterwegs. Norma nahm die Ruhe dankbar zur Kenntnis. Mit dem

Becher ging sie hinauf in ihr Zimmer und machte es sich mit dem Laptop auf dem Bett bequem. Eine halbe Stunde surfte sie auf den Spuren der Organisation Consul durch das Internet und fand bestätigt, was Otto Bessing erzählt hatte. An die 5.000 Gefolgsleute hatten dem paramilitärischen Geheimbund angehört; darunter viele ehemalige Offiziere, die in nationalistischer und antisemitischer Verblendung alles darangesetzt hatten, die junge Weimarer Republik brutal zu zerrütten. Sozialdemokraten waren Teil des kruden Feindbilds der Terrororganisation gewesen, deren Köpfe in München gesessen hatten. Als 1921 im Schwarzwald der Politiker Matthias Erzberger von zwei Tätern erschossen worden war und die Spur zur Organisation Consul geführt hatte, war es im ganzen Land zu Verhaftungen und vereinzelten Anklagen gekommen. Da jedoch der lange Arm der O.C. bis in die Justiz hineingereicht hatte, war die Gegenwehr des Staates halbherzig ausgefallen. Philipp Scheidemann, Sozialdemokrat und 1919 in Weimar zum Reichsministerpräsidenten gewählt, hatte im Juni 1922 den Anschlag mit Blausäure nur überlebt, weil der Wind die tödliche Gaswolke vertrieben hatte. Erst nachdem Tage später Walther Rathenau durch Anhänger der O.C. ermordet worden war, war im Juli 1922 das Verbot des Geheimbundes beschlossen worden, las Norma und wunderte sich. Ein Geheimbund, der sich abschaffen ließ?

Ins Lesen vertieft hätte sie das dumpfe Rumpeln beinahe überhört, das aus der unteren Etage zu kommen schien. War Kirsten zurück? Mit Appetit auf einen weiteren Tee stieg sie die Treppe hinunter, traf die Wirtin jedoch weder in der Küche noch im Frühstücksraum an. Stattdessen vernahm sie ein leises Geräusch, ein kaum hörbares Knarren. Auf Zehenspitzen schlich Norma über den Flur und legte das Ohr an die Tür zum Gartenstübchen. Verstohlenes Klappern, Rascheln und Knistern. Wer machte sich dort drinnen zu schaffen?

Langsam drückte sie die Klinke herunter. Die Tür war verschlossen. Am Morgen war Norma – nachdem sie das Schränkchen inspiziert hatte – über die Außentür hinausgegangen und hatte diese abgeschlossen. Hatte jemand den Schlüssel aus der Milchkanne gefischt? Vom Haus aus konnte keiner hineingekommen sein. Der Schlüssel für die Innentür lag wie von Kirsten erwähnt auf seinem Platz oben auf der Zarge. Misstrauisch öffnete Norma die Innentür, deren Schloss sie soeben mit unüberhörbarem Quietschen geöffnet hatte, und trat ein. Der große Raum wirkte auf den ersten Blick, wie sie ihn vor Stunden verlassen hatte. Der Eingang gegenüber war geschlossen. Das Schränkchen befand sich wie gehabt mitten im Zimmer, die Türen zu, die Schubladen hineingeschoben … oder doch nicht? Norma trat einen Schritt vor und schaute genauer hin. Eine Schublade stand eine Handbreit aus dem Korpus heraus. Während sie sich zu erinnern versuchte, ertönte ein dumpfes »Plopp« direkt hinter ihr. Sie erschrak, fuhr herum, bereit, einen Angreifer abzuwehren. Als sie erkannte, wer sich in ihrem Rücken angeschlichen hatte, lachte sie befreit auf.

»Lyonel! Hast du mir einen Schrecken eingejagt.«

Ob der Kater mit Kirsten in das Gartenstübchen gehuscht war? Er miaute als Antwort und strich Norma um die Beine. Bei Leopold zu Hause hätte sie nun wachsam sein müssen, der ihr gerne mal – je nach Stimmung zärtlich oder mit blitzschnellen Hieben – als Zeichen seiner Gunst seine Krallen ins Fleisch hieb. Der rote Tiger jedoch blieb das brave Schmusekätzchen, als sie ihn hochnahm, und schmiegte sich schnurrend an ihre Schulter. Mit Lyonel auf dem Arm drückte sie die Schublade zu, die schon am Morgen geklemmt hatte. Norma war jetzt sicher, auch diese Schublade geschlossen zu haben. Ob Kirsten einen Blick in das Schränkchen geworfen hatte? Wer sonst, wenn nicht … ein Einbrecher? Sie setzte den Kater ab und eilte zur Gartentür, die sie am Morgen von außen abgesperrt hatte. Jetzt ließ sie sich öffnen. So viel zur Tauglichkeit des Milchkannenverstecks!

Sofern sich der Eindringling nicht schon längst aus dem Staub gemacht hatte, müsste er sich zwischen Regalen und Rasenmäher, Düngersäcken und Obstkisten versteckt halten. Spielten ihr ihre angespannten Nerven einen Streich, oder hatte sich die grüne Plane, die sich über ein Regenfass und das daneben aufgetürmte Gerümpel zog, eben kaum merklich bewegt? Ein Zittern wie durch einen Windstoß verursacht, nur dass hier drinnen kein Lufthauch zu spüren war. Es reichte ihr! Während sie sich mit der rechten Hand einen Kuhfuß aus einem Regal schnappte, riss sie mit der Linken die Plane herunter. Das Erste, was sie erblickte, war die hellblaue Kappe, unter deren Schirm ihr Verfolger hervorblinzelte, der zwischen Regentonne und Gerümpel an der Wand kauerte und Schutz suchend die Hände hochriss. Norma, die mit der provisorischen Waffe offenbar ausgesprochen angriffslustig wirkte, verspürte große Lust, den Kuhfuß tatsächlich einzusetzen.

»Hallo, Frau Tann!«, lautete seine eingeschüchterte Reaktion, während er angespannt zwischen den erhobenen Armen zu ihr hinaufspähte. Die kurzen Hemdsärmel waren hochgerutscht, wodurch auf dem rechten Oberarm eine zwei Finger breite Narbe sichtbar geworden war, die nach einer üblen Verbrennung aussah. »Verzeihen Sie, wenn ich zur Begrüßung sitzen bleibe.«

»Rühren Sie sich bloß nicht vom Fleck«, fauchte sie und

schwenkte bedrohlich den Eisenstab hin und her. »Was wollen Sie von mir, Frank Rassow?«

Unter dem Mützenschirm öffnete, schloss und öffnete sich der Mund. »Sie kennen meinen Namen?«

»Sie sind Journalist und schreiben, kaum zu glauben, für ehrbare Blätter. Warum schleichen Sie mir hinterher?«

Er zappelte mit den Fingerspitzen. »Darf ich?«

Auf ihr Nicken hin senkte er die Hände herab und zog sich dabei aus Versehen die Kappe vom Kopf, wodurch ein langer Schädel mit kurzen roten Haaren zum Vorschein kam. Eine Haarfarbe, die zu den grünen Augen und dem blassen Teint passte.

»Sie wissen, wer ich bin?« Es klang ungläubig. Der Jäger hatte seine Beute unterschätzt.

Auch Norma wurden die Arme schwer. Langsam ließ sie den Eisenstab sinken, hielt ihn aber weiterhin zur Gegenwehr bereit. Dankbar für den geringschätzigen Klang ihrer Stimme, der die Aufregung übertönte, behauptete sie: »Vor dem Bauhaus-Museum haben Sie Renate Mühlbauer die Adresse der Pension und meinen Namen abgeschwatzt. Jede Wette, sie hat außerdem ausgeplaudert, dass ich Privatdetektivin bin. Dachten Sie wirklich, ich lasse mich von einem Amateur austricksen?«

»›Amateur‹ ist ein hartes Urteil«, protestierte er kleinlaut.

Wachsam behielt Norma den Mann im Blick, der unbeweglich neben der Regentonne kauerte und auf dessen Stirn erste Schweißperlen glitzerten. Von der Gefährlichkeit des Jägers, die sie bei der Begegnung im Hof des Kirms-Krackow-Hauses zu spüren geglaubt hatte, war ihm in dieser vertrackten Lage nichts geblieben.

»Gemütliches Plätzchen«, murmelte er.

»Selbst schuld! Wieso sind Sie nicht sofort zur Tür raus?«

»Keine Ahnung! Ich war in Panik, als ich Sie kommen hörte. Da ist ein Amateur, wie Sie sagen, schnell überfordert. Lassen Sie mich am Leben, wenn ich meine Beine ausstrecke?«

Ebenso hilf- wie harmlos schaute er zu ihr auf und wider Willen imponierte ihr, wie er seine Verlegenheit zu überspielen versuchte. Er war kaum in eine bequemere Position gerückt, als der Kater heranstolzierte und sich an Rassows Knie drückte. Wie mechanisch begann die Männerhand über das Katzenfell zu streicheln. Die Situation erschien Norma immer skurriler, aber noch war sie nicht fertig mit ihm.

»Raus mit der Sprache!«, verlangte sie barsch. »Was soll dieser Einbruch?«

»Ich bemerkte den Schlüssel in der Milchkanne. Gelegenheit macht Diebe, heißt es doch. Reine Neugier.«

»Das soll ich Ihnen glauben?«

Zögerlich erklärte er: »Achim Bergholter. Ihm recherchiere ich hinterher.«

Ein wertvolles Bild, das nach Jahrzehnten aus der Versenkung auftaucht, und eine erbitterte Fehde unter Verwandten auslöst: keine schlechte Vorlage für eine Reportage. »Es geht Ihnen um den Prozess? Der Kandinsky?«

»Zugegeben, ja!«

»Deswegen waren Sie also gestern im Kaffeegarten. Aber hier sehe ich keinen Achim Bergholter!«

»Okay«, räumte er ein. »Ich bin Ihretwegen gekommen. Sie hatten in der Bauhaus-Uni ein Gespräch mit Sascha Dannhardt.«

»Woher wissen Sie das?«

»Remis! Sie haben mich nicht bemerkt und sich vom Amateur ausspionieren lassen.« Als er sie aus zusammengekniffenen Augen musterte, blitzte wieder kurz der Jäger in ihm auf. Herausfordernd fragte er: »Hat Dannhardt Sie beauftragt, Erkundigungen über Bergholter einzuholen?«

»Ich wüsste nicht, was Sie das angeht«, fauchte Norma. Was um Himmels willen sollte sie mit dem Mann anfangen? Ihn einfach rauswerfen oder die 110 wählen?

»Okay«, wiederholte er bedächtig. »Reden wir über Ihren Freund. Dr. Timon Frywaldt aus Wiesbaden. Seit Samstagvormittag spurlos verschwunden.«

Norma zuckte zurück. Ihr Herzschlag beschleunigte sich. »Was wissen Sie über Timon? Und woher?«

»Fangen wir mit dem Woher an«, sagte er, während er die Beine umständlich in eine neue Lage brachte, ohne den Kater aufzuscheuchen, der es sich auf den Knien gemütlich gemacht hatte. »Heute Vormittag habe ich mich ausführlich mit Ihrer Pensionswirtin unterhalten. Ich wollte herausfinden, was Sie mit Bergholter zu schaffen haben. Sehr nette Dame, die Frau Walderbeck, und nicht auf dem Mund gefallen. Über Bergholter habe ich zwar nichts erfahren, dafür hat sie mir von diesem Schränkchen erzählt. Und von Ihrem vermissten Freund.«

»Was – wissen – Sie?«, fragte Norma eindringlich Wort für Wort und richtete den Kuhfuß auf ihn.

Rassow hob vorsichtshalber die Hände. »Ich habe ihn gesehen.«

Drohend schwenkte sie den Eisenstab. »Reden Sie!«

»Sobald Sie das Ding beiseitelegen. Ihr Gefuchtel macht mich nervös.«

Norma schob den Kuhfuß ins Regal zurück. »Zufrieden? Also!«

Rassow zog den Kater dichter an sich heran und richtete den Oberkörper auf. »Am Samstagvormittag, er kam aus der Kunsthandlung. Hennies begleitete Ihren Freund vor die Ladentür.«

Norma war wie vor den Kopf geschlagen. »Was macht Sie sicher, dass dieser Mann Timon war?«

»Sie hatten Ihrer Wirtin ein Bild gezeigt«, erklärte er gelassen. »Frau Walderbeck hat ihn mir beschrieben und den Namen Frywaldt genannt. Sportlicher Typ. Langer dunkler Zopf. Arbeitet beim LKA Wiesbaden. Nach dem Gespräch habe ich mich durchs Internet geklickt und ein Foto von ihm gefunden. Es gibt eine Reihe Aufnahmen von Ihrem Herrn Dr. Dr. Diverse Vorträge. Kongresse im In- und Ausland. Scheint ein heller Kopf zu sein.«

»Und Sie haben es drauf, gutgläubige Frauen auszuhorchen«, entfuhr es Norma, die äußerst dankbar für die Neuigkeit war.

Er grinste. »Ich bin nicht in allem eine Niete.«

»Jetzt stehen Sie schon auf! Erzählen Sie mir von Timon.«

Rassow rappelte sich hoch. Begierig sog sie jedes Wort von ihm auf. Wenn es stimmte, was er sagte, hatte Timon gegen 11 Uhr die Kunsthandlung verlassen und war zu Fuß in Richtung Markt gegangen. Ein Fahrrad hatte Timon nicht dabeigehabt. Und sonst?

Rassow überlegte. »Ein Rucksack, nicht groß. Wie man ihn eben für Alltägliches brauchen kann.«

Norma fragte nach Details. Es war der Rucksack, den Timon stets mit sich herumschleppte. »Wie wirkte Timon auf Sie? Entspannt oder besorgt?«

»Mir ist nichts an ihm aufgefallen. Er schlenderte los wie ein Tourist. Nicht wie jemand, der eilig etwas zu erledigen hat.«

»Und Oskar Hennies? In welcher Stimmung war er?«

Seine grünen Augen zwinkerten listig. »Sie meinen, ob Hennies wohl ahnte, dass er den Tag nicht überleben würde? Nein, er wirkte angespannt, aber nicht panisch. Er hat Ihrem Freund etwas nachgerufen.«

»Haben Sie gehört, was er gesagt hat?«, fragte Norma mit klopfendem Herzen.

»Hennies rief: ›Kommen Sie heute Abend wieder! Dann weiß ich mehr darüber‹«, erklärte Rassow, ohne den Blick von ihr abzuwenden.

»Ich habe solche Angst, dass auch ihm etwas zugestoßen ist, dass er verletzt ist oder …« Erschrocken hielt sie inne. Es war nicht der Moment, sich einem Fremden zu offenbaren – erst recht nicht, wenn dieser Mann ein Einbrecher war.

Mit leiser Stimme bat er: »Lass uns zusammenarbeiten, Norma. Vertrau mir!«

Sie könnte jemanden an ihrer Seite gut gebrauchen. Aber warum sollte ausgerechnet Frank Rassow der Richtige dafür sein?

Mittlerweile hatten sich die Strahlen der Nachmittagssonne bis an das tiefgezogene Sprossenfenster herangearbeitet und zeichneten helle Rauten auf den Dielenboden vor dem Alma-Buscher-Schränkchen. Normas fahriger Blick fiel auf Lyonel, der sich in einem zerfledderten Korbsessel zusammengerollt hatte und mit halb geschlossenen Lidern die beiden Menschen beäugte, die sich mit einer Armlänge Abstand schweigend gegenüberstanden. Die Kappe lag wie vergessen auf dem Boden vor der Regentonne. Der Schweiß auf Rassows Stirn war getrocknet. Seine Körperhaltung war entspannt, er schien die Beschämung über seine Entdeckung überwunden zu haben.

Entschlossen ergriff sie das Wort und übernahm das Du, in das er zuvor verfallen war – ob aus Kalkül oder intuitiv. »Nun raus mit der Sprache: Was willst du hier?«

Beschwichtigend hob er die Hände. »Beruhige dich bitte, Norma. Ich war einfach neugierig, berufsbedingt. Dein Freund war womöglich außer mir der Letzte, der Hennies lebend gesehen hatte. Und jetzt ist er verschwunden. Da stellt man sich Fragen.«

»Zum Beispiel?«

»Nun, in allen Weimarer Buchhandlungen liegt Albin Frywaldts ›Drachenfest‹ aus. So häufig ist der Name ja nicht. Ist dein Freund mit dem Schriftsteller verwandt?«

Sie klärte ihn über die familiären Beziehungen auf. »Los, sag schon! Was genau weißt du über Timon?«

»Nicht mehr als das, was ich dir erzählt habe«, beteuerte er. »Deine Wirtin hat das Schränkchen erwähnt, das Timon samt Inhalt geerbt hat. Ich hoffte, eine Spur zu finden, die zu Timon führt.«

»Was willst du von ihm?«

»Der Mann ist spurlos verschwunden. Ist das etwa kein Grund?«

»Du bist also doch hinter einer Story über ihn her. Ist dir Timon am Samstag noch einmal aufgefallen?«

»Leider nein.« Er hob den rechten Arm, um sich mit einer bedächtigen Geste an der Schläfe zu kratzen, und entblößte für einen Moment wieder die wulstige Narbe am Oberarm. »Was wollte dein Freund von Hennies?«

»Wenn ich das nur wüsste«, antwortete sie wahrheitsgemäß. Dass Frank Rassow Timon gesehen hatte, schien ihn auf eine eigenartige Weise zu einem Verbündeten zu machen. Konnte sie ihm trauen, oder wollte er ihr eine Falle stellen? Bei Licht betrachtet: Wie ein Lamm wirkte er nicht – ganz und gar nicht. Kein Wolf im Schafspelz, eher Wolf pur, auch wenn dieser Kreide gefressen hatte. Aber hatte sie überhaupt eine Wahl? Nein, sie musste alles auf eine Karte setzen, und das Ass im Ärmel hieß Frank Rassow.

»Ich sehe das so«, sprach er in ihr Schweigen hinein, »dein Freund wollte eine Auskunft von Hennies und sollte deswegen am Abend wiederkommen. Die Frage ist: Kehrte Timon früher zurück und ist …?«

»… dem Mörder in die Arme gelaufen?«, vollendete Norma seine Überlegungen. »Zur falschen Zeit am falschen Ort. Heute ist der zweite Tag ohne jedes Lebenszeichen von Timon.« Sie wandte sich ab und sah aus dem Fenster, das zum Garten hinausging. Die fröhlichen Farben des Staudenbeets vor der Terrasse erschienen ihr wie Hohn. Durften Blumen blühen, wenn ihr Liebster tot war? Umgebracht als Zeuge einer Mordtat?

Der Anblick des toten Kunsthändlers tauchte überdeutlich vor ihrem inneren Auge auf. Das präzise Einschussloch in der Stirn des Toten. Der Mörder hatte sein tödliches Werk verübt, während draußen Touristen vorbeispaziert waren.

»Der Täter ist extrem kaltblütig vorgegangen«, erklärte sie nüchtern. »Nach meinem Eindruck war das ein Profi.«

Frank sah sich wachsam um. Mit einem Rascheln hatte der Kater den Platz im Korbsessel verlassen und sich mit einem Sprung auf das Kindermöbel katapultiert. »Was überlegst du?«, fragte Frank, dem Normas grüblerische Miene nicht entgangen war.

Norma hatte sich abgewandt und rieb sich angestrengt die Stirn. »Timon hat am Samstagmorgen etwas eingescannt. Etwas, was er im Schrank gefunden haben könnte.«

»Ein guter Grund, die Erbschaft zu durchkämmen. Lass es uns wenigstens versuchen, Norma! Du vertraust mir doch?«

»Was bleibt mir anderes übrig?«, entgegnete sie unwirsch und noch lange nicht überzeugt. Zumindest was die Suche nach Timon betraf, würden sie allerdings an einem Strang ziehen. Unter Lyonels schläfrigem Blick begannen sie damit, die Kartons auszuräumen und den Inhalt systematisch auf dem Dielenboden auszubreiten.

32

Inmitten seines zukünftigen Wohnzimmers hockte Achim Bergholter auf einer Werkzeugkiste und starrte grimmig auf den Laptop auf seinen Knien, der ihm in zwei Fenstern die Resultate seiner Suche präsentierte, die anhand der Fotos und Texte keine Zweifel offenließen. Das erste Fenster zeigte Details über Norma Tann: Privatdetektivin, Kriminalhauptkommissarin a. D. und unverfrorene Lügnerin. So viel zu den öden Versicherungstätigkeiten, die sie ihm vorgegaukelt hatte. Gab sich naiv und treuherzig, das Weibsstück. Hätte er ihren Namen nur gleich gestern gegoogelt! Dann wäre er vorhin nicht wie ein Idiot ins Plaudern geraten und hätte keine Silbe über Großonkel Siegmar verloren. Der zweite Schock betraf den abhandengekommenen Freund. Timon Frywaldt (mit Dr. Dr.) war – ging es noch drastischer? – ausgerechnet Spezialist für Tatortspuren und Experte für forensische Anthropologie des Hessischen Landeskriminalamts, wie die kurze Recherche ergeben hatte. Wenn an der Erkenntnis überhaupt eine Spur Gutes zu entdecken war, dann die Tatsache, dass damit der Mann, der am Samstagnachmittag bei Oskar Hennies aufgetaucht war, eine Identität bekommen hatte. Am vergangenen Abend hatte Dennis zum Beweis seiner Zuverlässigkeit ihm ein Handyfoto gezeigt, auf dem der bezopfte LKAler zu sehen gewesen war. Die hohe Stirn blutbesudelt und die Augen geschlossen, als hätte Dennis damit eine unerwartete Anwandlung von Pietät dem Toten gegenüber bezeugen wollen.

Was zum Teufel hatte die Detektivin und den LKA-Mann überhaupt nach Weimar geführt? Tanns Behauptung, Urlaub zu machen, konnte sie einem Dümmeren auf die Nase binden. Ihr Interesse für das Gemälde kam bestimmt nicht von ungefähr. Nein, eher hatte Sascha die falsche Schlange engagiert, um im Prozess die eigene Position zu stärken. Aber welche Rolle spielte Dr.-Dr.? Hatte Tann ihn als Hilfssoldaten aus Wiesbaden mitgebracht? Wie und wo mochte Frywaldt an das verfluchte Fotonegativ herangekommen sein, dessen Kopie Oskar Hennies auf die hirnrissige Idee gebracht hatte, sich am Telefon als Erpresser aufzuspielen? Oskar hatte – eine Wortwahl, die Achim im Nachhinein amüsierte – umgehend einen »Vorschuss« verlangt und scheinbar großzügig angeboten, dass Achim den Hauptbetrag am Montag nachliefern könne. Dafür würde er dem Kunden weismachen, er sei einem Irrtum aufgesessen und die Aufnahme würde keinesfalls Wassily Kandinsky zeigen. Was zum Teufel hatte Hennies hoffen lassen, ein Bergholter ließe sich auf so einen unsicheren Handel ein? Warum sollte sich ein Kunde nicht bei einem anderen Experten rückversichern? Blind vor Geilheit aufs Geld hatte Hennies offenbar alle Bedenken in den Wind geschossen. Zum Schein war Achim auf die Forderungen eingegangen. Wer sich mit einem Bergholter anlegte, spielte mit dem Feuer. Achim hielt sich an Großonkel Siegmars Devise: Verräter hatten nichts als den Tod verdient.

Dennis war zügig ans Werk gegangen. Still, unbemerkt und effektiv, wie zu erwarten gewesen war. Der Junge war einfach saugut auf seinem Gebiet. Zumindest, wenn es um seine Kernkompetenz ging: das Ausschalten von unliebsamen Menschen. Nach dem Mord hatte er umgehend die Aufzeichnungen der Überwachungskamera gelöscht und die Kopie des Fotos vom Tresen gefischt. Draußen vor dem Laden war unverhofft ein Mann aufgetaucht, in dem Dennis den Überbringer der vermaledeiten Kopie erkannt hatte. Er war ihm zuvor in dem Video aufgefallen. Nun hatte er leibhaftig vor ihm gestanden, in scheinbarer Arglosigkeit nach Oskar Hennies gefragt und behauptet, seine Radwanderkarte im Laden vergessen zu haben. Dennis hatte den Mann abgewimmelt und war ihm nachgegangen, um ihm in einer stillen Ecke eins über den Schädel zu ziehen – blöderweise ohne ihm vorher die Information zu entlocken, wo sich das Originalnegativ befand. Ein dicker Schnitzer, der nicht hätte passieren dürfen.

Dieses verfluchte Foto! Achim zog das Blatt Papier, das Dennis aus dem Laden mitgebracht hatte, aus der Brusttasche seines Sweatshirts und faltete es auf. Ein Anblick, der seine Laune endgültig in den Keller sinken ließ. Wo zum Henker hatte Frywaldt das Original gelassen? Falls es Sascha in die Hände fiele, würde es den Briefwechsel untermauern, der bis jetzt nichts als Makulatur war. Achim war nicht einmal sicher, ob das Foto vor Gericht als Beweis zählen würde. Aber bei seinem greisen Vater, dessen Sentimentalität von Tag zu Tag wuchs und der zunehmend unter dem Zerwürfnis mit der Verwandtschaft litt, könnte es der Auslöser dafür sein, der Forderung der Gegenseite nachzugeben. Lothar Bergholter war völlig aus der Art geschlagen und weder mit der Skrupellosigkeit seines Vaters Walter noch mit dem Biss seines Onkels Siegmar gesegnet. Er wäre im Stande, sich als Ehrenmann aufzuspielen, die Millionen sausen zu lassen und der Verwandtschaft das Bild zurückzugeben. Noch bestimmte der Vater – wachsweich im Herzen und körperlich gleichsam siech wie zäh – über den Kandinsky. Achim brachte es nicht übers Herz, Dennis auf den Alten anzusetzen. Die Familie kommt vor der Politik, hatte Siegmar ihm eingeschärft.

Lieber an etwas Positives denken! Zur Ablenkung konzentrierte er sich auf den politischen Auftrag, sein heimliches und hochgestecktes Ziel. Wie perfekt die erste Aktion gelaufen war! Dennis hatte hervorragende Arbeit geleistet. Um seine Fähigkeiten auf die Probe zu stellen, hatte Achim ihm diesen Auftrag erteilt. Er hatte sich dabei für einen unbedeutenden Provinzpolitiker entschieden, der keinen Polizeischutz genoss. Die Mordkommission suchte, wie die Presse verlauten ließ, fieberhaft in dessen Privatleben nach einem Motiv. Sobald dem ersten Opfer bekanntere Namen folgen würden, müssten die letzten Ignoranten kapieren, dass diese Morde als politische Zeichen zu betrachten waren. Ein Fanal, das den Aufbruch in ein wieder erstarkendes Deutschland bedeutete.

Seine Gedanken schweiften ab zu Siegmar und dem Gedenkzimmer für den verehrten Großonkel. Achim konnte es kaum abwarten, die Ausstattung endlich umgesetzt zu sehen. Er hatte alles bis ins Detail geplant. Aus Gründen, die er vorerst zu akzeptieren hatte, musste er sehr diskret vorgehen. Bevor er sich wieder dem Bunker widmen durfte, mussten alle Arbeiten im Haus beendet sein. Neugierige Handwerker waren das Letzte, womit er etwas riskieren wollte. Beim Gedanken an den Bunker wurde ihm warm ums Herz. Welcher Ort wäre geeigneter, um einem O.C.-Veteranen zu gedenken, als dieser bombensichere Hort für unruhige Zeiten, den Siegmar mit eigenen Händen unter dem Haus errichtet hatte? Ein Waffenbruder hatte Siegmar in den späten 1930er-Jahren zugeflüstert, dass das Ende eines Blindstollens, der von einem Nebengang der Parkhöhle abzweigte, bis unter ein Grundstück reichte. Das darüberstehende Wohnhaus im als undeutsch verabscheuten Bauhausstil hatte Siegmar nur kurzfristig zögern lassen. Gezielte Umbauten und ein Satteldach hatten die Schande des Landes in ein ordentliches deutsches Wohnhaus verwandelt.

Kein Lebender außer ihm, da war Achim sich sicher, wusste von dem Bunker unter dem Haus. Ausschließlich ihm hatte der Großonkel davon erzählt. Nach der Wende hatte Achim sich lange vergeblich um das Haus bemüht, bis ihm der Kauf dank guter Beziehungen und einer glücklichen Fügung endlich gelungen war. Als Katze im Sack, sozusagen. Der Notarvertrag war schon unter Dach und Fach gewesen, als Achim endlich die Gelegenheit bekommen hatte, sich unbeobachtet im Keller umzusehen. Der ausladende Vorratsschrank, den er aus Siegmars Schilderung kannte, hatte erstaunlicherweise die Kriegs- und Nachkriegszeit ebenso schadlos überdauert wie die DDR- und Wendejahre. Zu Achims Begeisterung funktionierte sogar der Mechanismus noch, der die hinter dem Schrank versteckte Tür zum Bunker freilegte.

Sein Rücken begann zu schmerzen. Das gekrümmte Hocken tat ihm nicht gut. Achim erhob sich von der Werkzeugkiste und reckte seine Glieder, bevor er sich die ersten Minuten im Keller in Erinnerung rief. Das erwartungsvolle Knarren der Türangeln nach dem Dornröschenschlaf. Die verblüffend gute Luft, die ihm aus dem Bunker entgegengestrichen war, und der Lichtkegel, der ihn anstelle der erwarteten Finsternis überrascht hatte. Durch einen handbreiten Spalt in der Felsdecke fiel ein Streifen Helligkeit, der die Dunkelheit wie ein Messer durchschnitt und als lichter Fleck auf dem Lehmboden landete. Eine raffinierte natürliche Beleuchtung, die außerdem für Frischluft sorgte, wie Achim bewundernd anerkannte. Er hatte lange gebraucht, um im Garten das hinter einem Mauervorsprung verborgene Loch aufzuspüren und so hinter das Geheimnis von Licht und Frischluft zu kommen. Im Bunker ließ nichts darauf schließen, dass er von späteren Bewohnern entdeckt und benutzt worden wäre. In einer Nische war Achim auf Konservendosen und Einweckgläser gestoßen, die in Zeitungen aus dem Jahr 1944 eingewickelt gewesen waren. Er hatte sie andächtig in eine Kiste gepackt und diese draußen im Schrank verstaut. Sogar der Tank, in dem sich Regenwasser sammelte, hielt immer noch dicht, wie sich herausstellte, nachdem Achim das alte Wasser abgelassen und den Tank zum Test mit frischem Leitungswasser aufgefüllt hatte. Gegenüber der Tür zum Keller lag eine quadratische Öffnung, die in den Fels gehauen und von einer Eisentür verschlossen war: der Fluchtweg in die weitreichenden Stollen der Parkhöhle, wie Achim aus den Schilderungen des Onkels wusste. Doch nachdem er nach langer Suche endlich den passenden Schlüssel gefunden und die klemmende Tür mit Mühe aufbekommen hatte, war der Schein der Handlampe auf einen Haufen Steinbrocken gefallen. Bis zur Felsendecke war der Stollen mit Schutt aufgefüllt. Keine Maus würde von hier aus in die Parkhöhle gelangen. Von dieser Seite drohte keine Entdeckungsgefahr. Die Erschließung und Instandsetzung der Parkhöhle war abgeschlossen. Der Bunker selbst war dank Onkel Siegmars Vorsorge mit stabilen Holzstützen solide gegen den Einsturz abgesichert.

In seinen Tagträumen hatte Achim Onkel Siegmars geplante Gedenkstätte bereits fix und fertig zu einem Museum umgestaltet. Auch anderen Heroen der Organisation Consul und der Geschichte des Bundes wollte er dort gedenken. Schade nur, dass den Raum außer ihm niemand zu sehen bekommen würde. Er war entschlossen, ein Einzelkämpfer zu bleiben, was zwar den Austausch mit Gleichgesinnten ausschloss, aber ebenso das Risiko des Verrats. Der einzige Mitwisser war Dennis – und ihm war die Politik so egal wie alles andere. Ihm war nur seine Auswanderung nach Australien wichtig, die er so bald wie möglich in die Tat umsetzen wollte. Dafür brauchte er Geld.

Mit den Gedanken an Dennis gewann der aktuelle Ärger wieder die Oberhand, der sich wie eine hässliche Fratze in Achims schöne Tagträume drängte. Eine beunruhigende Vorstellung schob sich in den Vordergrund. Womöglich war Dennis gerissener als gedacht! Was, wenn er log und Frywaldt das Originalnegativ in Wahrheit abgenommen hatte? Möglicherweise nahm er sich ein Beispiel an Oskars Erpressungsversuchen, um so sein (keinesfalls kleinliches) Honorar aufzubessern.

Ein weiterer Punkt setzte Achim zu. Was hatte Dennis mit Frywaldts Leiche gemacht? Der taucht so bald nicht mehr auf, war seine knappe Antwort gewesen, und was Achim vor allem beunruhigte, war die Formulierung »so bald.« Konnte er ausschließen, dass Dennis irgendetwas Verräterisches mit dem toten LKA-Mann anstellen wollte?

33

Im Gartenstübchen kniete Norma auf den Holzdielen und ließ den Blick über die sich rundum türmenden Bücherstapel schweifen. »Was habe ich dir gesagt? Nichts von besonderem Wert. Nach der Inventarliste würde kein Bücherfreak mehr als 200 Euro für einen Band hinlegen. Womit ich nicht sagen will, dass das kein Geld ist.«

»Also scheint das Überraschendste an der Erbschaft das Möbelstück selbst zu sein«, murmelte Frank, der sich ihr gegenüber auf den Boden hockte.

Norma fiel es noch schwer, sich ganz auf ihren Mitstreiter einzulassen. Zweifelnd bemerkte sie: »Ein besonderes Stück, keine Frage. Ich habe im Netz recherchiert. Der Sammlerwert eines Bauhausmöbels liegt bei mehreren tausend Euro. Aber dazu wird mir Dr. Winter hoffentlich mehr sagen können.«

Auf seine Nachfrage erklärte sie, wer der Experte war.

»Darf ich?« Frank erhob sich und trat an den Schrank heran. »Schade, dass kein Kandinsky, Feininger oder Klee drinsteckte. Das wäre eine Sensation! Ein unbekanntes Werk lagert jahrzehntelang unentdeckt im Schränkchen, übersehen vom Erbonkel und unverhofft von deinem Freund aufgespürt.«

Norma streifte ihn mit einem Seitenblick. »An Fantasie mangelt es dir offensichtlich nicht.«

»Schon als Kind war ich ein talentierter Geschichtenerzähler«, antwortete er belustigt. »Meine armen Eltern habe ich endlos mit selbst ausgedachten Märchen gequält. Als Achtjähriger verfügte ich über eine endlose Sammlung an Abenteuern über Drachentöter, entführte Jungfrauen und verborgene Schätze in geheimen Grotten.«

»Ein Geheimfach«, flüsterte Norma wie elektrisiert.

»Was sagst du da?«

Sie antwortete nicht. Abrupt beugte sie sich vor, robbte auf den Knien dicht an den Schrank heran und äugte mit schiefem Kopf in den Korpus hinein, dessen Türen weit offen standen. Die unlackierten Innenflächen waren glattgehobelt und ohne die geringste Auffälligkeit.

»So viel zu meiner Fantasie«, sagte sie resigniert. »Es gibt kein Versteck.«

»Lass uns genauer nachsehen!«, rief Frank und wollte die Schubladen komplett herauszuziehen, was daran scheiterte, dass sie mit Schrauben gesichert waren. Norma reichte ihm einen Schraubenschlüssel, den sie im Regal aufgestöbert hatte. Fingerfertig löste er die Sicherungen und entfernte die vier Schubladen. Fragend schaute er zu ihr hoch.

»Mach nur!«, sagte sie und beobachtete gespannt, wie er sich mit der rechten Hand durch den dahinterliegenden Korpus tastete und mit einem Mal innehielt.

»Verflixt, da ist was! Sieh selbst nach!«

Norma ging in die Hocke und steckte die Hand in Öffnung für die rechte, obere Schublade. Am Boden darüber ertastete sie einen Ring, und als sie kräftig daran ruckelte, löste sich ein Brettchen von der Größe einer Männerhand, das sie herausnahm und neben sich auf den Boden legte.

Auf das Schränkchen gestützt, beobachtete Frank ihr Tun. »Du siehst baff aus.«

»Das gibt's nicht!«, hauchte sie verdattert. »Ein doppelter Boden.«

»Spann mich nicht auf die Folter«, drängte er sie. »Was steckt drin?«

»Vermutlich nichts als Späne und Holzwürmer«, sagte sie unbekümmerter, als ihr zumute war. Sonst hätte sie die Hand forscher hineingeschoben. Was ihre Fingerspitzen zögerlich berührten, fühlte sich wie Pappe an. Behutsam brachte sie eine altertümliche Schachtel zum Vorschein. »Ein Dutzend Photo Platten, extra rapid«, lautete der Aufdruck, und was ihren Pulsschlag in die Höhe trieb, war der Name des Verkäufers: »Photoatelier A. P. Hennies, Weimar.«

Sie hielt Frank die Schachtel hin. »Was mag das sein?«

»Das sind Negativ-Platten aus Glas«, antwortete er mit Kennermiene. »Solche Glasnegative waren das Handwerkszeug der professionellen Fotografen bis in die 1930er-Jahre. Auf den Platten ist eine chemische Lösung. Fotografiert wurde mit einer speziellen Plattenkamera. Später ist man auf Zelluloid-Filme umgestiegen. Diese hatten unter anderem den Vorteil, dass sie wesentlich leichter sind als diese Glasplatten. Dafür sind Glasnegative bis zu 100 Jahre haltbar, wenn sie dunkel und trocken aufbewahrt werden, was hier hoffentlich zutrifft.«

Norma war in Gedanken bei Timon. Hatte er das Geheimfach zufällig entdeckt oder gar davon gewusst? Laut sagte sie: »Weißt du, was an der Fassade der Kunsthandlung steht? ›Photoatelier A. P. Hennies gegründet 1892‹, wenn ich mich richtig erinnere. Timon muss die Schachtel gefunden haben. Deswegen hat er Oskar Hennies aufgesucht.«

»Wie wäre es, wenn du endlich reinguckst? Oder befürchtest du, mich in ein Familiengeheimnis der Frywaldts einzuweihen? Soll ich gehen?« Lässig deutete er zur Tür. Ein Angebot, das kaum ernst gemeint sein konnte.

»Du bist bereits Mitwisser«, meinte sie fatalistisch und hob den Deckel ab. Eine schwärzliche Glasplatte kam zum Vorschein.

»18 mal 24 Zentimeter, schätze ich«, sagte Frank mit Kennermiene. »Eine gängige Größe damals. Was tust du?«

Norma hatte die Schachtel beiseitegelegt und nach ihrem Rucksack gegriffen, um darin nach den dünnen Handschuhen zu suchen, die sie für Gelegenheiten wie diese mit sich trug. Sie streifte die Handschuhe über und löste mit den Fingerspitzen die obere Glasplatte vom Stapel.

Dann stand sie auf und trat an das Sprossenfenster heran. Im Schein der Sonne schien die Aufnahme lebendig zu werden und offenbarte im Spiel von Licht und Schatten das Porträt einer jungen, ernsthaft erscheinenden Frau. Die zweite

Platte zeigte zwei sich mit den Fingerspitzen berührende Hände, während die in dunkle Kleidung gehüllten Handgelenke mit dem Schwarzton des Hintergrunds verschmolzen: eine Komposition mit rätselhafter Wirkung.

Bedächtig legte Norma die zerbrechlichen Objekte in den Karton zurück und drehte sich zu Frank um, der ihr gespannt über die Schulter geblickt hatte. »Lucia Moholy! Ich war heute Morgen in der Ausstellung, wie dir bekannt sein sollte, weil du mir nachgeschlichen bist. Das ist genau ihr Stil. Mich würde es nicht wundern, wenn sie diese Bilder aufgenommen hat. Meika Striewe hat mir erzählt, dass eine ganze Reihe von Glasnegativen verschollen sind. Ob diese dazugehören?«

Während sie darüber nachsann, wie Aufnahmen der Bauhaus-Fotografin in Albin Frywaldts Schrank geraten sein könnten, hatte Frank sich niedergekniet und die Hand ins Geheimfach geschoben. Laut ausatmend kam er auf die Beine und wedelte mit einer Handvoll Papieren. »Die Seiten steckten außerdem im Fach.«

»Was ist das?«

»Zweifellos 21. Jahrhundert! Fotokopien vom vergangenen Samstag, um genau zu sein. Das Datum ist aufgedruckt.«

Am liebsten hätte sie ihm die Blätter aus der Hand gerissen. »Jetzt ist zumindest eins klar: Timon hat die Glasplatten eingescannt.«

Frank zählte nach. »Elf Blätter! Fehlt ein Negativ?«

Vorsichtig nahm sie den kompletten Stapel heraus und kontrollierte die Anzahl. »Exakt zwölf Platten, wie es auf dem Deckel steht.«

Frank vergewisserte sich vorsichtshalber ein weiteres Mal im Geheimfach. »Hier ist definitiv nichts mehr drin. Was mag mit der zwölften Kopie passiert sein?«

»Das könnte Timon uns sicher sagen.«

Er musste das Blatt eingesteckt haben, weil sie ihm besonders wichtig war. War das endlich die entscheidende Spur? Norma fühlte sich wie zerrissen zwischen Angst und Hoffnung.

34

Die erste Frage war, von welchem Negativ die Kopie fehlte. Doch das Gartenstübchen war nicht der geeignete Ort, um die fragilen Fotoplatten mit den Ausdrucken abzugleichen.

»Lass uns zu mir gehen«, bot Frank an. »Wenn wir Glück haben, funktioniert mein Lichttisch noch. Wir treffen uns vor dem Haus.«

Er entschwand durch die Gartentür, um von außen abzuschließen und den Schlüssel zurück in die Milchkanne zu legen. Norma verstaute die Schachtel und die Kopien im Rucksack, hängte sich diesen über die Schulter und nahm den Kater hoch, der sich schnurrend hinaustragen ließ. Mit der freien Hand versperrte sie die Tür und platzierte den Schlüssel wie gehabt auf dem Rahmen. Im Flur traf sie auf Kirsten, die einen Korb mit frischer Wäsche in den Händen hielt. Ein neuer Gast sei auf dem Weg in die Pension.

»Ein Herr aus Wiesbaden. Womöglich kennen Sie ihn, Frau Tann?«, bemerkte sie gut gelaunt.

Eher unwahrscheinlich, antwortete Norma freundlich. »In Wiesbaden wohnen gut viermal mehr Menschen als in Weimar. Wie heißt er denn?«

Den Namen wusste Kirsten noch nicht. Die Zimmervermittlung der Tourist Information hatte den Gast angekündigt.

Ihr Blick fiel auf den Kater, der entspannt auf Normas Schulter lag. »Hat sich Lyonel wieder einmal ins Gartenstübchen geschlichen. Er liebt es sehr, dort herumzustrolchen. Ich hoffe, er hat Sie nicht gestört?«

»Sieht das so aus?«, gab Norma fröhlich zurück. »Aber jetzt müsste ich das Kerlchen loswerden.«

Bereitwillig stellte Kirsten den Korb ab und übernahm den Kater, der mit allem, was man mit ihm anstellte, zufrieden schien. Das sollte man mit Poldi versuchen, staunte Norma, die bei dem Kartäuser zu Hause stets auf Protest gefasst sein musste. Katzen waren fürwahr echte Individualisten!

Draußen wartete Frank. Norma folgte ihm trotz ihrer Zweifel, ob sie ihm wirklich trauen durfte. Aber was blieb ihr anderes übrig? Er hatte Timon gesehen, also los! Mit einem schnellen Fußmarsch durch die benachbarten Gassen erreichten sie seine Dachwohnung, von deren Fenstern aus der Westflügel des Stadtschlosses zu sehen war. Norma half Frank, der auf eine Trittleiter gestiegen war, eine flache Holzbox von einem Schrank zu nehmen.

»Der alte Lichtkasten stammt aus der Zeit meiner sehr frühen Fotoreportagen«, erklärte Frank und wischte mit einem Papiertaschentuch den Staub von der Milchglasscheibe. »Mal sehen, ob die Lampen noch brennen.«

Frank trug den Lichtkasten zum Schreibtisch und setzte ihn dort ab. Seine Bedenken waren unbegründet. Als er den Strom anschloss, flammten die Leuchtröhren auf, beruhigten sich nach kurzem Flackern und ließen die Milchglasscheibe mattweiß schimmern. Norma zog sich wieder die Handschuhe über und breitete, während sie darauf bedacht war, die Oberfläche nicht unnötig zu berühren, die Negativplatten nacheinander in Vierergruppen auf der beleuchteten Fläche aus. Über dem diffusen Licht kam die Qualität der Schwarz-Weiß-Aufnahmen bestechend zur Geltung.

»Hast du eine Lupe?«

Frank kramte eine Weile in einer Schublade, bis er eine altmodische Handlupe mit dickem schwarzem Griff zum Vorschein brachte und Norma anreichte. Unter der Vergrößerung ließen sich winzigste Einzelheiten erkennen: Haarsträhnen, Wimpern, die Poren der Haut. Hauptsächlich waren es Porträts von Männern und Frauen, die nach der Mode der 1920er-Jahre gekleidet waren. Dazu gab es Variationen des Handmotivs sowie einige Aufnahmen von Innenräumen, die mit Möbeln im Bauhausstil ausgestattet waren. Auf manchen davon waren zudem Menschen abgebildet.

Zu den ersten acht Fotoplatten hatte Frank die zugehörige Kopie gefunden. Erwartungsvoll nahm Norma die vier letzten Negative aus dem Karton, und Frank legte ihnen den Gegenpart in Papierform an die Seite. Eine Glasplatte blieb wie erwartet allein.

Mit einem Kugelschreiber schob Frank das übrig gebliebene Negativ aus der Gruppe heraus. »Womöglich sind wir auf dem Holzweg, Norma. Woher wissen wir, dass Timon diese Platte nicht einfach übersehen hat? Kann doch sein, dass er beim Einscannen durcheinandergekommen ist?«

»Timon bringt niemals etwas durcheinander«, widersprach Norma energisch, während sie wie gebannt auf die Aufnahme schaute. »Die Lupe, bitte.«

Erneut übergab Frank ihr das Vergrößerungsglas. Konzentriert begutachtete Norma jedes Detail. In präziser Schärfe gab die Aufnahme einen Raum wieder, allem Anschein nach ein Büro. Die Möblierung wirkte für die damalige Zeit erstaunlich neuzeitlich. Eine dunkle Schreibtischplatte ruhte auf zwei schmalen, hohen Schränkchen aus lebhaft furniertem Holz. Die schlichten, aber stabilen Gestelle zweier Sessel links und rechts des Schreibtisches trugen dezent gestreifte Polster. Drei Personen befanden sich in dem Büro. Vor dem Schreibtisch stand Seite an Seite ein junges Paar: Der Mann im dunklen Anzug mit Krawatte und Weste, an der eine Uhrkette blitzte, und die Frau mit gewelltem Bubikopf und in einem knielangen, geblümten Kleid. Der zweite Mann war von der Seite zu sehen. Er hatte ein markantes Profil mit vollen Lippen, trug eine runde Nickelbrille und war in ein dunkles Sakko gekleidet. Die weite, aus hellem Stoff geschnittene Hose verlieh ihm etwas Weltmännisches. Er befand sich dem Paar gegenüber und überreichte der Frau, die ihm erwartungsvoll die Hände entgegenstreckte, ein gerahmtes Gemälde: zweifellos das zentrale Thema des Fotos und geschickt in den Mittelpunkt gerückt. Das Gemälde kam Norma verdächtig bekannt vor. Und da war noch ein weiteres Detail, das sie endgültig fiebrig machte: ein Plakat an der Wand über dem Schreibtisch mit der Aufschrift »50 Jahre Fa. August Dannhardt in Weimar«. Eine weitere Zeile lautete: »1875 bis 1925«.

»Nicht zu fassen!« Sie überließ die Lupe Frank, der ihr angespannt über die Schulter geschaut hatte und sich nun tief über den Lichttisch beugte.

»Firma Dannhardt!«, zischte er ungläubig, als er sich aufrichtete. »Der Mann, der dem Paar das Gemälde überreicht, kommt mir bekannt vor. Was meinst du?« Fragend sah er Norma an.

Sie nickte mit einem Fingerzeig auf das Negativ und platzte aufgeregt heraus: »Wassily Kandinsky! Ich bin mir ziemlich, nein, absolut sicher, dass er es ist. In der Moholy-Ausstellung hängen seine Porträts. Das Foto verrät noch etwas Wichtiges. Das Gemälde, das er dem jungen Paar übergibt ...«

Den Rest des Satzes verschluckte sie. Hatte sie schon zu viel gesagt?

Frank blieb ihre Verunsicherung nicht verborgen.

»Zeit für eine Kaffeepause«, schlug er vor. »Setz dich doch.«

Das einzige Polstermöbel im Raum war eine übergroße kantige Couch. Während Norma dort wartete, verschwand Frank hinter einer halbhohen Wand zwischen Küchenzeile und Wohnbereich. Das Knirschen einer elektrischen Mühle ertönte, und gleich darauf stieg Norma Kaffeearoma in die Nase. Im Sitzen schaute sie sich um. Der Raum, dessen schräge Wände sich im offenen Dachgebälk bis zum First hinaufzogen, schien als Wohn- und Arbeitsraum in einem zu dienen. Neben der Tür nach draußen und zum Balkon gab es zwei weitere, die vermutlich ins Bad beziehungsweise ins Schlafzimmer führten. Der gläserne Schreibtisch vor dem Fenster, der rustikale Esstisch und die Couch schienen sich in dem saalartigen Dachgeschoss zu verlieren. Eine Handvoll Bücher, vor allem unverfängliche Reiseliteratur, stand offen im Regal. Auf eventuelle sonstige Besitztümer verwehrten Schranktüren den Blick. Frank Rassow schien mit wenig auszukommen. Wie leichtsinnig war es, ihn ins Vertrauen zu ziehen? Andererseits hätte sie ohne seinen Anstoß das Geheimfach vielleicht gar nicht entdeckt. Was sollte sie mit dem Fotonegativ anfangen? Wem könnte es schaden?

Wem nützen? Und was das Entscheidende war: Würde sie diese Entdeckung auf irgendeine Weise zu Timon führen?

Als Frank zwei duftende Espressotässchen zu dem niedrigen Metalltisch balancierte, der vor dem Couchtrumm stand, hatte sie einen Entschluss gefasst. Ohne zu zögern nahm sie ihr Handy aus dem Rucksack und öffnete das Foto, das sie von Dannhardts Farbkopie des Gemäldes »Blau auf hellem Gelb« aufgenommen hatte.

Sie hielt Frank das Smartphone vor die Nase. »Die hübschen Farben können wir leider nicht überprüfen.«

Frank blinzelte ungläubig. Mit einem »Krass!« sprang er auf und trat wieder an den Lichttisch heran. Nach einer gründlichen Überprüfung durch die Lupe stimmte er Norma zu: Das Gemälde auf dem Glasnegativ schien tatsächlich der umstrittene Kandinsky zu sein.

Kopfschüttelnd kehrte er zur Couch zurück. »Unglaublich! Die Dannhardts sind also im Recht, wenn sie behaupten, ihre Familie habe das Bild gekauft. Hier haben wir den Beweis.«

Norma bremste seine Begeisterung. »Langsam, langsam! Das Foto legt nahe, dass der Maler sein Werk persönlich im Büro der Firma Dannhardt abgeliefert hat. Ob das als Beweis ausreicht?«

»Bist du pingelig, Norma. Lernt man das bei der Polizei?«

Norma nahm ihr Tablet aus dem Rucksack und rief die Stichwörter auf, die sie sich im Gespräch mit Sascha Dannhardt notiert hatte. »Sehen wir, was wir haben. Das Foto kann, wie das Plakat zeigt, frühestens im Jubiläumsjahr 1925 aufgenommen worden sein. In diesem Jahr haben Meta und Gustav Dannhardt geheiratet. Gustavs Vater, der Firmengründer, hieß August. Gustavs Hochzeitsgeschenk an seine Frau war das Kandinsky-Gemälde ›Blau auf hellem Gelb‹.«

»Reicht das nicht, Norma?«, fragte er ungeduldig.

»Zugegeben, damit könnten die Dannhardts ihren Anspruch auf das Kunstwerk untermauern. Zusätzlich zu den Briefen, mit denen Rudolf Dannhardt, der Sohn von Gustav und Meta, im Namen seiner Mutter um die Rückgabe des Hochzeitsgeschenks gebeten hatte. Das war gleich nach der Wende.«

»Der Gegenseite würde das Foto nicht gefallen, so viel ist klar. Wusste dein Freund von dem bevorstehenden Prozess?«

»Woher denn? In der Presse war noch nichts darüber zu lesen«, widersprach Norma und schilderte ihm ihre Vermutung, Timon sei einfach neugierig auf den Fotografen und die Fotos gewesen und Hennies sei ihm als Kunstexperte und direkter Nachfolger der »Photohandlung Hennies« als geeigneter Ansprechpartner erschienen.

»Und warum hat er dafür ausgerechnet das Foto mit der Bildübergabe mitgenommen?«, rätselte Frank. »Reiner Zufall?«

»Im Gegenteil, ich bin überzeugt, Timon hat den Maler erkannt. Ich habe ihm vor seiner Abreise eine Biografie über Wassily Kandinsky geschenkt. Die anderen Fotos werden ihm wenig gesagt haben. Deswegen hat er die Kopie mitgenommen, die ihm am wichtigsten erschienen war. Was machen wir nun damit?«

»Das fragst du mich? Du bist die Detektivin!«

»Koffein hilft beim Denken. Hättest du noch einen?«

Mit einem Lächeln reichte sie ihm das Espressotässchen hinüber. Als er den Arm danach ausstreckte, rutschte der kurze Hemdsärmel über den unteren Rand der vernarbten Haut hinauf.

»Was ist eigentlich mit deinem Arm passiert?«

»Sind wir schon so weit, uns von unseren Narben zu erzählen?«

Ohne ein weiteres Wort ging er zur Küche und setzte die Kaffeemaschine in Gang. Schweigend wartete sie, bis er mit frischem Espresso zurückkehrte und in angemessenem Abstand neben ihr auf dem Sofa Platz nahm. Norma griff nach der Tasse. Bitter und stark breitete sich der Kaffeegeschmack auf ihrer Zunge aus.

»Ein Metallstab!«

Sie schreckte aus ihren Grübeleien auf. »Was sagst du?«

»Es ist beim Schweißen passiert, ich habe an meinem Cabrio gebastelt und einen Moment nicht aufgepasst, bin mit dem Oberarm ans glühende Metall gekommen.« Er suchte ihren Blick und fragte, beinahe zärtlich: »Und die Narben auf deiner Seele, Norma? Dein Freund ist weg, und das macht dir zu Recht extrem zu schaffen. Aber hinter deiner Angst um ihn steckt mehr, das spüre ich.«

Sie konzentrierte sich auf die Tasse in ihrer Hand. Warum konnte sich Misstrauen nicht einfach auflösen wie der Schaum auf dem Espresso? Trau ihm nicht! Das war es, was *sie* in diesem Moment spürte. Andererseits war dank ihm endlich Bewegung in ihre Suche nach Timon gekommen. Vertrauen gegen Vertrauen. Anders lief es nicht. Wenn er ihr helfen sollte, musste sie ihm entgegenkommen.

35

»Kannst du dir vorstellen, in einer Zeitschleife gefangen zu sein?«, begann sie zögerlich. »Genauso komme ich mir vor. Vor einigen Jahren verschwand Arthur, mein damaliger Mann, quasi von einer Minute auf die andere. Die Sorgen, die Verzweiflung – das war schwer zu ertragen, und jetzt ist alles wieder da. Timon ist fort, und ich weiß nicht, ob er überhaupt noch am Leben ist. Was verschweigst du mir?«

»Einverstanden, ich lege die Karten auf den Tisch«, schlug er vor. »Aber dann musst du auch offen mir gegenüber sein.«

Hatte sie eine Wahl? Sie begann mit den Fakten, die Heidrun Rosenblatt ihr genannt hatte. »Philipp Viohl traf der Schuss in der Nacht von Freitag auf Samstag um 2:05 Uhr. Oskar Hennies starb am Samstag zwischen 11:01 Uhr und 14 Uhr. Wann genau hast du Timon und Hennies vor dem Laden gesehen?«

»Es war exakt 10:55 Uhr, als Hennies deinen Freund zur Tür brachte«, erklärte Frank. Er habe auf die Uhr gesehen, weil er einen Anruf von einer Zeitungsredaktion erwartet hatte. »Bis punkt 11 Uhr wollte sich der Ressortleiter bei mir melden. Er schuldet mir ein Honorar.«

»Kam der Rückruf?«, fragte Norma.

Mit einer wegwerfenden Handbewegung antwortete er: »Nichts da! Diese Zeitung kriegt keine Zeile mehr, wenn ich immer wieder meinem Geld nachlaufen muss. Aber darum geht es jetzt nicht.«

Sie gab sich einen Ruck, um ein weiteres Detail zu verraten. »Kurz darauf hat Hennies jemanden angerufen. Ein Gespräch von drei Minuten.«

»Woher weißt du das?«, fragte er verblüfft.

»Ich habe meine Quellen.«

»Die Polizei, nehme ich an. Du gehörtest zu dem Verein, da hält man zusammen. Hat dir das die Frau mit dem Hobbitgesicht gesteckt? Ich kenne sie von der Pressekonferenz.«

Trotz ihrer Anspannung sah Norma Heidrun Rosenblatts Koboldgesicht mit der Helmfrisur vor sich und musste unwillkürlich schmunzeln. »Hobbit? Lass sie das bloß nicht hören.«

Er grinste sie an. »Solange du mich nicht verpfeifst … Hat sie dir auch verraten, wen er angerufen hat?«

»Oskar Hennies hat mit Achim Bergholter gesprochen.«

Frank knallte das Tässchen auf den Metalltisch, das Porzellan klirrte. »Was du nicht sagst! Worum ging es bei dem Gespräch?«

»Bergholter behauptet, Hennies habe sich über Sascha Dannhardt beschwert. Dannhardt soll Hennies bedroht haben, weil das Gutachten zum Kandinsky nicht objektiv formuliert sei.«

»Okay, kombinieren wir, was wir haben. Korrigiere mich, wenn ich falschliege, ja?« Er wartete ihr zustimmendes Nicken ab, um dann fortzufahren: »Am frühen Samstagmorgen entdeckt Timon die Fotonegative im Geheimfach. Neugierig scannt er sie ein, erkennt Wassily Kandinsky auf einem der Fotos mit einem mutmaßlichen Gemälde von ihm. Ohne etwas von dem Streit darum zu ahnen, beschließt er, der ehemaligen Photohandlung Hennies, deren Name auf der Schachtel steht, einen Besuch abzustatten. Er meldet sich telefonisch für 10:30 Uhr bei Oskar Hennies an. Richtig?«

»Sehe ich ebenso. Sprich weiter!«

Mit angezogenen Beinen machte Norma es sich auf der überbreiten Sitzfläche bequem und hörte der Fortsetzung von Franks Theorie zu. Hennies habe die Brisanz der Aufnahme natürlich sofort erkannt.

»Als Timon ahnungslos auftauchte«, fuhr Norma fort, »muss er Hennies als eine Art Glücksbote erschienen sein. Das Foto mit der Bildübergabe hätte Bewegung in die Verhandlung gebracht. Hennies witterte seine Chance, Bergholter damit zu erpressen. Dafür brauchte er das Originalnegativ, und deswegen hat er Timon gebeten, es ihm am Nachmittag zu bringen. Ich fürchte, Timon hat nicht so lange gewartet und ist früher wiedergekommen.«

»Aus welchem Grund?«

»Er hatte seine Radwanderkarte im Laden vergessen. Als er vor dem Laden stand oder durchs Schaufenster blickte, hat er gesehen, was er nicht hätte sehen sollen. Den Mörder!«

»Mach dich nicht verrückt, Norma«, bat er tröstend. »Kann sein, kann nicht sein.«

Sie fröstelte, was am Luftzug aufgrund der geöffneten Balkontür liegen mochte. Oder an dem Gedanken an einen Killer, der sich mit gezogener Waffe in die Kunsthandlung schleicht, sein blutiges Werk verrichtet und sich Timon, dem arglosen Zeugen, an die Fersen heftet. Sie schwieg, um sich zu fassen, um nicht in Tränen auszubrechen. Nicht hier. Nicht jetzt.

»Kommen wir zu Achim Bergholter und unserer Annahme, Hennies hätte ihn erpresst«, fuhr Frank fort. »Wenn ja, hat dies Oskars Schicksal besiegelt. Bergholter zu unterschätzen, war ein großer Fehler. Seine Chemiewerke brummen. Er ist wohlhabend, gibt aber trotzdem weit mehr Geld aus, als er besitzt. Deswegen kann er es sich nicht leisten, den Kandinsky, sein baldiges Erbstück, zu verlieren.«

Norma, die ihrer Stimme wieder traute, widersprach ihm. »Mag sein, dass Bergholter in Geldnöten ist, aber das macht ihn noch längst nicht zum Mörder. Außerdem waren er und Oskar befreundet.«

»Beim Geld hört die Freundschaft bekanntlich auf, und Bergholters kriminelle Visionen sind teuer. Das ist erst der Anfang, Norma!«, flüsterte er verschwörerisch.

»Der Anfang wovon?«

»Von einer Reihe politischer Attentate. Der Anschlag auf Philipp Viohl war der Auftakt. Hennies ist als Kollateralschaden zu betrachten. Er war nicht politisch aktiv. Wenn Bergholters Saat aufgeht, werden dem Abgeordneten bald Kollegen in den Tod folgen.«

»Ich kann mir vorstellen, dass ihr Journalisten nicht ohne Fantasie auskommt, aber diese Räuberpistole ist an den Haaren herbeigezogen.«

»Norma! Nimm mich ernst«, bat er eindringlich. »Ich bin Achim Bergholter seit Jahren auf der Spur. Wenn er seine Pläne verwirklicht, werden diese Attentate die Mordserie des NSU in den Schatten stellen.«

Der sogenannte Nationalsozialistische Untergrund, kurz NSU, mit den Haupttätern Uwe Mundlos, Uwe Böhnhardt und Beate Zschäpe hatte zwischen 2000 und 2007 mindestens zehn Menschen ermordet. Eine Gänsehaut lief ihr über den Rücken. Eiferte Achim Bergholter seinem Idol und Großonkel Siegmar nach? Hatte dieser zu Lebzeiten den halbwüchsigen Großneffen mit den vermeintlichen Heldentaten der Organisation Consul indoktriniert und dem Jungen eine Gehirnwäsche verpasst?

»Was ist mit Siegmar Bergholter? Spielt er eine Rolle in deiner Hypothese?«

Das Flattern seiner Lider verriet seine Überraschung. »Du weißt von Siegmar Bergholters Verbindung zur Organisation Consul?«

Beunruhigt fragte sie: »Befürchtest du tatsächlich, Achim Bergholter will der O.C. und ihren widerwärtigen Zielen nacheifern und unseren Staat mittels politischer Attentate ins Wanken bringen?«

»Wir sind längst auf dem Weg dorthin«, bekannte er düster. »Tagtäglich spürt man, wie die politische Lage stärker ins Rutschen kommt. In allen Bundesländern gewinnen die neuen Rechten an Bedeutung. Bergholter wird Öl ins Feuer der Verunsicherung gießen, und er hat ein leichtes Spiel, wenn er einfache Abgeordnete wie Viohl ins Visier nimmt. Wie sollte man all diese Leute schützen? Das ist unmöglich.«

Norma wurde immer unbehaglicher. Sie hatte das Gefühl, in eine innerliche Starre zu fallen, wenn sie sich nicht zusammenriss. »Viohl und Hennies wurden mit derselben Pistole erschossen. Eine Glock 17 mit Schalldämpfer.«

Seine Antwort war ein beunruhigtes Räuspern. »Überrascht mich nicht.«

Mit den Fingerspitzen angelte er sein Handy aus der Hosentasche. »Ist dir in der Stadt vielleicht dieser Typ aufgefallen? Anfang 30. Hier!«

Das Foto auf dem Display zeigte eine muskulöse Gestalt mit kräftigen Armen – leider von hinten. Der Mann trug eine dunkle, weite Hose, einen schwarzen Hoodie, dessen Kapuze er über den Kopf gestülpt hatte, und graue Sneakers. Im Hintergrund war der neugotische Glockenturm des Weimarer Rathauses zu erkennen.

Sie reichte ihm das Handy zurück. »Solche Typen laufen einem an jeder Ecke über den Weg. Studenten, Besucher, hiesige Einwohner. Was ist mit ihm?«

»Er kam aus Bergholters Haus!«

»Aus der Bauhausvilla? Wann genau?«

»Am Donnerstag. Ich bin ihm bis zum Markt gefolgt,

wo ich ihn verloren habe. Verdammte Touristengruppe! Hat mich aufgehalten.«

Am Donnerstag waren sie und Timon in Wiesbaden und die Welt noch in Ordnung gewesen, dachte Norma wehmütig und sagte mit einer Portion Galgenhumor: »Du hast dich wohl von einem Handwerksburschen abhängen lassen.«

»Ein Handwerker, der bei dem Bauherrn heimlich durchs Fenster steigt? Unsinn!«

»Ein Dieb vielleicht? Ich war dort. Im Haus liegt einiges an Werkzeug herum. Vielleicht wollte er sein Heimwerkerarsenal aufstocken?«

Seine Reaktion war ein finsterer Blick. »Glaube mir eins, Norma: Dieser Kerl ist gefährlich! Ich gehe davon aus, dass er mit Bergholter zusammenarbeitet.«

Was für eine aberwitzige Verschwörung malte er sich da aus? Unwillkürlich rückte sie ein Stück von ihm ab. »Wie kommst du darauf?«

»Ich habe Kontakte«, meinte er ausweichend. »Vieles lässt sich zudem im Darknet, aber auch auf öffentlich zugänglichen Webseiten aufspüren. Schau genau hin, Norma! Was fällt dir auf seinem Hoodie auf?«

Norma nahm sich das Foto zum zweiten Mal vor und zoomte die Rückenansicht des Mannes groß genug, um im Bereich des Nackens ein rotes Symbol zu erkennen. Das Zeichen, das aufgedruckt oder aufgenäht sein mochte, zeigte einen senkrechten Balken, an dessen oberem Ende ein nach rechts gerichteter Haken saß. Ein entsprechender Haken, der nach links wies, befand sich am unteren Ende.

»Nennt man das Symbol nicht eine Wolfsangel?«, fragte Norma. »Manche Städte tragen die Wolfsangel im Wappen, soviel ich weiß.«

»Und die rechte Szene hat die Wolfsangel für sich übernommen«, entgegnete Frank. »Dazu gehört auch die Gruppe, zu der sich dieser Mann bekennt. Eine Splittergruppe extrem vernagelter Rechtsextremisten, die ihr irrsinniges Weltbild äußerst geheimbündlerisch pflegten. Ihre Wolfsangel ist blutrot. Aber in dem Zeichen ist noch etwas zu sehen.«

Norma bemerkte zarte, schwarze Linien auf der roten Fläche. »In die Wolfsangel ist ein Symbol eingearbeitet. Wie merkwürdig, das sieht aus wie das Peace-Zeichen.«

»Das ist die Yr-Rune, allerdings auf den Kopf gestellt. Ein beliebtes Erkennungszeichen unter diesen Kameraden«, sagte er spöttisch.

»Wenn alles so konspirativ ist«, wunderte sie sich laut, »warum stigmatisiert sich dieser Mann selbst und läuft offen mit dem Emblem seines rechtsextremen Vereins durch die Straße?«

»Das versteht man nur, wenn man weiß, wie seltsam diese Leute ticken. Sie leben in ihrer eigenen Welt, mit ihren infamen Moralvorstellungen und verfügen über den Hochmut, ja über die Hybris der Auserwählten, denen niemand etwas anhaben kann. Und als Zeichen, dass er Teil dieser Gemeinschaft ist, trägt er das Abzeichen öffentlich. Im Grunde geht er kein großes Risiko ein, nur wenige Eingeweihte wissen, was das Emblem bedeutet.«

»Eingeweihte wie du?«, fragte sie in dem hilflosen Bemühen, sich ihre Beunruhigung nicht zu sehr anmerken zu lassen.

»Eingeweihte wie meine Informanten«, widersprach er. »Es gibt Gerüchte über einen ehemaligen Scharfschützen der Bundeswehr, der bereit sein soll, für die passende Summe alles zu tun. Bergholter verfügt über alte Verbindungen und könnte darüber an den Auftragskiller herangekommen sein.«

»Ein Auftragskiller? Und das soll der Mann im Hoodie sein?«, fragte Norma skeptisch. »Raus mit der Sprache: Wieso bist du so gut informiert?«

Als er schwieg, setzte sie neu an. »Hör zu, Frank Rassow! Ich weiß nichts über dich, weder über deine Ziele noch über deine Vergangenheit. Timon ist der einzige Grund, warum ich überhaupt mit dir rede. Jetzt bist du am Zug!«

Nach kurzem Zögern sagte er: »Okay. Was willst du wissen?«

»Wie wäre es mit deinen wahren Absichten?«, verlangte sie forsch. »Es steckt viel mehr dahinter als eine Story!«

»Was sonst, glaubst du?«, fragte er herausfordernd.

Ihre angewinkelten Knie begannen zu zwicken. Norma streckte die Beine aus, bevor sie feststellte: »Dir geht es um etwas Persönliches! Für ein paar Euro Zeilenhonorar pfeift niemand auf alle Gefahren und heftet sich einem mutmaß-lichen Killer auf die Fersen. Also, was treibt dich an?«

Auch Frank setzte sich auf der Couch zurecht und räumte mit offener Miene ein, seine Beweggründe seien tatsächlich persönlicher Natur. »Aber es ist keine Abrech-nung, wie man denken könnte. Eher eine Mischung aus Frust und Ehrgeiz. Ich bin 39, Norma. Ich gehe davon aus, dass du mein Portfolio recherchiert hast. Wenn ich nicht endlich eine explosive Story lande, die das ganze Land auf-rüttelt, werde ich bis zur Rente Artikel über Kreuzfahrten zum Nordkap und Selbsterfahrungsgruppen in der Sahara schreiben. Kannst du dir vorstellen, wie entwürdigend es für einen Terrier wie mich ist, reife Damen beim Yogase-minar in der Wüste zu porträtieren?«

Seine zerknirschte Miene amüsierte sie unwillkürlich. »Gut, belassen wir es fürs Erste bei dieser Erklärung. Es bleiben andere Fragen.«

»Die da wären?«

»Zum Beispiel dein Verdacht gegen Bergholter! Wie konntest du ihm auf die Schliche kommen? Was lässt dich glauben, er plane politische Attentate im großen Stil?«

»Es gibt ein riesiges Netzwerk unter den Rechten der unterschiedlichsten Gruppen. Da sind Familien, für die hat das Dritte Reich niemals aufgehört zu existieren. Man kennt sich und hält in einem verquasten Ehrgefühl zusammen. Aber wie in jeder Gemeinschaft poppen hin und wieder Gerüchte auf.«

Norma hatte von diesen Parallelgesellschaften Ewiggestriger gehört, und sich die Existenz dieser Clans, die im Westen wie im Osten die Zeiten überdauert hatten, angewidert ins Reich der Fabel gewünscht. Ein Wunsch, der nicht erfüllt worden war, wenn Frank die Wahrheit sagte. »Gehörst du dazu?«

Wie zu seiner Verteidigung faltete er die Hände vor der Brust zusammen. »Himmel, nein! Dieser ganze rechtsextreme Sumpf ekelt mich an.«

»Trotzdem schenkst du dem Gerücht über Bergholters Terrorpläne Glauben? Wer hat dir diese Informationen zugespielt.«

»Quellenschutz!«

»So viel zum Thema Offenheit!«, entgegnete sie verärgert und stellte die Füße auf den Boden, um im Zweifelsfall schnell aufspringen zu können.

»Gib mir Zeit«, bat er eindringlich. »Es hilft niemandem, wenn mein Informant oder ich selbst tot in der Ilm landen. Weitere Fragen, Norma?« Mit einer Unschuldsmiene wie der Kreide fressende Wolf aus Grimms Märchen schaute er sie an.

»Welche Rolle spielt die Organisation Consul?«

Er schenkte ihr ein schnelles Lächeln. »Die besteht nur

noch in Bergholters Schwärmerei für Großonkel Siegmar. Noch einen Espresso?«

»Hättest du was für den Magen?«

Sie warf einen Blick auf die Uhr auf Franks Schreibtisch. Es ging auf den Abend zu. Der Salat vom Mittagsimbiss hatte nicht lange vorgehalten. Ihr war schwindelig, was ebenso am Hunger wie an den Informationen liegen konnte, die auf sie eingeprasselt waren. Aber noch wollte sie nicht gehen. Zu viele Ungereimtheiten brannten ihr auf der Seele.

Frank machte sich aufs Neue in der Küche zu schaffen. Als er zur Sitzecke zurückkehrte, brachte er ein Tablett mit, das mit verschiedenen Sorten Käse, aufgeschnittenen Tomaten, einem armlangen Baguette und einer Flasche Wasser beladen war. Während Norma alles auf dem Tisch verteilte, entkorkte er eine Flasche Rotwein.

Sie aßen schweigend und jeder in seine Gedanken versunken. Norma bemühte sich, das Gehörte in einen logischen Zusammenhang zu bringen, und nahm sich vor, sich so bald wie möglich ins Pensionszimmer zurückzuziehen. Sie musste die Details zusammenfassen, solange die Erinnerung frisch war.

Frank ergriff schließlich wieder das Wort. »Es ist Zeit, über deinen Freund zu reden. Timon arbeitet beim Hessischen LKA. Hat er beruflich mit der rechtsradikalen Szene zu tun?«

Norma nahm einen Schluck Wasser. Den Rotwein hatte sie nicht angerührt. »Timon untersucht Täterspuren wie Fingerabdrücke, DNA und anderes. Natürlich kommen bei manchen Tatorten auch Nazis und Rechtsextreme als Täter infrage. Aber das sind Zufälle. Timon ist auf keine bestimmte Szene spezialisiert. Die Polizei prüft gerade, ob sein Verschwinden mit einem Fall zusammenhängen könnte.«

»Die Ermittler aus Weimar?«

»Auch, aber vor allem die Kollegen im LKA selbst und unsere Freunde, zwei Hauptkommissare vom Wiesbaden Polizeipräsidium. Wenn Wolfert und Milano in Timons Umfeld nichts Verdächtiges finden, dann ist da auch nichts.«

»Gute Freunde also? Echte Spürnasen?«

»Die besten!«, platzte sie heraus.

Seit sie zur Mittagszeit mit Wolfert telefoniert hatte, war es um die beiden Superermittler allerdings ruhig geblieben. Was zwar besser war als eine Hiobsbotschaft, aber den Bogen von Normas nervlicher Anspannung zusätzlich straffte. Was hätte sie in diesem Moment für Wolferts beruhigende Stimme gegeben. Oder hätte Milano mit seiner polternden Art vielleicht den Eispanzer sprengen können, der sich immer enger um ihre Brust zog?

Sie schüttelte sich und griff nun doch zum Weinglas. Ein Schluck zur Entspannung.

»Bauen wir Timon stärker in unsere Hypothese ein«, bat sie gelassener, als ihr zumute war. »Nachdem er Hennies die Fotokopie gezeigt hat, wird er, wie du beobachtet hast, von Hennies vor dem Laden verabschiedet. Um Bergholter zu erpressen, brauchte der Kunsthändler das originale Negativ, um es ihm auszuhändigen, wenn er auf Hennies' Forderung einginge.«

»Und diese Fotoplatte«, warf Frank ein, »steckte bekanntlich mitsamt den anderen Negativen und dem Karton im Geheimfach. Timon sollte am Abend mit besagtem Negativ zurückkommen. Hennies wird Timon von einem gewissen Sammlerwert erzählt und einen guten Preis versprochen haben.«

Norma spann den Faden, bedächtig am Wein nippend, weiter: »Bergholter geht also zum Schein auf die Erpressung ein. Schickt er seinen Killer los, den er Stunden zuvor für den Mord an Viohl angeheuert hatte? Den Hoodie-Mann?«

Frank nickte zustimmend. Dass der Mörder nach dem Anschlag noch in der Stadt gewesen war, bezweifelte sie zuerst, ließ sich aber von Frank davon überzeugen, der Mann habe sich sicher genug gefühlt und Bergholters weitere Anweisungen abwarten wollen. Ob er sich weiterhin in Weimar aufhielt?, fragte sie sich beklommen.

»Wie sah der Tatort aus?«, fragte Frank.

Norma beschrieb, wie sie den Toten vorgefunden hatte.

»Eine Exekution also«, fasste Frank ihren Bericht zusammen. »Hennies war vermutlich sofort tot. Nach dem Mord schließt der Täter die Ladentür ab, um sich ungestört die Überwachungssysteme vorzunehmen. Du warst im Laden. Wäre es dir aufgefallen, wenn die Kopie vom Negativ dort gelegen hätte?«

»Da war nichts! Timon oder der Mörder müssen sie eingesteckt haben.« Ihr schoss ein Gedanke durch den Kopf. Die Kameras! »Wir können davon ausgehen, dass Timon gefilmt wurde, als er Hennies die Kopie vom Negativ zeigte. Womöglich waren sogar Details des Bildes zu erkennen. Der Täter wusste also wahrscheinlich, dass Timon kein gewöhnlicher Kunde war, sondern sozusagen der Auslöser der Erpressung. Ein Mitwisser.« Während sie das sagte, staunte sie über die Ruhe in ihrer Stimme. Der Eispanzer ließ sie frieren.

»Was voraussetzt, dass Bergholter seinen Killer so weit eingeweiht hatte«, gab Frank zu bedenken. »Wenn ja, wusste der Täter um die Brisanz der Kopie und könnte deswegen Timon aufgelauert haben. Tut mir leid, Norma. Ich würde gern positivere Schlüsse ziehen. Sei vorsichtig! Jetzt bist du im Besitz des Negativs.«

»Wir müssen Heidrun Rosenblatt informieren.«

»Bitte sehr«, meinte er sarkastisch. »Wenn du das Risiko eingehen willst, nur zu! Aber bedenke bitte, dass der lange

Arm der Rechten bis in alle gesellschaftlichen Bereiche hineinreicht. Diese Ideologie macht nicht vor der Polizei halt, nur weil es die Polizei ist.«

»Willst du etwa behaupten, Kommissarin Rosenblatt oder ihr Kollege Smidt seien in Bergholters Terrorpläne verstrickt?«, fragte Norma entsetzt.

Frank beruhigt sie. »Davon gehe ich nicht aus, die Dame wird vermutlich ebenso redlich sein wie ihr Assistent. Aber was ist mit ihrem Umfeld? Ihre Kollegen der Kripo, die vielen Schutzpolizisten? Hunderte waren in die Suchaktion nach Timon einbezogen und werden weiterhin involviert sein. Wer sagt dir, dass darunter keiner ist, der Bergholters Pläne nicht klammheimlich gutheißen würde?«

»Frank Rassow, du machst mir Angst!«

»Du fürchtest den Falschen«, sagte er gelassen.

»Aber Bergholter agiert, abgesehen von dem Killer, den er als Handlager braucht, als Einzeltäter. Deine Worte!«

»Trotzdem gehört Bergholter zur rechten Gemeinschaft, und die wird versuchen, ihn zu schützen.«

Wie tief mochte Frank in das Netz verstrickt sein?, fragte Norma sich. Er gab sich fürsorglich. Doch wer sagte ihr, dass er selbst sie nicht gegen Geld oder Informationen an Bergholter verraten würde? Ging womöglich die größte Gefahr von Frank Rassow aus?

36

Endlich wieder ein Brief von Lucia. Seit zwei Jahren lebt sie nun in Berlin. Als Gropius das Dessauer Bauhaus, enttäuscht von den Streitigkeiten mit der dortigen Politik, 1928 verließ, wollte auch László Moholy-Nagy nicht länger bleiben. Es klingt glücklich, was Lucia über Berlin und ihre Tätigkeit als Lehrerin für Photographie an der Schule von Johannes Itten schreibt. Und sie war mit ihren Arbeiten an der Werkbundausstellung beteiligt. Ich will nicht unken, aber unter der Trennung von László scheint sie nicht sonderlich zu leiden.

37

MONTAG, DER 8. JULI

Als Norma gegen 19 Uhr Frank Rassows Wohnung verließ, fühlte sie sich zugleich zu Tode erschöpft und bis zum Zerreißen aufgewühlt. Ruhelos wanderte sie durch die Straßen und hielt die Augen nach Achim Berghalter und seinem unheimlichen Kompagnon offen – in der quälenden Gewissheit, dass sie den kaltblütigen Mörder nicht erkennen würde, sofern er nicht seinen verräterischen Kapuzenpulli trug. Blieb zu hoffen, dass selbst ein verblendeter Attentäter nicht über die Unverfrorenheit verfügte, nach seinen Mordtaten seelenruhig durch die Fußgängerzone zu schlendern.

Am Herderplatz kehrte sie in ein Straßenlokal ein und setzte sich unwillkürlich mit dem Rücken zur Hauswand. Noch bevor sie ihre Bestellung aufgab, schickte sie eine SMS an Meika mit der Frage, ob sie Zeit für ein spontanes Treffen habe. Meika sagte umgehend zu und wollte sofort aufbrechen. Während Norma an der Apfelsaftschorle nippte, schien vom hohen Sockel herab Johann Gottfried Herders gütiger Blick zu ihr herüberzuschweifen. Die stattliche Bronzefigur weckte in ihr eine schmerzliche Sehnsucht nach Lutz Tann, ihrem ehemaligen Schwiegervater, der als Bücherenthusiast und belesener Verleger aus dem Stegreif zu einem Vortrag über den Philosophen und die Bedeutung seiner literarischen Werke hätte ausholen und ihr ganz nebenbei Trost spenden und die Zuversicht schenken können, die sie so dringend nötig hatte. Wie damals, als die Ungewissheit über Arthurs Schicksal die Beziehung zwischen ihr und Lutz auf eine harte Probe gestellt, aber letztendlich in eine tiefe Freundschaft geführt hatte. Einige Tage vor ihrer Abreise aus Wiesbaden hatte sie eine Nachricht von ihm aus dem Chiemgau erhalten, wo er sich mit einem Autor treffen wollte – allein und ohne seine exzentrische Lebensgefährtin Undine Abendstern, eine Wiesbadener Galeristin, die zurzeit in London nach »ungeschliffenen Juwelen des Kunstmarkts schürfte«, wie sie es nannte. Norma mochte Undine nicht. Die Galeristin schikanierte Lutz mit ihren Launen, was er mit schafartiger Ergebenheit über sich ergehen ließ. Es kränkte Norma jedes Mal, den geschätzten Freund so gedemütigt erleben zu müssen.

Nun hielt sie schon das Telefon bereit, legte es aber kurzentschlossen zurück auf den Tisch. Lutz würde sofort spüren, dass etwas nicht in Ordnung war. Es wäre nicht fair, ihn mit ihrer Verzweiflung zu belasten. Arthurs Tod hatte ihm beinahe das Herz gebrochen. Die Nachricht von Timons Verschwinden würde auch seine schlimmsten Erinnerungen wecken und alte Wunden aufreißen. Also ließ sie den Anruf besser sein, bis sie Genaueres wusste. Stattdessen zwang sie sich, sachlich und nüchtern über Frank Rassows erschreckende Hypothese nachzudenken. Im glühenden Rot des Abendhimmels erschienen ihr Achim Bergholters angebliche Terrorpläne reichlich abstrus. Wie schlüssig war Franks Verdacht, und wie viel war dran an ihren gemeinsamen Überlegungen zum Ablauf des Mordes an Oskar Hennies? Wenn es sich tatsächlich so abgespielt haben sollte, welche Chance bestand dann, dass Timon überhaupt noch am Leben war? Warum sollte ein Mann, der keine Skrupel hatte, einen Politiker auf offener Straße und einen Kunsthändler in seinen

Geschäftsräumen niederzuschießen, einen tatsächlichen oder mutmaßlichen Zeugen verschonen? War der Killer Timon gefolgt und hatte ihn getötet, im Ilmpark oder anderswo? Warum waren die Suchtrupps nicht auf Timons Leiche gestoßen? Der Mörder hatte sich nicht gescheut, die beiden ersten Opfer am Tatort zurückzulassen. Bergholter wollte Angst und Schrecken verbreiten, was die Absicht jedes Terroristen war. Warum also hätte er den Killer anweisen sollen, bei Timon anders vorzugehen und die Leiche zu verstecken? An diese Gedanken klammerte sie sich hoffnungsvoll.

Meika erschien wie versprochen wenige Minuten später. Von Weitem fiel Norma der leichte Schal auf, der ihren schlanken Oberkörper umspielte. Sie wolle nichts trinken und müsse bald weiter zu ihrer Yogastunde, erklärte Meika, nachdem sie sich auf der Stuhlkante niedergelassen hatte, als müsse sie sich sprungbereit halten.

»Was gibt es Neues?«, fragte Meika geradeheraus.

»Versprichst du mir, dass es unter uns bleibt, bis ich selbst damit an die Öffentlichkeit gehe?«

»Wenn das dein Wunsch ist«, sagte Meika leichthin.

»Versprich es«, wiederholte Norma beschwörend. »Es bleibt alles unter uns!«

»Du hast mein Wort«, sagte Meika ernsthaft. »Ich kann schweigen. Ehrenwort.«

Norma griff in ihren Rucksack und nahm vorsichtig ein Päckchen heraus, um das sie eine Seite der Thüringer Allgemeine geschlagen hatte. Als unter dem Zeitungsblatt die Schachtel der Photohandlung Hennies zum Vorschein kam, beugte Meika sich über den Tisch und schaute erwartungsvoll zu, wie Norma sich die Handschuhe anzog, die erste Platte herausnahm und zwischen den flachen Händen in die Abendsonne hielt. Die Aufnahme zeigte einen Innenraum.

Ein Mann saß an einem runden Tisch mit heller Platte, an der Wand dahinter hing ein abstraktes Gemälde. Mit ungläubiger Miene rückte Meika an Normas Seite. Lange betrachtete sie das Glasnegativ und schüttelte fassungslos den Kopf, als Norma es sachte im Schachteldeckel platzierte. Ohne ein Wort nahm Norma die zweite Glasplatte heraus, auf der ein anderer Mann abgebildet war, der vor einer Wand stand, die eng mit kleinformatigen Gemälden und gerahmten Zeichnungen behängt war. Beharrlich schweigend wartete Meika, bis Norma auch die zweite Fotoplatte im Deckel abgelegt hatte.

Für einen Augenblick stützte sie beide Hände auf die Tischplatte, bevor sie sich endlich Norma zuwandte. »László Moholy-Nagy in seinem Wohnzimmer, Paul Klee in seinem Atelier, beides aufgenommen in den Meisterhäusern in Dessau. Diese Fotos hat Lucia demnach um 1927 oder 1928 gemacht.«

»Also tatsächlich Lucia Moholy?«, fragte Norma gespannt.

»Man muss das noch prüfen, aber nach meinem ersten Eindruck ja! Das muss ein Teil der verschollenen Negative sein. Wie bist du an sie gekommen?«

»Im Kinderschrank entdeckt.« Norma erzählte von dem Geheimfach.

»Unglaublich!« Perplex ließ Meika sich gegen die Rückenlehne fallen und winkte dem Kellner. »Einen Espresso bitte, einen doppelten!«

Nacheinander nahm Norma auch die weiteren neun Negative heraus, die Meika mit staunender Begeisterung begutachtete und in ihrer Aufregung nicht bemerkte, dass Norma ihr die zwölfte Platte vorenthielt. Norma konnte sich nicht vorstellen, dass Meika in Bergholters kriminelle Machenschaften verstrickt war, aber mit Franks Warnung im Ohr wollte sie trotzdem auf Nummer sicher gehen und die Existenz des relevanten Fotos für sich behalten. Womög-

lich hätte sie um der alten Freundschaft willen Sascha Dannhardt darüber informiert.

Ein junger Mann servierte den Espresso. Meika schüttete
ein komplettes Zuckertütchen hinein und rührte aufgeregt in
dem Tässchen. »Eine Sensation! Kein Experte ist je auf den
Gedanken gekommen, dass Lucia einen Teil der Negative
Albin Frywaldt anvertraut hatte. Und Lucia selbst hatte wohl
auch nicht mehr daran gedacht. Obwohl es naheliegend ist,
sie und Albin waren ja gute Freunde. Allerdings verstehe ich
nicht, warum er ihr die Fotos später nicht zurückgegeben hat.
In den ›Memoiren‹ erwähnt er diese Aufnahmen mit keinem
Wort. Das Buch kenne ich in- und auswendig.«

»Vielleicht hat er die Negative geklaut?«, sagte Norma
leichthin. Ein missbilligender Blick streifte sie, als hätte sie
Meikas Idol tödlich beleidigt.

»Ich gebe dir Recht«, flüsterte Meika. »Bevor die Herkunft der Fotoplatten nicht geprüft ist, gehört der Fund
nicht an die große Glocke. Wir haben die Fachleute im
Bauhaus-Museum. Wenn du willst, stelle ich einen Kontakt her. Verschwiegen, natürlich.«

»Ich melde mich«, sagte Norma. »Gib mir bitte noch
etwas Zeit.«

Meika verabschiedete sich mit der Bemerkung, dass es
ihr im Yogakurs nun bestimmt an der nötigen Konzentra-
tion mangeln würde.

Norma dagegen blieb und trank mit kleinen Schlucken
die eisgekühlte Apfelschorle, die sie liebend gern gegen ein
Viertel Wein getauscht hätte. Aber sie war mit klarem Kopf
schon genügend verwirrt und verunsichert.

38

»Wo hast du Frywaldts Leiche gelassen? Raus mit der Sprache!«

Dennis erwiderte Achims mit Vehemenz vorgebrachte Aufforderung mit einer schnöseligen Gegenfrage: »Echt, du kennst den Namen von dem Typen?«

Es war diese Stimmlage, dieses überhebliche Schnarren, dieses arrogante Durch-die-Nase-Reden, was Achim bis ins Mark reizte. Er hatte den Montagabend nutzen wollen, um im Haus herumzuwerkeln, als Dennis plötzlich aufgetaucht war. Im Szene-Hoodie! Davor wäre Achim gar nicht auf den Gedanken gekommen, dass Dennis überhaupt seine Adresse kannte. Lautlos wie ein Dieb war er durchs Küchenfenster eingedrungen und wie ein Wahnbild im Wohnzimmer erschienen. Nur weil Achim bei ihren wenigen Begegnungen begriffen hatte, dass er bei Dennis allein mit unbeirrbarer Gelassenheit weiterkam, zählte er im Stillen bis fünf und beschloss, besser später wegen der Leiche nachzuhaken. Dennis konnte schnell wütend werden, und mit einem aufgebrachten Killer war schließlich nicht zu spaßen.

»Wieso bist du überhaupt hergekommen?«, fragte Achim, von der Sorge bedrückt, es wäre womöglich nicht Dennis' erster unwillkommener Besuch im Haus. »Wir müssen absolut konspirativ vorgehen.«

»Mach dir nicht ins Hemd«, antwortete Dennis rotzig. »Mich kriegt niemand zu sehen, wenn ich das nicht will.«

Ein höflicherer Ton wäre durchaus angebracht, fand Achim. Immerhin war Dennis auf ihn angewiesen, auf die lukrativen Aufträge, die ihn seinem Ziel, ein nobles Leben in Übersee in finanzieller Sorglosigkeit, mit jedem gelungenen Anschlag näherbrachten. Dennis hatte Blut geleckt, im wahrsten Sinn des Wortes, aber – wie Achim vermutete – keinen weiteren Auftraggeber außer ihm. Für einen abtrünnigen Scharfschützen der Bundeswehr lagen die Jobs nicht auf der Straße. Im Grunde war er, Achim, es gewesen, der Dennis überhaupt auf die Idee gebracht hatte, seine Profession nach der Entlassung lukrativ zu Geld zu machen. Seinen Vorgesetzten war der junge Soldat wegen seiner rechtslastigen Gesinnung negativ aufgefallen. Ein Weltbild, mit dem er bei Achim an der richtigen Adresse war. Durch einen Zufall waren sie zusammengekommen, während eines Kameradschaftsabends in einem schwäbischen Dorf, und hatten davor und danach in der Öffentlichkeit nichts mehr miteinander zu tun gehabt. An jenem Abend hatte Achim in einer stillen Ecke die Gelegenheit beim Schopf ergriffen, um ihm den Keim der Idee ins Herz zu pflanzen, wie er seinen Traum vom Auswandern in die Tat umsetzen könne. In heller Aufregung war Achim zurück nach Weimar gefahren. Mit erhöhtem Puls wie ein verliebter Teenager hatte er sein Glück über die Begegnung kaum fassen können. Endlich war er in den Besitz des Werkzeugs gekommen, das er für die Umsetzung seiner Pläne so dringend brauchte. Seitdem waren viele Wochen mit präzisen Vorbereitungen verstrichen, trotzdem war einiges aus dem Ruder gelaufen. Achim fühlte sich wie Victor Frankenstein, dem die Kontrolle über sein Monster zu entgleiten drohte.

Fahrig ließ er den Bleistift fallen, mit dem er die Lage der Lichtschalter markiert hatte, und riskierte einen raschen Blick auf den Hammerstiel, der aus dem Werkzeugkasten herausragte. »Du hast mich also beschattet. Warst du öfter hier im Haus? Scheinst dich ja auszukennen.«

»Und wenn schon«, brummte Dennis achselzuckend.

Achim beschlich das ungute Gefühl, Dennis könnte bei einem früheren Einbruch in den Keller geschlichen sein. Hatte er womöglich den geheimen Zugang zum Bunker ausspioniert?

»Warst du im Keller?«

»Was soll ich da?«, gab Dennis ungerührt zurück.

Falscher Alarm, beruhigte Achim sich selbst. Das Versteck war absolut sicher. »Ich hoffe, du stehst zu unserer Vereinbarung. Kein Wort an die Kameraden über meine Pläne! Oder hast du was ausgeplaudert? Beim dritten, vierten Bierchen vielleicht? Ein bisschen angegeben?«

»Hältst du mich für 'nen Scheißwichtigmacher, oder was?«, grunzte Dennis und rieb sich den Adamsapfel, der beinahe unnatürlich aus dem fleischigen Hals hervorstand.

Achim musste ihm glauben. Er hatte keine Alternative.

Von der Straße drangen Stimmen ins Haus. Als Achim aus dem Wohnzimmerfenster sah, bemerkte er auf dem Gehweg eine Gruppe von Leuten und deren Wortführerin, eine hochgewachsene Frau, die mit geschlossenem Regenschirm in Richtung Haus herumfuchtelte. Achim fing halbe Sätze auf, die die Wörter »Bauhaus«, »Schüler von Gropius« und »wiederentdecktes Juwel« enthielten. Zum Teufel, wurde sein Haus bereits zum Besichtigungsobjekt, bevor es überhaupt fertig war?

»Lass uns nebenan reden«, sagte er rasch und eilte voraus in Großonkel Siegmars Kaminzimmer, dessen schmales Hochkantfenster zum Garten hinauswies.

Dort wollte er keine Zeit mehr verlieren und kam gleich zur Sache. »Hör zu, Dennis! Der Mann, den du getötet hast, arbeitete beim LKA Wiesbaden. Seine Freundin läuft überall mit einem Foto herum und sucht ihn. Norma Tann! Die

Frau ist ehemalige Kriminalbeamtin und arbeitet als Privatdetektivin.«

»Ein Bulle und eine Detektivin? Irre!«

Falls Dennis die Identität der beiden beunruhigte, wusste er das geschickt zu verbergen. Grinsend lehnte er an Siegmars Kamin. Er hatte ein Bein angewinkelt und presste die Sohle des staubigen Joggingschuhs rücksichtslos gegen eine der herrlichen Jagdszenen.

»Runter von der Gusstafel, Dennis!«, verlangte Achim.

»Was?«

»Dein Fuß! Runter damit vom Kamin. Das gehört sich nicht.«

Ohne das Bein zu bewegen, schaute Dennis sich um. »Der Kamin ist das Beste vom ganzen Haus. Wann willste hier einziehen?«

»Das wird noch Wochen dauern«, brummte Achim verwundert. Was interessierte den Kerl die Renovierung? »Der Zeitplan hängt. Erst ist die gesamte Elektrik dran, aber das schaffe ich nicht allein. Wenn sich die Handwerker nur endlich bequemen. Nimm den Fuß runter!«

Dennis rührte sich nicht. Die reinste Provokation. »Soll ich mich kümmern?«

»Um was?«

»Den Elektriker?« Wieder das unverschämte Grinsen.

»Untersteh dich! Dann wird das Haus nie fertig. Runter!«

Endlich gab Dennis nach und stellte den Schuh auf dem Parkett ab. »Was steckst du überhaupt einen Cent in diese Bausünde, he? Weiß man doch, dass dieser verfluchte Bauhausstil dem Führer nicht gefallen hat.«

»Meine Sache, mein Geld!«

»Wo wir beim Geld sind«, knurrte Dennis. »Ich habe noch was gut bei dir. Drei Jobs gleich dreimal Kohle.«

Deswegen war er also hier! Er wollte das Geld für den Mord an Frywaldt eintreiben. Durch das Hochkantfenster bemerkte Achim eine Bewegung im Garten: der Bambus, den die Vorbesitzer angepflanzt hatten und der sich wie die Pest ausbreitete, schwankte hin und her. Wagten sich die Touristen nun sogar schon auf sein Grundstück? Im Augenwinkel bemerkte er ein Eichhörnchen, das einen Bambusstab hinaufkletterte.

Er wandte sich erneut Dennis zu. »Warum hast du Frywaldt einen Hieb auf den Schädel verpasst anstatt ihn zu erschießen?« Die Frage beschäftigte ihn, seit er das Handyfoto mit der blutigen Stirn gesehen hatte. Es hatte ihn eine Stange Geld und viel Geschick gekostet, die Glock über das Darknet zu besorgen.

»Ergab sich so«, brummte Dennis. »Tot ist tot. Passt es dir nicht?«

»Doch, doch«, widersprach Achim. »Das war sogar eine gute Idee. Die Bullen sollen kein Muster erkennen. Wir müssen sie verwirren. Nach zwei Einsätzen ist die Waffe verbrannt. Wo ist die Glock jetzt?«

Dennis klopfte sich auf die rechte Seite, die vom voluminösen Kapuzenpulli umhüllt wurde.

»Bist du von allen guten Geistern verlassen?«, zischte Achim erbost. »Bringst das Beweismittel in mein Haus? Wirf die Glock schleunigst in die Ilm und komm bloß nicht auf die Idee, sie in deiner oder meine Nähe zu verstecken, okay? Ich besorge dir beizeiten eine neue Waffe.«

Dennis murmelte etwas, was man mit gutem Willen als Zustimmung auslegen konnte. »Was ist mit der Kohle?«

Achim zwang sich, ruhig zu bleiben, und sprach in kameradschaftlichem Ton weiter: »Für die Jobs zu Viohl und Hennies kriegst du deinen Lohn. Aber für Frywaldt zahle ich nur, wenn du mir sagst, wo die Leiche ist.«

»Ich habe dir das Foto gezeigt, das sollte wohl reichen«, gab Dennis widerborstig zurück. »Keine Sorge, der Kerl taucht nicht wieder auf.«

»Oder er kommt zum Vorschein, wenn es dir in den Kram passt, oder wie? Wie kann ich sichergehen, dass du mich nicht irgendwann mit der Leiche erpresst und drohst, mir den Mord in die Schuhe zu schieben?«

Wie ertappt schluckte Dennis mit hüpfendem Adamsapfel, stritt diese Absicht aber vehement ab.

»Ich bestimme, was mit dem Toten geschieht«, verlangte Achim barsch. »Frywaldt war zwar kein Politiker, aber immerhin vom LKA. Das hat auch Signalwirkung, wenn er an geeigneter Stelle gefunden wird. Vorschlag! Ich mache dir ein Angebot.«

»Bei dem *was* für mich rausspringt?«, näselte Dennis und verschränkte die kräftigen Arme.

»Das Zweieinhalbfache für die Leiche von Frywaldt plus die Leiche von Norma Tann plus …« Achim unterbrach sich selbst und lauschte in den Flur hinein. Doch es waren nur die Leute, die noch immer gaffend vor dem Haus standen. Er würde eine Hecke pflanzen, nahm er sich vor. Thuja. Kirschlorbeer. Hauptsache dicht und schnell wachsend. Keinen Bambus.

»Plus was?«, fragte Dennis, sich cool gebend. Doch im Stillen zählte er schon die Scheine, war Achim sich sicher.

»Plus Originalfoto! Die Kopie, die du mitgenommen hast, nützt mir nichts! Du musst der Tann das Original abnehmen. Ein Foto oder Negativ, das musst du selbst rausfinden.«

»Woher willst du wissen, dass sie das Original hat?«

»Wer sonst, wenn nicht sie?«, fauchte Achim ungehalten. Dennis' Anwesenheit machte ihn nervös. »In Frywaldts Rucksack hast du es nicht gefunden, wie du sagst. Sie kümmert sich um seine Sachen. Mach dich an sie ran, nimm das Original an dich, und dann liquidierst du sie, kapiert?«

»Aber nicht mit der Glock?«

Achim holte tief Luft. »Nein, nicht mit der Glock. Die Glock wirfst du nachher gleich in die Ilm. Brate der Tann eins über, nimm ein Messer oder brich ihr das Genick – mir egal. Dafür bist du doch ausgebildet, oder nicht?«

Mit seinen Kenntnissen in Nahkampftechniken hatte Dennis öfter ordentlich angegeben. Nun blies er unentschlossen die Luft durch die Lippen. Bekam er womöglich Skrupel, weil es um eine Frau ging? Nicht deswegen, erkannte Achim im nächsten Augenblick erleichtert.

Dennis' Bedenken bezogen sich auf den Zeitplan. »Und der Job morgen Vormittag?«

»Alles Weitere bleibt wie geplant«, gab Achim zurück und nannte Dennis noch einmal die wichtigsten Daten zur Zielperson. »Und vergiss die Tann nicht! Sie wohnt in der Pension Elise.«

Er zückte sein Handy und zeigte Dennis die Fotos, die er von Norma Tann nach ihrem überraschenden Besuch bei ihm heimlich vom Garten aus geschossen hatte. Die Aufnahmen zeigten eine schlanke blonde Frau, die mit skeptischer Miene auf das Haus sah.

»Du musst sie in den nächsten Stunden erledigen.«

»Nee, nee, nicht in der Nacht«, widersprach Dennis energisch. »Darum kümmere ich mich morgen Vormittag vor dem anderen Einsatz. Für die Arbeit brauche ich einen klaren Kopf, deshalb haue ich mich erst mal hin.«

Achim fiel ein, dass er keine Ahnung hatte, wo Dennis übernachtete. Gut so, je weniger er wusste, desto besser. Sein Handy gab Alarm. Während Achim telefonierte, fühlte er sich von Dennis' Blicken durchbohrt.

»Ärger?«, fragte Dennis lauernd, als Achim das Gespräch beendet hatte.

Achim winkte ab. »Das war der Wachdienst meiner Firma, eine Maschine meldet eine Störung. Nicht dramatisch, aber ich muss selbst nachsehen. Du solltest ebenfalls verschwinden.«

»Klaro!«, schnarrte Dennis.

»Denk an die Glock! Lass sie verschwinden, okay? Und kümmere dich um Norma Tann.«

»Klar doch, Mann!«

Gemeinsam verließen sie das Haus. Dennis schlenderte in der entgegengesetzten Richtung davon. Der Typ hatte vielleicht Nerven. Achim war wie immer erleichtert, wenn sich der Abstand zu seinem Zauberlehrling Schritt für Schritt vergrößerte.

39

Als Norma gegen Abend in die Pension zurückkehrte, lernte sie Kirsten Walderbeck von einer neuen Seite kennen. Sie traf die Wirtin im Hausflur an. Ihre innere Ruhe war eindeutig verloren gegangen und einer hektischen Anspannung gewichen, die sich als hitziges Wangenrot zeigte. Hinter der geschlossenen Küchentür ertönte ein klägliches Maunzen.

»Du bleibst drin«, schimpfte Kirsten. »Du Unglücks-rabe!«

»Ist Lyonel etwas zugestoßen?«, fragte Norma besorgt.

Kirsten schüttelte den Kopf. »Von wegen! Dem Kater geht's bestens. Meinem neuen Gast leider nicht. Der nette Herr aus Wiesbaden ist die Treppe hinuntergestürzt, weil Lyonel ihm zwischen die Füße geraten war. Was für ein dummes Unglück! Wir kommen gerade aus dem Kran-kenhaus zurück.« Sie rang die Hände in ihrer Beschämung.

»Ach du grüne Neune!«, rief Norma. »Der arme Mann musste sogar in die Klinik?«

Kirsten wiegelte ab, ganz so dramatisch sei es nicht. Der Gast habe seinen Fuß röntgen lassen. Zum Glück sei nichts gebrochen, nur ein verstauchter Knöchel. »Aber sein Urlaub ist verpatzt. Für die kommenden Tage ist er auf Krücken angewiesen. Was für ein Schlamassel wegen Lyonel!«

Wie zur Untermalung erhob sich nebenan ein heulendes Miauen, mit dem der Kater gegen den Zimmerarrest pro-testierte.

»Ist Ihr Gast sehr verärgert?«, fragte Norma mitfühlend. Das war keine angenehme Situation für eine Pensionswirtin.

Kirsten lächelte versonnen. »Er ist viel zu höflich, um sich wirklich zu beschweren. Ein bemerkenswerter Herr, wenn ich das sagen darf. Und apropos ›Herr‹. Im Früh-stücksraum wartet jemand auf Sie.«

»Wer ist es?«, fragte Norma verblüfft.

»Ein Herr vom Bauhaus-Museum. Er ist seit fünf Minu-ten da.«

Hatte Meika ihr Versprechen gebrochen und prompt die Entdeckung der Negative ausgeplaudert? Konnte sie sich in Meika getäuscht haben? Ihre Sorge war unbegründet. Der Besucher stellte sich als Dr. Winter vor; ein schwerge-

wichtiger Mann in den 60ern, dessen stattlicher Schnauzbart die Kahlheit des Kopfes auszugleichen versuchte. Von
den Glasnegativen war nicht die Rede. Ohne Umschweife
fragte Dr. Winter nach dem Bauhausschränkchen und folgte
Norma freudig ins Gartenstübchen. Dort inspizierte er das
Möbelstück in schweigendem Ernst, klappte die Türen auf
und zu und zog und schob die Schubladen raus und rein.
Das Geheimfach ließ Norma unerwähnt. Schließlich kratzte
er mit einem Taschenmesser an zwei unauffälligen Stellen
am Lack und ließ jeweils eine Probe blassblauer und stroh-
gelber Farbprisen in eine Plastiktüte rieseln.

Norma, die seine Untersuchung aufmerksam verfolgt
hatte, wartete, bis er zurücktrat, um das Möbelstück von
der Rückseite zu begutachten. »Wie lautet Ihr Urteil?«

Dr. Winter öffnete den Mund zu einem Lächeln, das den
Schnauzbart in die Breite zog, und verkündete begeistert:
»Gratuliere, Frau Tann! Sie haben einen kleinen Schatz aufgestöbert. Meiner Ansicht spricht alles dafür, dass dieses
Kindermöbel von Alma Siedhoff-Buscher entworfen und
in den Bauhauswerkstätten angefertigt wurde. Entschuldigen Sie, wenn ich gleich mit der Tür ins Haus falle. Würden Sie das Möbelstück für die Dauerausstellung zur Verfügung zu stellen?«

»Das müsste mein Freund entscheiden.«

Als sie ihn über die Erbschaft aufklärte, leuchteten seine
Augen auf. »Der Schrank stammt aus Albin Frywaldts
Nachlass? Das macht den Fund ja noch besonderer. Albin
Frywaldt war ein großer Bewunderer des Bauhauses. Wie
schön, dass dank ihm dieses zauberhafte Möbelstück erhal-
ten blieb. Dürfte ich Ihren Freund sprechen?«

Über Timons Verschwinden erschrak er sichtlich. Er
wünschte ihr Glück, damit sich alles schnell aufklärte.

»Was ist los in unserer Stadt?«, grübelte er beunruhigt. »Zwei Männer brutal erschossen! Mag sein, dass ich durch meine Arbeit gedanklich tief in der Weimarer Republik verhaftet bin. Dieser hinterhältige Mord an Philipp Viohl ließ mich jedoch sofort an die Attentate in den 1920er- und 30er-Jahren denken.«

»Halten Sie es für möglich, dass heutzutage jemand der Organisation Consul und ihren Zielen nacheifern möchte?«, fragte sie geradewegs.

Er neigte besorgt den Kopf. »Es gibt allerorten Spinner, die sich von verbrecherischen Ideologien verführen und zum Äußersten treiben lassen. Wer hätte sich vor wenigen Jahren den NSU vorstellen können? Eine rechte Terrorzelle hat man viel zu spät in Erwägung gezogen.«

Bevor er ging, fotografierte er den Schrank von allen Seiten. Vor der Haustür griff er in die Jackentasche und überreichte Norma eine Einladung für die Eröffnung der Ausstellung »Lichtfaktur« am kommenden Vormittag. Sie habe vielleicht von der Bauhaus-Fotografin Lucia Moholy gehört?

»Meika Striewe hat mir die Fotos vorab gezeigt«, sagte Norma mit einem Lächeln.

Sogar die thüringische Ministerin für Kunst und Kultur würde zur Eröffnung erwartet, erzählte Dr. Winter glücklich. »Katharina-Maria Kien ist ein Kind unserer Stadt und hat die Schirmherrschaft der Ausstellung übernommen. Ich würde mich sehr freuen, wenn auch Sie morgen Vormittag unser Gast sind, Frau Tann. Und bringen Sie unbedingt Herrn Frywaldt mit«, schloss er zuversichtlich.

Ihr Wunsch in Gottes Ohr! In der Hoffnung, auf dem Weg nicht auf den maladen Wiesbadener Herrn zu treffen, ging sie in ihr Zimmer. Zu einem Small Talk über lädierte

Knöchel fühlte sie sich nicht in der Lage. Nach einer ausgiebigen Dusche verkroch sie sich ins Bett.

40

Unser Fritzchen hat gesund das Licht der Welt erblickt. Ida geht es den Umständen entsprechend. Sie hatte die größte Sorge, auch dieses Kind zu verlieren wie die beiden anderen. Nun ist sie erschöpft und erfüllt von vorsichtigem Glück. Ich habe Todesangst um meine Liebsten ausgestanden und bete dafür, dass Ida und Fritzchen wohlauf bleiben. Von Lucia kam ein Brief. Sie hat eine neue Liebe gefunden. Theodor Neubauer ist Reichstagsabgeordneter der Kommunisten. Ich wünschte ihr Glück.

41

Der Klingelton ihres Handys riss Norma aus dem Schlaf. Timon!, war ihr erster Gedanke. Endlich! Auf einen Schlag hellwach tastete sie auf dem Nachttisch nach dem Telefon und entdeckte es unter dem Buch über die Weimarer Republik, das ihr in Kirstens Bibliothek aufgefallen war. Vor dem Einschlafen hatte sie die ersten Kapitel gelesen. Das Display zeigte Dirk Wolferts Büronummer im Wiesbadener Polizeipräsidium an. Wolferts Stimme klang besorgt, als er sich für die frühe Störung entschuldigte.

Norma setzte sich im Bett auf und stopfte sich das Kopfkissen hinter den Rücken. Die Morgensonne lugte zwischen den Rosengardinen vor ihrem Fenster hindurch. »Lass gut sein, Dirk! Es ist kurz vor 7 Uhr, nicht mitten in der Nacht. Ich wäre sowieso bald aufgestanden. Du bist jetzt schon im Büro?«

»Nicht schon, sondern noch«, korrigierte er sie sanft. »Die Nacht war lang. Es gab eine Reihe von Messerstechereien am Hauptbahnhof, und wir waren mit einem Riesenaufgebot vor Ort.«

Am frühen Abend waren zwei Gruppen junger Männer aneinandergeraten; angestachelt von Prahlerei, Selbstüberschätzung und angekratztem Ehrgefühl. Es hatte mehrere Verletzte gegeben, und nur dank des schnellen Eingreifens der Polizei keinen Toten. Gemeinsam mit Milano und den

Kollegen war Wolfert den Haupttätern auf der Spur. Einige der beteiligten Männer saßen bereits in den Zellen, die sich im Kellergeschoss des Polizeipräsidiums befanden. Ein wenig wehmütig lauschte Norma seinem kurzen Bericht. Auch wenn sie die Freiheit einer Privatdetektivin zu schätzen wusste, sehnte sie sich hin und wieder nach der Arbeit im Team, den Diskussionen mit Kollegen, sogar nach dem lästigen Hickhack, der unvermeidlich war, wenn man mit Menschen zusammenarbeiten musste, die man sich nicht ausgesucht hatte, mit denen man aber die Verantwortung teilte. Auf eigenen Füßen zu stehen, hieß eben auch, alles allein tragen zu müssen. Was umso schwerer wog, wenn es um einen geliebten Menschen ging. Um *den* geliebten Menschen.

»Hast du von Timon gehört?«, fragte Wolfert behutsam, wie es seine Art war.

Norma verneinte. Spät am Abend hatte Heidrun Rosenblatt angerufen; nicht, weil es Neuigkeiten gegeben hätte, sondern aus Pflichtgefühl, wie es Norma erschienen war. Die Kommissarin hatte müde geklungen und nebenbei erwähnt, dass ihr ein anstrengender Arbeitstag bevorstehen würde. Neben den Ermittlungen in der Soko würde der Besuch der Ministerin im Bauhaus-Museum zusätzliche Aufgaben mit sich bringen.

»Was tut sich in Weimar?«, fragte Wolfert.

»Die Weimarer Soko hat allerhand mit den zwei Morden zu tun«, sagte Norma und verbesserte sich: »›Attentate‹ passt besser, zumindest, soweit es den Abgeordneten betrifft. Möglicherweise gibt es einen politischen Hintergrund. Frank Rassow, der Journalist, hat eine Theorie.« Sie fasste Franks Hypothese über Bergholters Terrorpläne zusammen.

Wolferts besorgtes Räuspern klang durchs Telefon. »Seinetwegen rufe ich an, Norma. Du hattest mich gebeten, etwas über Frank Rassow herauszufinden. Ich hätte mich früher gemeldet, wenn das Gerangel am Bahnhof nicht dazwischengekommen wäre«, sagte er entschuldigend und fügte warnend hinzu: »Was ich über ihn zu sagen haben, klingt nicht gut, Norma!«

Erschrocken setzte sie sich auf. Ihr wurde mit einem Mal warm, und sie schubste die Bettdecke von den Knien. Allerdings lag Wolferts Messlatte des Anstands reichlich hoch, rief sie sich in Erinnerung. »Was hat Frank angestellt? Steuern hinterzogen? Einen Zeitungsverlag um einen Artikel geprellt?«

»Spar dir die Kinkerlitzchen, Norma! Frank Rassow hat seinen Namen geändert. Bis vor wenigen Jahren hieß er Jens Ulrich Brückinger.«

Prompt wurde ihr kalt. Sie angelte nach der Decke und zog sie hinauf bis zum Kinn. Sie ahnte, worauf Wolfert hinauswollte. War nicht schwer zu erraten. »Frank ist ein Aussteiger? Ein früheres Mitglied der rechten Szene?«

In Gedanken sah sie Wolferts zustimmendes Nicken samt seinem sorgenvollen Blick durch die starken Brillengläser, als er antwortete: »Leider war er viel mehr als ein einfaches Mitglied und viel mehr als einfach nur rechts. Jens Ulrich Brückinger galt als hohes Tier in der rechtsextremen Brandenburger Neonazi-Szene, bis er eines Tages auspackte. Man verschaffte ihm eine neue Identität, und er startete in ein seriöses Leben als unscheinbarer Zeitungsreporter. Dass er sich jetzt aus der Deckung wagt, mag man mutig nennen oder waghalsig. Auf jeden Fall ist es gefährlich.«

»Gefährlich für ihn.«

Wolfert seufzte laut. »Und gefährlich für dich, wenn du mit dem Mann zusammenarbeitest.«

Also waren Franks bemerkenswerte Kenntnisse über die Rechtsextremen nicht nur bestens recherchiert, sondern persönlich erlebt. Vom Saulus zum Paulus? Führte er einen Privatkrieg gegen Bergholter? Das hatte ihr noch gefehlt!

»Eine neue Identität, interne Infos über Rechtsextreme, darauf stößt man nicht im üblichen Datennetz der Polizei. Wie bist du darangekommen, Dirk?«

»Dank eines Bekannten beim Verfassungsschutz, der mir noch einen Gefallen schuldete.«

Den beunruhigenden Neuigkeiten zum Trotz musste Norma lächeln. »Ein Kuhhandel auf Milano-Art!«

Wolferts leises Lachen drang durch das Telefon. »Unterschätze nie einen alten Polizisten, Norma.«

Ernsthaft sagte sie: »Ich muss absolut sicher sein, Dirk. Welche Beweise haben wir, dass wir von der identischen Person reden?«

»Nun, zum Beispiel trägt Brückinger ein Tattoo auf dem rechten Oberarm. Eine senkrecht stehende Wolfsangel, in die ein nach unten weisender Pfeil eingearbeitet ist. Das Zeichen seiner Organisation. Hat dein Helfer so ein Tattoo?«

»Er hatte es, schätze ich, wenn ich die Narbe an der Stelle richtig deute.«

»Sei vorsichtig, Norma!«, warnte Dirk. »Der Mann hat seine Kameraden ans Messer geliefert, ob aus Einsicht oder Kalkül, können wir nicht sagen. Wer weiß, was er jetzt vorhat? Lass dich nicht zum Lockvogel machen.«

Als sie schwieg, fragte er: »Was geht dir durch den Kopf, Norma?«

»Ach, nur ein alter Spruch«, sagte sie in einem Anflug von Galgenhumor. »Viel Feind, viel Ehr! Timon ist wie vom Erdboden verschluckt. Ein Profikiller streift durch die Stadt. Ein Unternehmer plant Terroranschläge. Und jetzt muss ich mir auch noch einen Ex-Nazi vom Leib halten.«

»Wir lassen dich und Timon nicht im Stich, Norma!«, erklärte Wolfert nachdrücklich. »Luigi hatte bereits die Fahrkarten gekauft. Wenn die Messerstecherei nicht dazwischengekommen wäre, säßen wir jetzt im Zug. Wir kommen, sobald wir hier wegkönnen.«

Gerührt von diesem Versprechen bedankte sie sich. Ihre Befürchtung, die Freunde würden womöglich zu spät kommen, behielt sie für sich.

42

Um 7:30 Uhr ging sie zum Frühstück hinunter. Auf einer Treppenstufe kauerte der Kater und schaute maunzend zu ihr hoch, als sie ihm über das rote Fell strich. Offensichtlich hatte Kirsten eingesehen, dass es unsinnig war, Lyonel weiterhin einzusperren. Auch wenn das Unglück natürlich ärgerlich war, der Kater hatte nichts anderes getan als das, was Katzen eben so tun. Norma fragte sich, wie es dem Wiesbadener Gast gehen mochte.

Als sie den Frühstücksraum betrat, bemerkte sie den Neuankömmling an dem Bistrotisch in der Fensternische.

Außer ihm war niemand im Zimmer. Mit dem Rücken zum Eingang saß er in einem Clubsessel und hatte das Bein mit dem bandagierten Knöchel auf einem zweiten Sessel abgelegt, an dem zwei Krücken lehnten. Im Näherkommen betrachtete Norma den Hinterkopf mit den zurückgestrichenen weißen Haaren, die in einer perfekten Linie knapp über dem Kragen des hellgrauen Hemds endeten, das der Mann zu einer blaugrauen Flanellhose trug. Wieso kam er ihr dermaßen vertraut vor? War das möglich? Eilig spurtete sie los und umrundete den Sessel, um ihren Freund und Ex-Schwiegervater staunend zu begrüßen.

»Tut das gut, dich zu sehen, Lutz!«

»Dito!«, gab er herzlich zurück.

»Ich dachte, du bist in Bayern und triffst dich mit einem Schriftsteller?«

»Ich bin stante pede abgereist, nachdem Dirk Wolfert mich angerufen hatte. Er sorgt sich um dich.«

Lutz kannte Wolfert und Milano, seit die Kommissare damals die Suche nach Arthur geleitet hatten. Lutz' Beziehung zu Timon war anfangs schwierig gewesen, als hätte er in ihm einen Konkurrenten zu seinem Sohn gesehen, obwohl die Ehe zwischen Norma und Arthur schon vor Arthurs Tod gescheitert gewesen war. Timon war Lutz mit Verständnis und Geduld begegnet, und weil bei ihnen zwei liebenswürdige und kluge Charaktere aufeinandergetroffen waren, hatten beide Männer letztendlich in freundschaftlichem Respekt zueinandergefunden.

»Warum meldest du dich nicht, Norma?«, fragte Lutz mit leisem Vorwurf. »Als Arthur verschwand, haben wir diese furchtbare Zeit gemeinsam durchgestanden.«

»Ich wollte dich nicht belasten und mit meinem Kummer behelligen.«

»Aber du brauchst mich, Norma! Wer könnte besser nachempfinden als ich, was in dir vorgeht?«

Plötzlich war es um ihre tapfer aufrecht erhaltene Selbstbeherrschung geschehen. Schluchzend sank sie auf die Knie nieder und schlang die Arme um Lutz, der ihre Umarmung still erwiderte, bis sie sich allmählich beruhigte. Sie rückte einen Stuhl an das Tischchen heran und setzte sich mit Blick zum Fenster. Falls andere Gäste hereinkamen, sollten sie ihr verweintes Gesicht nicht sehen. »Dich quälen die Erinnerungen an Arthur doch ebenso. Deswegen habe ich mich nicht gemeldet. Es reicht, wenn sich einer von uns verrückt macht.«

»Geteiltes Leid ist halbes Leid. Dummerweise bin ich jetzt eher Last als Hilfe.« Mit bedauernder Miene deutete er auf den verbundenen Knöchel. »Wenn ich gewusst hätte, was mir hier blüht ...«

»Kirsten Walderbeck ist der Unfall äußerst unangenehm. Tut es sehr weh?«

Lutz winkte ab. »Wirft mich nicht um! Selbst schuld, hätte ich besser aufgepasst. Plötzlich steckte mir dieser Kater zwischen den Beinen, und nun bin ich eine lahme Ente.«

»Bist du schon lange auf?«

»Der Fuß hat keine Ruhe gegeben. Weil ich nicht schlafen konnte, habe ich mich im Morgengrauen hier niedergelassen. Unsere Wirtin verfügt über eine hochinteressante Bibliothek. Darunter sind wahre Schätze.« Vor Lutz lagen etliche Bücher, Bildbände und gebundene Ausgaben älterer Werke.

»Wem sagst du das«, bestätigte Norma. »Mir hat Kirsten mit einem Buch über das Bauhaus wunderbar auf die Sprünge geholfen.«

Wie gerufen kam die Wirtin kam herein und wünschte zaghaft einen guten Morgen. Ihre Sorgenfalten glätteten

sich, als Lutz ihre Bedenken mit der ihm eigenen Zuvor-
kommenheit zerstreute.

Er zwinkerte ihr vertraulich zu. »Die Überraschung ist
mir gelungen. Norma ist mir die Liebste meiner Ex-Schwie-
gertöchter.«

»Was keine Kunst ist«, gab Norma trocken zurück. »Er
hat nur die eine.«

Sie half Kirsten, die Bücher auf die Fensterbank zu räumen. Kirsten deckte den Tisch ein und ließ es sich nicht
nehmen, Lutz persönlich mit Brötchen, Käse und Obst
vom Büffet zu versorgen und reichlich Kaffee für beide
heranzutragen. Mittlerweile waren andere Gäste dazugekommen, die sich am anderen Ende des Raums einen
Platz gesucht hatten. Mit gedämpfter Stimme fasste Norma
das Geschehen zusammen. Lutz unterbrach sie nicht. Als
sie von Achim Bergholters Großonkel und der Organisation Consul erzählte, zuckte Lutz, der Feingeist, der jedes
nationalsozialistische Gedankengut zutiefst verabscheute,
sichtlich zusammen, hörte aber weiter aufmerksam zu, bis
Norma ihm Franks Theorie über Bergholters Verstrickun-
gen in die aktuellen Morde geschildert hatte. Anschließend
stellte er einige gescheite Fragen, die Norma so genau wie
möglich beantwortete.

Dankbar dafür, dieses brisante Wissen mit ihm teilen
zu können, sagte sie: »Ich bin froh, dass du da bist. Es tut
unglaublich gut, mit dir zu reden, Lutz!«

»Zum Glück bin ich nicht auf den Mund gefallen«,
meinte er gelassen.

Kirsten trug ein Tablett heran, um den Tisch abzuräu-
men. Sie hatte je eine Flasche Wasser und Orangensaft mitgebracht und zog sich dezent zurück. Die anderen Gäste
hatten den Raum schon vor einer Weile verlassen.

»Mir schwirrt der Kopf von all dem, was du erzählt hast«, gestand Lutz bekümmert. »Kaum zu glauben, dass heute erst dein dritter Tag in Weimar beginnt. Das muss eine wahre Achterbahnfahrt für dich gewesen sein.«

Sein Bild aufnehmend, sagte sie düster: »Und die Höllenfahrt wird weitergehen. Mein Kopf ist wie leer gedacht. Ich brauche einen Impuls, einen Hinweis. Irgendetwas, was mich auf den entscheidenden Gedanken bringt. Hast du eine Idee, wo wir noch nach Timon suchen können, Lutz? Du kennst dich hervorragend in der Stadt aus.« Als Bewunderer bedeutender Dichter und Denker reiste er häufig nach Weimar.

»Mir hilft beim Nachdenken, wenn ich etwas in den Händen habe. Dürfte ich das Foto sehen, das Kandinsky mit dem Gemälde zeigt? Es spielt, soweit ich das verstanden habe, eine entscheidende Rolle. Vielleicht inspiriert es mich.«

Norma sprang auf, dankbar für eine Aufgabe. »Aber gern! Ich hole die Schachtel aus meinem Zimmer.«

Sie hatte den Karton aus der Photohandlung Hennies im Rucksack gelassen, diesen im Kleiderschrank verstaut, dessen Tür abgesperrt und den Schlüssel eingesteckt. Auch die Zimmertür hatte sie abgeschlossen hinterlassen. Nun erwartete sie eine böse Überraschung. Die Tür war angelehnt, und drinnen hatte jemand die Schranktür grob aufgehebelt. Der Rucksack lag wie unberührt im unteren Fach, doch als Norma ihn öffnete, fehlte die Schachtel. Alles andere war noch da: das Portmonee samt 80 Euro, EC- und Kreditkarte, die dünnen Handschuhe und sogar das Lockpicking-Set, mit dem Norma sich zur Lösung verschiedener Fälle mehrfach unerlaubt irgendwo Zutritt verschafft und das sie aus Gewohnheit immer bei sich hatte, steckte an seinem Platz im Seitenfach. Dem Einbrecher war es ausschließlich auf die Negativplatten angekommen. Um ganz sicherzugehen, schaute Norma unter den Kleidungsstücken im Schrank nach, durchsuchte die Schubladen und kroch in ihrer Verzweiflung sogar halb unter das Bett. Von der Fotoschachtel keine Spur! Aufgewühlt kehrte sie in den Aufenthaltsraum zurück.

Lutz schaute von dem Buch auf, das auf seinen Knien lag, und erkannte auf den ersten Blick, dass etwas Schlimmes passiert sein musste.

»Hattest du die Zimmertür nicht abgeschlossen?«, fragte er, nachdem sie ihm hastig den Diebstahl geschildert hatte.

»Doch, natürlich! Aber die Tür hat ein einfaches Schloss, das knacke ich in fünf Sekunden.«

»Was dem Dieb offensichtlich auch gelungen ist.«

»Außerdem hat er den Schrank aufgebrochen. Ich wollte Kirsten gestern Abend nicht mehr stören und sie deshalb erst nachher bitten, die Schachtel im Safe einzuschließen. Zu spät, wie ärgerlich!« Norma hätte sich wegen dieser Nachlässigkeit selbst ohrfeigen können.

Passiert sei passiert, bemerkte Lutz pragmatisch. »Wer weiß von den Negativen?«

»Nur Meika Striewe, eine Expertin für Lucia Moholys Werke. Aber warum sollte sie das Risiko eingehen und bei mir einbrechen?«

»Was ist mit dem Journalisten und Aussteiger? Er war doch dabei, als du die Schachtel gefunden hast.«

Sie hatte Lutz von der Entdeckung des Geheimfachs erzählt, Franks Einbruch ins Gartenhaus aber verschwiegen. Das holte sie jetzt nach. »Frank ist der Einzige außer mir und dem Mörder, der das Foto kennt, das für Bergholters Prozess relevant ist.«

Lutz nickte verstehend. »Er könnte durch die Haustür reingeschlüpft sein, als die anderen Gäste gegangen sind. Wären nicht alle Negative besonders genug für eine aufsehenerregende Story?«

»Aber sicher! Vielleicht verhökert er die spezielle Aufnahme auch gleich an Bergholter, der sie dann aus der Welt schafft. Dieser Schuft! Wieso habe ich Rassow nur vertraut?«, schimpfte Norma und verwünschte ihre Gutgläubigkeit.

Lutz' Gedanken kreisten um Bergholter. »Wie du sagst, kann ihm das Foto im Gerichtsverfahren schaden. Wäre es möglich, dass *er* hier eingebrochen ist? Immerhin geht es um einen hübschen Batzen Geld. Weiß Bergholter, dass du in der Pension Elise wohnst?«

»Leider ja! Davon habe ich ihm bei unserer ersten Begegnung erzählt. Und er wird sich sicher denken, dass ich mich vorläufig um Timons Erbschaft kümmere. Aber Bergholter ist nicht der Typ, der sich selbst die Hände schmutzig macht. Doch sein …« Sie stoppte abrupt und verschluckte das Wort »Handlanger«. Wollte sie das wirklich in aller Konsequenz zu Ende denken? Dass ein Profikiller in ihr Zimmer eingedrungen war? Dass sie ihn auf frischer Tat hätte ertappen können? Dass er sie womöglich verfolgt und beobachtet hatte? Ein Mann, den sie nur in der Rückenansicht von Franks Foto kannte? Was für eine unfaire Ausgangssituation.

»Was wolltest du sagen?«, fragte Lutz und lagerte mit unterdrücktem Stöhnen seinen Fuß um.

»Warte, ich helfe dir!«, rief Norma und blieb ihm auf diese Weise die Antwort schuldig. Sie faltete ein Sitzkissen zusammen und schob es ihm als Polster unter die Wade.

Mit einem Dank schlug Lutz das Buch zu, das wie vergessen auf seinen Oberschenkeln geruht hatte, und legte es auf den Tisch. Die Parkhöhle stand im Titel des abgegriffenen Bandes. Neugierig nahm Norma das Buch auf und blätterte darin: eine Ausgabe aus DDR-Zeiten mit eng bedruckten, vergilbten Seiten und altmodischen Handskizzen von Tunneln, Gesteinsformationen sowie Abbildungen von Zähnen und Kieferknochen urzeitlicher Tiere, auf die jene Arbeiter gestoßen waren, die zu Beginn des 19. Jahrhundert die Gänge angelegt hatten.

»Gestern Nachmittag hat die Polizei auf meine Bitte das Stollensystem nach Timon durchsucht. Allerdings ohne den winzigsten Hinweis auf ihn zu finden.«

Lutz horchte auf. »Wieso die Parkhöhle?«

»Er hat einen Flyer darüber aufgehoben, die Höhle interessiert ihn demnach«, meinte Norma bedrückt. »Abgesehen davon: ein Tunnelsystem mit vielen Gängen und Verzweigungen direkt unter der Stadt. Wenn ich eine Leiche verschwinden lassen müsste …«

»Norma!«, fiel er ihr ins Wort. »Timon lebt! Solange nicht das Gegenteil bewiesen ist, darfst du nichts anderes denken.«

»Ich weiß nicht, was ich denken soll, Lutz.«

»Nicht aufgeben, Norma! Nehmen wir an, Timon ist in die Stollen hineingegangen, um sich dort umzusehen. Du kennst seinen Wissensdurst! Jemand wie er bleibt ungern im vorgeschriebenen Besucherareal, wenn ihn der Forscherdrang packt. Er könnte über eine Absperrung geklettert sein und hat sich auf seinem Weg durch den Stollen verirrt, ist gefallen, liegt dort … entschuldige, jetzt geht auch mit mir die Fantasie durch.«

»Allerdings! Falls Timon verbotenerweise über einen Zaun klettern würde, wäre er sicherlich vorsichtig. Was ist das hier?«

Unruhig hatte sie mit dem Buch hantiert und dabei unwillkürlich eine Seite aufgeschlagen, die mit einem Lesezeichen gekennzeichnet war. Zu sehen war ein skizzierter Lageplan des Höhlensystems.

Dieses Kapitel habe ihn in den schlaflosen Stunden besonders beschäftigt, erklärte Lutz eifrig. Die alte Zeichnung stellte das Höhlensystem wesentlich umfangreicher dar als ein neuer Plan, den er in einem aktuelleren Buch gefunden und mit der älteren Skizze verglichen hatte. Darin waren sie sich ähnlich, Lutz und Timon, dachte Norma bewegt. Informationen einfach so hinzunehmen, lag beiden nicht. Jeder Unstimmigkeit musste auf den Grund gegangen werden.

Lutz' Zeigefinger umkreiste einen Bereich auf der alten Zeichnung. »Sieh mal, hier lohnte sich die Instandsetzung der baufälligen Stollen nicht. Man hat sie zugeschüttet und …« Er stoppte mitten im Satz und sah auf.

»Worauf willst du hinaus?«, fragte Norma erwartungsvoll.

»Ich musste gerade an eine Passage denken, die ich heute Morgen gelesen habe. Der Text betraf die Bunker, die sich früher in den Stollen befanden.«

»Du meinst die Schutzräume, die man im Zweiten Weltkrieg für die Bevölkerung eingerichtet hatte?«, fragte Norma.

»Ich war noch nicht dort unten, aber kann man diese Bunker nicht besichtigen?«

»Ja, ich habe mir die Räume mitsamt der Ausstellung bei einem früheren Besuch angesehen«, bestätigte Lutz. »Mir ging nur eben das O.-C.-Mitglied durch den Kopf, von dem du mir vorhin erzählt hast.«

»Achim Bergmanns Idol: Siegmar Bergholter. Warum?«

»Weil in diesem alten Buch auf weitere Bunker verwiesen wird. So mancher Nazi-Bonze hatte privat vorgesorgt. Er brauchte nur einen Zugang zur Parkhöhle. Auf dem Wandbord habe ich einen Stadtplan gesehen.«

Norma sprang auf, holte den Plan an den Tisch und breitete ihn aus. Sie tippte mit dem Finger darauf. »Lass uns nachschauen! In dieser Straße steht Bergholters Haus.«

Lutz verglich die Lage des Bauhausgebäudes mit dem alten Plan der Parkhöhle und verkündete mit einem kleinen Triumph in der Stimme: »Sieh nur! Ein Blindstollen reichte bis unter Bergholters Grundstück.«

»Onkel Siegmar liebte das Grüne?«, fragte Norma sarkastisch. »Nichts da! Der Mann hat sich das Haus in verhasster Bauhaus-Architektur aus einem einzigen Grund angeschafft: um darunter einen Bunker zu bauen.«

»Und um darin abzutauchen, wenn es brenzlig wird«, ergänzte Lutz. »Was geht dir durch den Kopf?«

Unglücklich schlug sie die Hände vor das Gesicht. »Ein Gedanke, den ich nicht wirklich fassen kann ... eine Erinnerung ... flüchtig nur. Aber eins ist mir sonnenklar: Ich will diesen Bunker finden. Ich bin wie eine Ertrinkende, die nach jedem Strohhalm greift.«

43

»Nur noch diese einzige Aktion!«, bat Norma inständig. Sie war in ihr Zimmer gegangen, um ungestört zu telefonieren, lauschte aber immer wieder in Richtung Tür. Der Gedanke an den Einbruch – an den Einbrecher – ließ sie nicht los.

Auf Normas telefonisch vorgetragene Bitte reagierte Heidrun Rosenblatt mit einem kummervollen Seufzer, der die belastende Verantwortung der vergangenen Tage auszudrücken schien. »Ich respektiere Ihre Sorge, Frau Tann. Keine Frage, wir investieren einen gewaltigen Aufwand in die Fahndung nach Timon Frywaldt. Aber dieses Ziel rechtfertigt keinesfalls, in das Haus eines unbescholtenen Bürgers einzudringen.«

»Der Keller würde mir genügen«, warf Norma ironisch ein.

»Haarspalterei, Frau Tann!«, antwortete die Kommissarin humorlos. »Wie soll ich eine Hausdurchsuchung dem Richter gegenüber begründen?«

»Indem Sie prüfen, ob irgendetwas gegen Achim Bergholter vorliegt«, schlug sie vor. Wegen Frank Rassows Warnung vor möglichen Rechtsextremen unter den Polizisten wollte sie nicht ohne Not mit seiner Terrortheorie herausplatzen.

»Was sollte das sein? Achim Bergholter hat als erfolgreicher Unternehmer Arbeitsplätze geschaffen«, widersprach Heidrun Rosenblatt zunehmend gereizt. »Er gilt als Förderer der Kultur, hat Freunde, auch ganz oben. Sein Ruf ist untadelig.«

Es half nichts. Norma musste ihr mehr bieten. »Und wenn dieser gute Ruf eine Farce und Bergholter in Wahrheit in die Morde verstrickt ist? Die Beweise könnten in seinem Keller zu finden sein. Womöglich gibt es dort eine Spur, die endlich zu Timon führt!«

»In Bergholters Keller? Was sind das für Hirngespinste?«

»Gut möglich, dass unter seinem Haus ein Bunker liegt.«

»Und darin vermuten Sie Timon Frywaldt? Das ergibt keinen Sinn, Frau Tann! In wenigen Stunden wird die Lucia-Moholy-Ausstellung eröffnet. Obwohl wir zwei ungeklärte

Todesfälle haben, besteht die Ministerin darauf, die Gäste mit ihrer Anwesenheit zu beglücken. Ich und meine Leute sind vor Ort gefordert.« Dass sie die Politikerin von Herzen sonst wohin, nur nicht mitten in eine Menschenmenge wünschte, war nicht zu überhören.

So schnell konnte und durfte Norma nicht aufgeben.

»Wird Achim Bergholter zur Eröffnung erwartet?«

»Augenblick!« Im Hintergrund hörte Norma, wie Heidrun Rosenblatt einen Kollegen anwies, in der Gästeliste nachzusehen. Im Anschluss klang ihre dunkle Stimme sehr nah, als sie sagte: »Ja! Als einer der Sponsoren der Fotoausstellung ist er eingeladen.«

Hin- und hergerissen zwischen Rassows Verschwörungstheorie über Mitwisser in der Polizei und dem Risiko eines erneuten Attentats siegte Normas Pflichtgefühl. In wenigen Sätzen kam sie zum Punkt.

»Sie und dieser Journalist vermuten also, Achim Bergholter sei ein rechtsradikaler Terrorist?«, fragte die Kommissarin skeptisch. »Das wird ja immer grotesker.«

»Sie müssen nicht an Rassows Spekulationen glauben. Aber achten Sie bitte auf Bergholter und seinen Kumpanen. Um die 30, kräftiger Typ, schwarzer Hoodie.«

»Kein Problem bei der eindeutigen Beschreibung«, spottete Heidrun Rosenblatt.

»Haben Sie unbedingt ein Auge auf Bergholter«, bat Norma inständig.

»Wir haben ein Auge auf jedermann!«, versicherte die Polizistin.

»Und was wird aus der Hausdurchsuchung?«, fragte Norma beharrlich.

»Also gut!«, meinte Heidrun Rosenblatt einlenkend. »Wenn der Empfang im Museum überstanden ist, werde ich sehen, was ich tun kann.« Nach dem Gespräch wählte Norma unverzüglich Franks Mobilnummer, um ihm wegen der geklauten Fotonegative auf den Zahn zu fühlen, erreichte aber nur die Mailbox und legte ohne Kommentar auf.

Mit dem Rucksack über der Schulter kehrte sie ins Erdgeschoss zurück. Lutz hatte sich in sein Zimmer zurückgezogen, das genau unter dem ihren lag. Aus dem Lehnstuhl am Fenster, umgeben von Büchern, schaute er ihr erwartungsvoll entgegen, während der geschwollene Knöchel auf der Bettkante ruhte.

Lutz hatte sie dazu gedrängt, die Polizei um Hilfe zu bitten. »Steht die Kommissarin auf deiner Seite?«

»Am Nachmittag hat sie Zeit für mein Anliegen, sagt sie jedenfalls«, entgegnete Norma und informierte ihn darüber, dass Heidrun Rosenblatt sich zuvor um die Sicherheitsmaßnahmen auf der Lucia-Moholy-Ausstellung kümmern müsste. »Die Ministerin für Kunst und Kultur will sich die Eröffnung nicht nehmen lassen.«

»Tatsächlich?«, fragte Lutz besorgt. »Hast du von Rassows Terrorverdacht erzählt?«

Norma zuckte mit den Schultern. »Es schien sie nicht zu überzeugen.«

»Der Verdacht klingt ja auch ungeheuerlich«, sagte Lutz nicht ohne Verständnis. »Was hast du jetzt vor?«

»Ich brauche frische Luft und Bewegung.«

»Du wirst doch nichts auf eigene Faust versuchen?« Wie gut er sie kannte.

»Mach dir keine Gedanken«, gab sie ausweichend zur Antwort und ließ ihn mit seinen Büchern allein.

Während sie durch die Straßen eilte, spähte sie immer wieder hinter sich und schlug raffinierte Haken, um einem Verfolger keine Chance zu geben. Dass ihr ein Kapitel aus der

Lektüre vom Vorabend durch den Kopf spukte, trug nicht zu ihrer Beruhigung bei. Der Verfasser hatte sich ausgiebig mit den Attentaten der Organisation Consul befasst und deren bevorzugten Mordwerkzeuge beschrieben, zu denen neben Pistolen, Maschinenpistolen und Handgranaten auch, wie schon Otto Bessing erwähnt hatte, der tödliche Cyanwasserstoff – bekannt als Blausäure – zählte.

Neben der Sorge wegen des Killers ließ sie die Vorstellung eines Bunkers unter dem Haus nicht los. Je näher sie Bergholters Grundstück kam, desto kribbliger wurde sie. Es wäre nicht das erste Mal, dass sie sich in eine fremde Wohnung hineinstehlen würde, doch von Routine konnte keine Rede sein. Dem rein handwerklichen Vorgang fühlte sie sich gewachsen. Komplizierte Schlösser zu knacken hatte sich zu ihrer Leidenschaft entwickelt. In der Küche hatte sie eine Schublade voll ausgebauter Türschlösser, mit denen sie an langen Abenden ihre Geschicklichkeit trainierte.

Bevor sie sich in den Garten wagen wollte, beobachtete sie das Grundstück aus sicherer Entfernung. Wie Bergholter selbst gesagt hatte, schienen die Handwerker ihn zurzeit im Stich zu lassen. In der Einfahrt stand kein Wagen. Niemand war zu sehen, auch Bergholter selbst nicht, der sich vermutlich in seinem Betrieb aufhielt oder sich in seiner Wohnung auf den Empfang im Museum vorbereitete. Was auch immer er für diesen Anlass geplant haben mochte!

Norma verwarf den Gedanken, ihn unter einem Vorwand anzurufen und wegen seines Aufenthaltsorts auszuhorchen. Damit würde sie womöglich seinen Argwohn wecken. Stattdessen huschte sie durch das Gartentor. Das betagte Haustürschloss war eine Fingerübung. Bevor sie hineinging, stellte sie das Handy auf stumm – eine Vorsichtmaßnahme. Eilig inspizierte sie die Räume im Erdgeschoss, die leer waren bis auf einen ramponierten Werkzeugkasten und liegen gebliebenes Baumaterial im Wohnzimmer. In der Küche entdeckte sie etwas Auffälliges: Jemand hatte das Fenster von außen aufgehebelt. Helle Holzspäne und Lacksplitter auf der Fensterbank ließen darauf schließen, dass der Einbruch nicht lange her sein konnte. Versteckte sich der Einbrecher womöglich noch im Haus? Adrenalin schoss ihr ins Blut, als sie die Treppe hinaufpirschte und nach jedem Schritt angespannt lauschte. Totenstille, auch im oberen Flur. Kein Atmen, kein Scharren oder sonst ein verdächtiges Geräusch. Also weiter und die erste Tür geöffnet! Angespannt spähte sie in alle Zimmer. Nichts! Ihre Nerven beruhigten sich. Der heimliche Besucher hatte offensichtlich das Weite gesucht. Und der Hausherr? Waren ihm die Einbruchsspuren entgangen, oder hatte er sich nicht die Mühe gemacht, das Fenster zu sichern, weil im Haus nichts Bemerkenswertes zu holen wäre? Was ihre Hoffnung, irgendeinen wertvollen Hinweis aufzustöbern, schlagartig sinken ließ. Bevor sie sich zurückzog, wartete der Keller. Seinetwegen war sie gekommen. Höchste Zeit für den Bunker!

Doch der Keller erwies sich als eine große Enttäuschung. Die Räume waren weitgehend leer und sauber ausgefegt. Kein Gerümpel, kein Garnichts bis auf einen Haufen Brennholz in einer Kammer und im Raum nebenan eine Reihe von Säcken mit Fließestrich und Innenputz, ein Stapel Kartons mit Bodenfliesen und diverse Farbeimer. Das einzige Bemerkenswerte in diesem, dem größten Kellerraum, war ein grau lackierter Einbauschrank, der in seiner Höhe und Breite die gesamte Kellerwand einnahm: ein wahres Monstrum, das in seiner Masse unverrückbar schien. In seinem Innenleben hatte er nichts Auffälligeres zu bieten als leere Einweckgläser und alte Blechdosen.

In keinem der vier Räume befand sich eine Klappe in der Wand, eine Luke im Boden, geschweige denn eine Tür, durch die man in einen verborgenen Gang oder Bunker hätte gelangen können. Ernüchtert von der Sinnlosigkeit ihrer Aktion fiel die Anspannung von ihr ab. Was wollte sie hier noch? Sie machte sich besser davon, bevor Bergholter womöglich doch noch hier aufkreuzte, um vor der Eröffnungsfeier nach dem Rechten zu sehen. Sie war schon auf der Treppe, als ein Geräusch sie innehalten ließ. Tappte im Erdgeschoss jemand mit leichten Schritten über den blanken Estrich? Norma tastete sich auf Zehenspitzen die Stufen hinauf und horchte mit angehaltenem Atem. Ihr Herzschlag galoppierte wie ein Rennpferd im Finish. Wer war das? Bergholter? Aber warum sollte er wie ein Dieb durch das eigene Haus schleichen? Ein Handwerker? Auch der hätte keinen Grund für Heimlichkeiten. Normas Gedanken hielten sich mit Nebensächlichkeiten auf, weil sie nicht wahrhaben wollten, was ihr Instinkt längst vermeldet hatte: Wenige Schritte entfernt lauerte Bergholters Handlanger. Der Killer.

44

MITTWOCH, DER 10. JUNI 1936

Hitlers Wohngebäude für Reichsstatthalter sowie Gauleiter und weitere prahlerische Bauten sind seit Kurzem beschlossene Sache. Neben vielen anderen wird auch unser Haus am Asbachgrund den Neubauten geopfert werden. Bevor wir zusehen müssen, wie die Abrissbirne den Ort zertrümmert, wo unser Sohn geboren wurde, gehe ich mit Ida und Fritzchen zurück nach Wiesbaden. Was hält uns hier noch? Idas Eltern sind verstorben. Das Bauhaus ist hier Geschichte. Der »Geist Weimars« wird von den Nazis zu Tode getrampelt. Wir haben in dieser Stadt nichts mehr verloren. Johann kümmert sich um eine Wohnung im Bergkirchenviertel für meine Familie und mich. Nicht alle Möbel können wir mitnehmen, aber das Alma-Buscher-Schränkchen werde ich keinesfalls zurücklassen. Sein Anblick wird mir tagtäglich die Weimarer Jahre und die Freunde vom Bauhaus in Erinnerung rufen. Adieu, mein liebes Weimar!

45

Was sollte sie tun? Zurück in den Keller, um dort wie in der Mausefalle zu sitzen? Keine gute Idee! Lieber so schnell wie möglich raus ins Freie. Mit angehaltenem Atem lauschte sie hinter der Tür in den Flur hinein und drückte langsam die Klinke hinunter. Nichts zu hören! Wo steckte der Kerl? In den oberen Räumen? Das wäre ihre Chance. Oder hielt er sich im Erdgeschoss auf? Durch den Türspalt blickte sie vorsichtig hinüber zur Küche, deren Tür geschlossen war wie die zum Kaminzimmer. Dafür stand der Zugang zum Wohnraum, der dem Kellerabgang gegenüberlag, weit offen. Norma wagte es, den Kopf weiter herauszustrecken, um so viel vom Zimmer auszuspähen, wie ihr aus dieser Perspektive möglich war. Der Werkzeugkasten befand sich in ihrem Blickfeld, wie vergessen stand er mitten im Raum. Ansonsten nichts, keine Bewegung, kein Laut, auch nicht aus dem Obergeschoss. Hatte sich der Killer aus dem Staub gemacht?

Norma unterdrückte den Fluchtimpuls und beschloss abzuwarten. Was eine hervorragende Entscheidung war. Denn plötzlich bewegte sich die Klinke der Küchentür! Norma zuckte zurück und schloss die Kellertür bis auf einen Spalt, durch den sie den Flur im Blick behalten konnte. Mit angehaltenem Atem harrte sie aus. Eine Hand wurde sichtbar, eine Männerhand, gleich darauf ein bloßer Unterarm. Als die ganze Gestalt folgte, atmete sie erleichtert auf. Frank Rassow alias Jens Ulrich Brückinger! Lügner und mutmaßlicher Glasplattendieb – aber sicherlich niemand, der ihr nach dem Leben trachtete. Erleichtert stieß sie die Tür auf, stand mit einem Schritt vor ihm und nahm mit Genugtuung zur Kenntnis, wie Frank der Schrecken in die Glieder fuhr.

Schnell erklärte er, was er hier suchte: Indizien für Bergholters Gesinnung und dessen üble Pläne, auch wenn die Chance darauf in diesem Haus gering wäre. Aber er habe nichts unversucht lassen wollen, obwohl er, wie beide wussten, nicht zum Einbrecher taugte, fügte er mit schiefem Grinsen hinzu.

»Was dich nicht daran hindert, es zum dritten Mal zu tun«, sagte sie nicht ohne Häme.

»Wieso dreimal?«, fragte er verwundert und mit einem Dackelblick, der nicht zu ihm passte.

»Heute früh?«, entgegnete sie spitz. »Mein Zimmer? Mein Schrank?«

»Ich weiß nicht, wovon du sprichst«, erklärte er, sichtlich um Aufrichtigkeit bemüht.

Wenn er die Wahrheit sagte, war tatsächlich der Auftragsmörder in ihr Zimmer eingedrungen. Norma bemühte sich, sich diese Vorstellung nicht weiter auszumalen.

»Das diskutieren wir später«, sagte sie und nahm sich vor, auch Rassows Doppelidentität lieber bei einer besseren Gelegenheit auf den Grund zu gehen.

»Was wolltest du hier?« fragte er.

»Nach einem Bunker unter dem Haus suchen, aber der ist wohl längst zugeschüttet und der Zugang geschlossen.« Sie fasste zusammen, was sie gemeinsam mit Lutz in Erfahrung gebracht hatte.

»Ein verborgener Raum? Kann doch sein, dass Bergholter dort Material zu den Anschlägen lagert. Das wäre ein Ding!«

Hingerissen von der Vorstellung schlug er vor, sich noch einmal gemeinsam im Keller umzusehen.

Ohne viel Hoffnung folgte Norma ihm nach unten.

Im Bemühen, ihre Nervosität zu überspielen, fragte sie im Scherz, während er alle Türen und Schubladen des Schrankmonstrums aufriss: »Hoffst du darauf, wieder ein Geheimfach zu finden?«

»So etwas Ähnliches«, entgegnete er ernsthaft. »Wer weiß, vielleicht ist im Schrank der Zugang zum Bunker versteckt.«

»Eine Geheimtür?«, fragte Norma nachdenklich.

Verwundert unterbrach er seine fieberhafte Suche und schaute sie an. »Was ist los, Norma? Was ist dir eingefallen?«

»Geräusche wie Morsezeichen! Metall auf Metall! Bergholter schob es darauf, dass in der Parkhöhle gearbeitet würde, aber laut Polizei war dort kein Bautrupp eingesetzt. Und eine Straßenbaustelle habe ich in der Nähe des Hauses nicht gesehen. Das Geräusch klang auf seltsame Weise fordernd. Verzweifelt.«

»Wann?«, fragte er drängend. »Wo?«

»Gestern oben im Kaminzimmer«, flüsterte sie und bemerkte, wie erstarrt sie dastand: mitten im Kellerraum und die Hände wie in plötzlicher Erleuchtung vor dem Mund geschlagen. Auf dem Absatz machte sie kehrt und stürmte die Treppe hinauf, ohne einen Gedanken an Bergholter oder den Killer zu verschenken.

Frank war ihr nachgelaufen und zog, oben angekommen, hinter ihnen die Tür zu. Aufmerksam schaute er sich. »Was ist das hier?«

»Onkel Siegmars Lieblingsraum, sein Kaminzimmer.«

»Wir sollten vorsichtiger sein und nicht einfach durchs Haus stürmen.«

Norma beachtete ihn nicht. Sie holte tief Luft und rief:

»Timon! Timon!« In einer unerhörten Lautstärke schallte der Name durch den Raum.

»Bist du wahnsinnig?«, zischte Frank entsetzt.

Ungerührt wiederholte sie Timons Namen und brüllte: »Wo bist du?«

Frank griff ihren Arm. »Stopp! Man kann dich bis auf die Straße hören.«

Norma schüttelte seine Hand ab. »Pst! Ruhig! Hörst du das?«

War es Wunschdenken, eine irrwitzige Hoffnung, die ihre Sinne zu einem Streich anstifteten? Verunsichert beobachtete sie Frank, dessen verdatterter Miene anzusehen war: Auch er hatte das Pochen gehört. Drei kurze schnelle Töne, danach drei langsame, denen wiederum drei schnelle Klopfzeichen folgten. Nach einer Pause wiederholte sich die Zeichenfolge.

Für einen winzigen Moment verspürte sie das Bedürfnis, vor Freude ohnmächtig zusammenzusinken oder wenigstens in ein hysterisches Lachen auszubrechen. Aber hier waren weder Zeit noch Ort, sich gehen zu lassen.

»Das kommt aus dem Kamin«, murmelte er ungläubig und sank davor auf die Knie.

Norma ließ sich daneben auf den Boden nieder. Hastig schob sie Frank beiseite und steckte den Kopf in den Feuerraum hinein. Darin war es zu dunkel, um etwas zu erkennen. Laut rief sie erneut nach Timon.

Dann die Antwort! Ihr Name. Zweimal, dreimal. Kaum hörbar, aber unverkennbar. Timon! Er war am Leben. Norma schossen die Tränen in die Augen. Sie spürte kaum, wie sie sich Kopf und Ellenbogen am Rahmen anschlug, als sie den Oberkörper in den Feuerraum hineinzwängte.

»Wie geht es dir? Bist du verletzt?«, schrie sie in das Dunkle hinein.

Aus seiner Stimme, die wie aus einer vergessenen Welt hohl und blechern zu ihr heraufraunte, meinte sie alles herauszuhören: die Verzweiflung und Panik der letzten Tage und das unfassbare Glück der Entdeckung. Mit sich überschlagenden Worten schilderte er sein Verlies, eine Höhle im Fels, die durch Mauerwerk abgeschlossen und von Balken gestützt wurde. Er sei niedergeschlagen und bewusstlos hineingeschleppt worden.

»Kannst du aufstehen? Dich auf den Beinen halten?«, fragte sie angstvoll und lauschte mit angehaltenem Atem. Er sei in Ordnung, entnahm sie der hauchdünnen Antwort.

»Wie gut kannst du mich verstehen?«

»Ziemlich klar«, flüsterte es aus dem Trichter herauf.

»Hier unten endet ein dickes Metallrohr. Dadurch kann ich hören, was oben gesprochen wird. Wie gut hörst du mich?«

»Sehr undeutlich und weit weg! Sprich laut und langsam, Timon! Hast du eine Ahnung, wo du dich befindest?«

Das Letzte, was er nach dem Angriff noch wahrgenommen habe, sei ein riesiger, sich auf eine seltsame Art und Weise öffnender Schrank gewesen. Eine schwere Eisentür versperrte sein Verlies. »Keine Chance ohne den richtigen Schlüssel.«

»Du wirst mich gleich nicht mehr hören. Wir gehen in den Keller!«

»Wer ist bei dir?«

»Ein Freund. Er heißt Frank. Keine Sorge, wir finden dich!«, sprach sie ihm Mut zu.

Timon klang weniger zuversichtlich. Angespannt klang sein Raunen zu ihr herauf. »Jemand will dich töten, Norma! Ein Auftragsmörder ...«

Frank, der hinter ihr ausharrte, klopfte ihr ungeduldig auf den Rücken. »Wir müssen uns beeilen.«

Norma rief in den Kamin hinein: »Timon, wir kommen runter. Halte noch ein wenig aus.«

Frank sagte an Norma gerichtet und beinahe anerkennend: »Ein raffinierter Hund, dieser Siegmar! Hat sich eine einfache, aber funktionstüchtige Abhöranlage ins Haus eingebaut.«

»Zu welchem Zweck?«

»Ist doch klar! Um mitzukriegen, wenn der Feind das Haus erobert hatte und um in die Parkhöhle zu türmen oder, falls das zu spät war, um die aussichtslose Lage zu erkennen und die bereitliegenden Zyankalikapseln zu schlucken. Andere griffen zur Pistole. In solchen Kreisen war man bestens auf ein Ende von eigener Hand vorbereitet.« Hastig sprang er auf und ging voraus.

Norma zögerte. Schwach und tonlos klang Timons Stimme zu ihr herauf. Es erschien ihr wie Verrat, ihn wieder allein zu lassen.

Ihre Augen hatten sich an das knappe Tageslicht im Feuerraum gewöhnt. Die Innenwände waren aus Schamottesteinen gemauert, die durch die langjährige Hitze tiefe Risse gekommen hatten. Von wo aus mochte das Rohr in den Keller führen? Seine Lage könnte vielleicht etwas über die Richtung verraten, in der sich der Bunker befand. Als sie sich genauer umschaute, bemerkte sie ein Stück dunkles Tuch, das aus einer Fuge herausragte. Ein kräftiger Ruck befreite die Entdeckung. Unmittelbar danach fiel ihr ein Trichter auf, der auf der Rückseite des Kamins eingelassen war und sich zu einem Rohr verjüngte, das senkrecht nach unten führte. Wenn sie sich nicht täuschte, lag der Raum mit dem Einbauschrank genau unter dem Kaminzimmer. Sie sprang auf und lugte unter das Tuch.

Frank kam zurück. »Wo bleibst du?« Verwundert betrachtete er das unter dem dunklen Lappen verborgene Ding in ihrer Hand. »Was ist das?«

Bittend legte sie den Zeigefinger auf die Lippen und deutete zur Zimmertür, die sie hinter sich zuzog, als sie beide im Flur standen.

»Was …?«, fragte Frank und brach erschrocken ab, als Norma den Lappen herunterriss und mit drei Schritten Abstand die Pistole auf sein Herz richtete.

»Ist die womöglich geladen?«, fragte er, und trotz der offensichtlichen Verunsicherung hatte er einen spöttischen Klang in der Stimme, als nähme er die Situation nicht ernst.

»Wenn du dich rührst, probiere ich es aus«, erwiderte Norma ungerührt. Sie hielt die Waffe schussbereit in beiden Händen und mithilfe des Lappens, um am Griff keine Fingerabdrücke zu hinterlassen.

»Du müsstest die Pistole vorher entsichern«, schlug er vor, wobei ihm der überhebliche Tonfall nicht recht gelingen wollte.

»Falsch«, entgegnete Norma eisig. »Die Glock hat keinen extra Sicherungshebel. Es genügt, den Abzug mit etwas Geschick durchzuziehen.« Mit entschlossener Miene krümmte sie den Zeigefinger.

Die Hände an der Hosennaht, behauptete Frank nachdrücklich: »Ich bin auf deiner Seite, Norma!«

»Tatsächlich?«, fauchte sie. »Ist es nicht eher so, dass du mit Bergholter und seinem Killer unter einer Decke steckst?«

»Wie kommst du darauf?«

»Dein Tattoo!«

»Ich habe kein Tattoo!«, widersprach er heftig und wirkte zunehmend verunsichert.

»Nicht mehr«, stimmte sie ihm zu, die Waffe strikt auf seine Brust gerichtet. »Du hattest das Wolfsangel-Tattoo auf dem Oberarm, bis du es dir herausgebrannt hast. Wie martialisch, ein echter Kerl! Du bist ein Rechtsextremer, Frank Rassow. Oder soll ich dich besser Jens Ulrich Brückinger nennen?«

Er erblasste, schien schockiert. »Das weißt du?«

Als sie anstelle einer Antwort mit der Waffe zuckte, verteidigte er sich eilig und im Flüsterton. Als Jugendlicher sei er in die Szene hineingerutscht und habe Jahre später als Kronzeuge ausgesagt, um mit neuer Identität ein sauberes Leben anzufangen.

»So sauber, dass du dich einem deiner früheren Kumpane auf die Fersen heftest?«, spottete Norma bissig.

»Wir sind uns nie begegnet«, widersprach er heftig. »Bergholter war nie in meine Szene eingebunden. Wie gesagt, er ist ein Einzelgänger.«

»Warum bist du angeblich und ausgerechnet hinter ihm her?«, bohrte Norma nachdrücklich.

»Das habe ich mir nicht ausgesucht«, bekannte er mit besorgtem Blick auf die Pistole in Normas Händen. »Ich wurde beauftragt!«

»Von wem?«

»Verfassungsschutz«, flüsterte er. »Jetzt ist es raus! Verpfeif mich nicht, Norma! Der Job als Journalist dient der Tarnung. In Wahrheit arbeite ich als verdeckter Ermittler.«

»Du lügst!«

Zu seiner Verteidigung nannte er die Namen von Leuten, die nicht in der Öffentlichkeit agierten. Von einigen Personen hatte Norma gehört, als sie Polizistin gewesen war. Darunter befand sich Wolferts Informant. »Ich riskiere nicht nur meinen Job, sondern mein Leben, Norma, wenn du mich verrätst. Wir stehen auf derselben Seite.«

»Also gut!« Halbwegs überzeugt ließ sie die Waffe sinken.

Frank atmete hörbar auf. »Du glaubst mir, danke! Wo war die Pistole?«

»Im Kamin versteckt.«

»Ist es die Waffe, mit der Viohl und Hennies erschossen wurden?«

»Gut möglich! Das war jedenfalls auch eine Glock 17 im Kaliber 9 Millimeter.«

Sie griff in ihren Rucksack und kramte nach den dünnen Handschuhen. Damit ausgestattet, konnte sie die Glock anfassen und das Magazin herausnehmen, das nicht komplett gefüllt war. 19 Patronen hätten hineingepasst, zehn waren darin. Den Lauf auf den Boden richtend zog sie den Schlitten zurück, um auch die Patrone aus der Kammer zu entfernen. Diese Patrone steckte sie zu den anderen ins Magazin und schob es in die Hosentasche. Die Waffe selbst brachte sie in der Seitentasche des Rucksacks unter. Ein Kompromiss, weil sie nicht die Absicht hatte, mit einer geladenen Mordwaffe herumzulaufen, andererseits die Waffe für den Notfall griffbereit haben wollte.

Frank hatte jeden ihrer Handgriffe aufmerksam verfolgt. »Du hättest doch nicht wirklich auf mich geschossen, oder?«

»Frag mich nicht!«

»Okay. Aber was, wenn der Killer kommt, um seine Pistole zu holen?«

»Pech! Los jetzt, Timon wartet!«

Vorsichtshalber warf sie einen Blick in den Garten und auf die Straße, wo es nichts Verdächtiges zu entdecken gab, bevor sie nacheinander die Kellertreppe hinunterstiegen.

46

Erneut nahmen sie den riesigen Kellerschrank in Augenschein: das Letzte, was Timon mit einem Schimmer von Bewusstsein wahrgenommen hatte, bevor er später in dem Verlies wieder zu sich gekommen war. Wenn es einen Zugang zu dem Bunker gab, konnte er nur in oder hinter dem Möbelstück liegen. Fatalerweise fanden sie ihn nicht!

»Das gibt's doch nicht«, schimpfte Frank und musterte die aufgerissenen Türen und Schubladen mit wütender Miene. »Jede Wette, dass es da drinnen einen versteckten Mechanismus gibt. Im Märchen würde man jetzt sagen: Simsalabim!«

»Mir reicht's!«, rief Norma und lief hinüber in die Holzkammer. Hatte sie dort nicht eine Axt gesehen? Was sie schließlich neben dem Holzstapel entdeckte, erschien ihr sogar noch besser geeignet.

»Bist du von allen guten Geistern verlassen?«, rief Frank, als sie mit einer handlichen Kettensäge zurückkehrte. »Den Lärm wird man bis auf die Straße hören.«

»Was bleibt uns anderes übrig?«, gab sie aufgeregt zurück und fummelte an der Säge herum. »Wie geht das Ding an?«

»Gib her! Hoffentlich reicht der Sprit.«

Mit geübtem Handgriff brachte er den Motor zum Laufen und zerlegte unbeeindruckt von dem Höllenlärm, mit dem sich das Sägeblatt durch das Holz fräste, Stück für Stück die Schrankelemente, während Norma in aller Hast die Bruchstücke und Bretter beiseiteräumte – angetrieben von der Befürchtung, dass jeden Moment der Hausherr oder sein unheimlicher Handlanger auftauchen könnte.

Und dann war es mit einem Mal so weit. Der Mords-krach verebbte.

»Simsalabim!«, rief Frank euphorisch und zeigte mit der ausgeschalteten Säge auf eine rostige Eisentür, die hinter den zerborstenen Schrankteilen an der Kellerwand zum Vorschein gekommen war. Norma ließ die Latte fallen, die sie eben aufgehoben hatte, stürmte vor und rüttelte an der Klinke der Tür, was ebenso sinn- wie aussichtslos war. Sie war mit zwei starken Eisenstangen verriegelt, die waage-recht über die gesamte Breite reichten und mit zwei kräf-tigen Vorhängeschlössern gesichert waren.

»Timon!«, brüllte sie und schlug wie wahnsinnig mit den Fäusten gegen das Eisen. »Timon!«

Die Antwort waren heftige Trommelschläge von der anderen Seite. Wo zum Teufel mochten die Schlüssel sein? In Windeseile fuhren ihre schmerzenden Hände über den Türrahmen, tasteten in einer Wandnische, suchten auf dem Boden … nichts! Als sie sich Hilfe suchend zu Frank umwandte, war dieser verschwunden. Ließ er sie im Stich? Hatte er Gefahr gewittert und sich davongestohlen?

Norma zuckte zusammen. Schritte auf der Treppe! Berg-holter? Der Killer? Panisch umfasste sie das Magazin in der Hosentasche. Der Rucksack? Lag fünf Schritte entfernt neben den zersplitterten Schrankelementen. Selbst wenn sie darankäme, schaffte sie es rechtzeitig das Magazin hi-neinzuschieben und die Waffe durchzuladen? Wie grotten-dämlich von ihr, die Glock zu entladen!

Als sich der Mann zeigte, war sie nur halbwegs erleich-tert. Frank! Er kehrte mit einer triumphierenden Miene zurück. Wie konnte sie sicher sein, dass er ihr keine Falle stellen und sie womöglich zu Timon in den Bunker stecken wollte, damit sie, die seine Vergangenheit entlarvt hatte, dort gemeinsam mit ihrem Liebsten zugrunde ging? Frank wäre gut vorbereitet mit dem Gerät in der Hand, das er oben unter Bergholters Werkzeug aufgetrieben haben musste: ein elektrischer Trennschleifer, dessen Metallscheibe im Schein der Deckenlampe beängstigend schnittig glänzte.

»Schau mich nicht an wie ein Monster«, sagte Frank mit hintersinnigem Lächeln. »Denkst du, ich will dir den Hals durchschneiden?«

Norma sprang zur Seite, als er auf sie zutrat, doch Frank beachtete sie nicht und machte sich daran, unter funkensprühendem Kreischen die Metallstangen zu zerteilen. Einsperren geht nicht mehr!, erkannte Norma erleichtert und half ihm, die sperrigen Stangen aus den Halterungen zu ziehen. Die Tür lag frei.

»Dein Part!«, forderte er sie auf und trat einen Schritt zurück.

Norma holte tief Luft, griff an die Klinke und zog an der Tür, die unter Quietschen und Knarren nachgab und sich millimeterweise öffnen ließ. Gleich darauf ging es unverhofft einfach. Timon half von der anderen Seite mit und drückte sich durch den Spalt, kaum dass er breit genug für ihn war. Norma hatte sich darauf gefasst gemacht, wieder vor Freude in Tränen auszubrechen. Aber als sie Timon nun umklammert hielt und seinen Körper, der sich sehniger, fester und seltsam vogelartig leicht anfühlte, mit aller Kraft umfasste, spürte sie Panik statt Erleichterung. Unvermutet überfiel sie ein abgrundtiefes Gefühl der Verlassenheit, als begriffe ihr Herz erst in diesem Moment, dass die Gefangenschaft tödlich ausgegangen wäre, wenn sie Timon nicht gefunden hätte.

Frank räusperte sich hörbar. »Ich will eure Wiedersehensfreude ungern stören. Aber wir sollten sehen, dass wir wegkommen.«

Widerstrebend ließ Timon Norma los. »Ich muss noch mal hinein!«

Mit einem langen Schritt zwängte er sich durch den Türspalt in den Bunker zurück und erschien im nächsten Augenblick mit seinem Rucksack über der Schulter, seinem vertrauten Begleiter, dessen Anblick Norma nun doch in Tränen ausbrechen ließ. In der Armbeuge hielt Timon einen Stapel Kladden, die mit einer Schnur zusammengebunden waren.

»Was ist das?«, schluchzte Norma und wischte sich über die Augen.

»Die Tagebücher von Albin Frywaldt«, sagte Timon mit brüchiger Stimme. »Dort drinnen fällt etwas Licht durch einen Spalt in der Felsdecke. Ohne die Hefte, in denen ich tagsüber gelesen habe, wäre ich komplett durchgedreht. Der Mann, der mich überfallen hat, warf mir den Rucksack hinterher. Er hat alles darin gelassen bis auf mein Handy.«

»Wo hast du die Tagebücher gefunden?«, fragte Norma, während sie zu Frank hinüberschaute, der in der Tür stand und wachsam nach oben lauschte.

»Sie waren im Kinderschrank versteckt. Mein Erbe!« Timon lächelte sanft.

»Im Geheimfach mit den Glasnegativen?«

»Du weißt davon?«, staunte er.

»Würdet ihr euer Techtelmechtel auf später verschieben?«, warf Frank mahnend ein. »Wir müssen raus hier!«

Im Kellerraum bestaunte Timon mit einem fixen Rundumblick das Chaos aus zerlegten Schrankteilen und zersägten Eisenstangen. Dann pirschten sie im Gänsemarsch die Kellertreppe hinauf. Während Frank durch den Wohnraum zum Fenster lief und im Garten Ausschau hielt, spähte Norma in den Vorgarten und auf die Straße hinaus und winkte die

Männer heran, als sie nichts Verdächtiges bemerkte. Schnell waren sie draußen. Mit jedem Schritt, den sie sich vom Haus entfernten, fühlten sich Normas Schritte leichter an.

Ihre Sorge, Timon müsste nach drei Tagen ohne Nahrung zu Tode erschöpft sein, wies er zurück. »Es gab ein Wasserfass, ich hatte zu trinken, das ist viel wichtiger als Essen. Jetzt fühle ich mich euphorisch und könnte Bäume ausreißen. Da muss man lebendig begraben sein, um in einen Glückstaumel zu verfallen, weil man den Himmel und die Sonne wiedersieht. Und dich, Norma!«

Sein Lächeln überstrahlte die Erschöpfung in seinem Gesicht, ließ Norma beinahe die schwarzen Streifen getrockneten Bluts auf Stirn und Wangen vergessen sowie die blutverkrusteten Strähnen im dunklen Haar. Der Bartansatz verlieh ihm etwas Fremdes. Nur der Zopf hing, wenn auch zerzaust, an Ort und Stelle. Schritt für Schritt verlor sich die Steifheit seines Körpers, lockerten sich seine Muskeln, und mit jedem Atemzug kehrte ein Teil seiner Geschmeidigkeit zurück. Frank hielt sich im Hintergrund, während sie auf die Innenstadt zu liefen. Timon und Norma gingen Hand in Hand eng beieinander. Passanten warfen ihnen verwunderte Blicke zu.

»Du kannst frei reden, Frank steht auf unserer Seite«, versicherte Norma, als Timon einen fragenden Blick über die Schulter warf. Sie hatte beschlossen, sich in ihrem Vertrauen zu Frank nicht mehr irritieren zu lassen. Es führte zu nichts. Ohne ihn wäre Timon noch immer in dem Verlies gefangen. Sie war Frank unendlich dankbar.

Was Timon erzählte, entsprach weitgehend dem, was Frank und sie sich zusammengereimt hatten.

»Am Vormittag hatte ich Oskar Hennies die Kopie eines Glasnegativs gezeigt«, schilderte er den Ablauf des Samstags. Die Aufnahme habe ihn interessiert, weil darauf Wassily Kandinsky mit einem Gemälde zu sehen gewesen sei. »Wunderschöne Fotos! Lucia Moholy, die Bauhaus-Fotografin, hat sie aufgenommen, wie ich mittlerweile weiß.«

»Wie kommst du auf Lucia Moholy?«

Im Gehen hob er das Kladdenbündel in die Höhe. »In seinem Tagebuch erklärt Albin, wie er in den Besitz der Glasnegative gelangt ist. Nicht sehr rühmlich, muss ich einräumen. Er hat sie gestohlen, was ihm später so peinlich war, dass er die Aufnahmen weder in seinen Büchern verwendet noch die Negative an Lucia zurückgegeben hat. Stattdessen verschwand die Schachtel für fast 100 Jahre im Schrank.«

In wenigen Sätzen klärte Norma Timon über den Streit um das Gemälde und die Bedeutung des Fotos auf.

»Jetzt begreife ich endlich, in was ich hineingeraten bin«, sagte Timon. »Ich habe mir das Hirn zermartert, wer mich auf diese perfide Weise aus der Welt schaffen wollte, und vor allem warum.«

Arglos war er zur Kunsthandlung gegangen. Oskar Hennies hatte ihm für den Abend erste Informationen versprochen. Durch das Rennrad an der Wand waren sie auf das gemeinsame Hobby und ins Gespräch gekommen. Hennies hatte ihm anhand der Karte besonders schöne Strecken vorgeschlagen. Als Timon sich gegen Mittag bei einem Verleih nach einem Rad umgesehen hatte, war ihm eingefallen, dass er die Radwanderkarte liegen gelassen hatte.

»Als ich zur Kunsthandlung zurückkehrte, war Hennies nicht da.«

»Doch, er lag hinter dem Tresen«, erklärte Norma mit weicher Stimme. »Tot! Erschossen von einem Profikiller.«

Timon stoppte abrupt. »Hennies wurde ermordet?«

Auch Norma blieb unvermittelt stehen, sodass Frank

beinahe in sie hineingelaufen wäre. »Wer hat dich in den Bunker gesperrt?«

»Ein junger muskulöser Typ«, sagte Timon. »Ich bin ihm vor der Kunsthandlung begegnet. Er kam eilig aus einer Nebentür.«

»Er ist ein Auftragsmörder, wie es aussieht.«

Timon nickte wissend. »Ich habe das Gespräch zweier Männer gehört. Der eine wurde Dennis genannt. Dennis ist der Killer. Er hat den Befehl, dich zu töten, Norma!«

»Deswegen sollten wir hier keine Wurzeln schlagen«, knurrte Frank ungeduldig.

Sie eilten weiter.

»Im Kamin steckte die mutmaßliche Tatwaffe, eine Glock 17.« Im Gehen deutete sie auf ihren Rucksack, den sie sich über die Schulter geworfen hatte.

»Deswegen hat er mich eingesperrt! Er wollte einen Zeugen beseitigen. Wie konnte ich mich so überrumpeln lassen!« Zornig schlug Timon sich im Laufen gegen die Stirn. »Der Mann säuselte rum, er dürfe mir nichts aus dem Laden holen, sei kein Angestellter, nur ein Freund. Doch er könne mir beschreiben, wo sich Hennies aufhalte. Das sei nicht weit, und das Haus ein echtes Baudenkmal und sehr sehenswert. Bauhaus! Klar, dass ich neugierig war! Der Typ muss ein Auto oder Rad genommen haben. Auf jeden Fall war er schneller am Haus als ich. Als ich ankam, stand die Haustür offen und jemand rief aus dem Keller, ich solle runterkommen. Das habe ich getan.«

»Ist er das?«, fragte Frank aus der zweiten Reihe und reichte sein Smartphone an Timon weiter.

Alle drei blieben stehen.

Timon betrachtete den Schnappschuss, der den Mann mit Kapuzenpulli in der Rückansicht zeigte. »Das könnte er sein. Ja, gut möglich. Wartet! Ich habe eine Skizze von dem

Kerl gemacht.« Er nahm ein Blatt Papier aus dem Rucksack, das er aus einer Kladde herausgerissen hatte. Das mit Kugelschreiber gezeichnete Porträt zeigte ein breites, entschlossen blickendes Männergesicht mit rundem Schädel und kurzen Haarstoppeln.

»Frank, kennst du ihn?«, fragt Norma. »Du hast doch zu dem Verein gehört.«

»Das ist er«, bestätigte Frank. »Aber ich kenne ihn nicht von damals. Er muss dazugekommen sein, als ich schon ausgestiegen war.«

Timon stieß Norma mit zusammengezogenen Augenbrauen fragend an.

»Das erkläre ich dir später«, sagte sie.

»Präge dir das Gesicht ein, Norma«, sagte Timon drängend. »Dieser Dennis will dich töten.«

»Wie hat er es geschafft, dich zu überwältigen?«, fragte Frank und musterte Timons athletische, wenn in dieser Stunde auch recht ramponiert wirkende Erscheinung.

»Im Keller hat er mir hinter einer Tür aufgelauert«, sagte Timon zerknirscht. »Ich hörte ihn atmen, fuhr herum, sah noch, wie er den Arm hob, und dann hat er mir einen brutalen Schlag auf den Kopf verpasst.«

»Du musst sofort ins Krankenhaus und dich durchchecken lassen«, sagte Norma besorgt.

»Ich bin in Ordnung«, widersprach Timon. »Die Kopfschmerzen sind weg.«

»Bist du sicher?«

»Schon vergessen? Ich bin Mediziner«, sagte er lächelnd.

»Im Keller liegt Brennholz. Vielleicht hat er dich mit einem Holzscheit niedergeschlagen?«

»Knüppelhart war es jedenfalls«, stimmte Timon ihr zu. »Das Letzte, was ich zu sehen bekommen habe, bevor ich bewusstlos wurde, war dieser Schrank, den ihr zerlegt habt. Reife Leistung.«

»Frank hat dich frei gesägt«, erklärte Norma mit einem warmen Lächeln für ihren Helfer.

Ein älteres Paar näherte sich mit weit ausholenden Schritten. Timon, Norma und Frank traten zur Seite, um die sportlichen Senioren passieren zu lassen.

Als die Frau Timon im Vorübergehen kopfschüttelnd betrachtete, schickte ihr ein Grinsen hinterher. »Verdammt, ist das schön, aus der Hölle raus zu sein.«

»Hielt der Mann dich für tot«, fragte Frank, »oder warum hat er dich nicht umgebracht?«

»Durch den Schlag war ich völlig wehrlos«, meinte Timon achselzuckend. »Der Bursche hat sich nicht die Mühe gemacht, meinen Zustand genauer zu untersuchen. Warum auch? Über kurz oder lang wäre ich dort unten krepiert, ohne dass es ihn eine lausige Patrone gekostet hätte.«

»Er muss das Haus ausspioniert haben«, fügte Norma hinzu. »Vielleicht ist er Bergholter in den Keller nachgeschlichen und hat dabei den Zugang zum Bunker entdeckt. Mit dir hatte er ein Pfand gegen seinen Auftraggeber in der Hand. Auch wenn es ganz schön riskant für ihn war, dich in Bergholters Keller einzusperren.«

»Die sprichwörtliche Leiche im Keller«, raunte Frank. Seine Stimme klang, als könnte er es nicht fassen. »Dennis hat sich vielleicht gedacht, er könnte Bergholter damit unter Druck setzen, falls der ihm dumm käme. Ein Anruf bei der Polizei hätte genügt, um Bergholter und seine Machenschaften auffliegen zu lassen.«

»Nett erklärt«, kommentierte Timon ironisch. »Ein lebendiger Toter, so kam ich mir vor! Der Plan ist schiefgegangen. Bergholter ist der Hausbesitzer?«

»Achim Bergholter«, ergänzte Norma und fügte, nach einem raschen Blickwechsel mit Frank, hinzu: »Frank ist ihm schon länger auf den Fersen.«

Langsamer gingen sie weiter, während Frank seinen Verdacht gegen Bergholter zusammenfasste. Timon hörte konzentriert zu. Norma rundete den knappen Bericht mit Informationen über den Mord am Abgeordneten Philipp Viohl ab. Timon hatte am Samstagmorgen die Absperrungen bemerkt und das Polizeiaufgebot vor dem Nationaltheater gesehen, natürlich ohne ahnen zu können, dass er zu einem Puzzlestein in diesem bösen Spiel werden würde.

»Achim Bergholter«, grübelte er laut. »Ist das dieser Unternehmer aus Wiesbaden, der in Weimar eine Tochterfirma gegründet hat?«

»Du kennst ihn?«, wunderte sich Norma.

»Nur dem Namen nach. Ich erinnere mich an ein Porträt, das ich beim Zahnarzt in einem Wirtschaftsmagazin über den Mann gelesen habe. Seine Firmen haben mit Chemie zu tun, nicht wahr? Galvanik?«

»Ja, er hat seine Geschäfte erwähnt, als ich gestern bei ihm war«, antwortete sie und fuhr hastig fort: »Ich habe dein Klopfen bemerkt und wusste nichts damit anzufangen.«

»Was für ein Wahnsinn!«, rief Timon. »Diese seltsame Abhöranlage. Bis gestern Mittag war es totenstill in der verfluchten Gruft. Plötzlich hörte ich dich, Norma! Im ersten Augenblick war ich überzeugt, den Verstand verloren zu haben. Ich bin dem Klang nach und habe ein Rohr in der Wand entdeckt. Es führt nach oben …«

»… und endet im Kamin.« Norma fasste wieder nach seiner Hand. Wie abgrundtief verzweifelt musste er gewesen sein.

Von dem Augenblick an, fuhr Timon fort, habe er unentwegt auf Geräusche von oben gehofft mit der Absicht, aus Leibeskräften zu schreien und sich irgendwie bemerkbar zu machen. »Dann endlich, Stunden später, ertönten wieder Stimmen. Ich wollte schon losschlagen, als ich erkannte, wer es war. Der Typ, der mich eingesperrt hatte! Der zweite Mann fragte ihn nach meiner Leiche, was leider nicht danach klang, als dürfte ich auf seine Hilfe hoffen. Dann war es wieder ruhig. Ich schrie und klopfte und brüllte und wünschte, ich hätte …«

Als er abbrach, fragte sie sanft: »Was hast du dir gewünscht?«

»Ich wünschte, ich hätte früher mit aller Kraft Alarm geschlagen«, sagte er leise. »Ich wünschte aus ganzem Herzen, der Mörder käme zu mir und würde beenden, was er begonnen hatte.«

47

»Wir müssen ins Bauhaus-Museum!«, beschloss Norma und beschleunigte ihre Schritte. »In einer Stunde wird die Ausstellung eröffnet, und die Kommissarin hält sich dort mit ihrem gesamten Stab auf. Sie will dich unbedingt als Zeugen sprechen.« Vom Mordverdacht gegen ihn wollte sie noch nichts sagen.

»Meinetwegen«, stimmte Timon zu. »Was für eine Ausstellung ist das?«

Norma grinste ihn an. »Überraschung! Man zeigt Fotos von Lucia Moholy.«

»Was du nicht sagst! Bleibt noch Zeit, dass ich aus den Klamotten rauskomme?«, bat Timon. »Olfaktorisch fühle ich mich wie eine Rotte Wildschweine.«

Mit einem Schmunzeln rümpfte Norma die Nase. »Dein Gefühl trügt dich nicht. Wo ist deine Reisetasche abgeblieben?«

»In einem Schließfach am Bahnhof.«

»Es dauert zu lange, wenn wir erst das Gepäck holen«, überlegte Norma.

Frank, der sich im Hintergrund zurückgehalten hatte, machte einen Vorschlag. »Meine Wohnung liegt auf dem Weg zum Museum. Timon, du kannst bei mir duschen und dich rasieren. Saubere Sachen lassen sich finden.«

Wenig später trafen sie in Franks Zuhause ein. Während Timon im Bad war und Frank ihm ein Hemd und eine Hose heraussuchte, rief Norma von der Riesencouch aus Lutz an. Er hatte mehrmals versucht, sie über das stummgeschaltete Smartphone zu erreichen.

»Norma, Gott sei Dank! Ich habe mir Sorgen gemacht.« Er sei kurz davor gewesen, die Polizei einzuschalten, weil sie nicht auf seine Anrufe reagiert hatte. Die erlösende Nachricht von Timons Befreiung nahm er wortlos entgegen.

»Lutz, bist du noch da?«

Es dauerte einen Moment, bis er sich gefasst hatte. »Wie gut, dass das vorbei ist. Sehen wir uns in der Pension?«

»Noch nicht, wir müssen zuerst mit der Polizei reden. Was macht der Fuß?«

»Wird stündlich besser, wenn Frau Walderbeck mich weiterhin so herzlich umsorgt.«

Im Hintergrund war Kirstens warmes, klangvolles Lachen zu hören.

Der nächste Anruf galt Wolfert und Milano, die sie gemeinsam in Milanos Büro erreichte. Sie hatten soeben eine Teambesprechung beendet. Die Messerstecherei am Wiesbadener Hauptbahnhof war größtenteils aufgeklärt.

»Wir kommen noch heute nach Weimar«, verkündeten beide wie aus einem Mund über den Lautsprecher.

»Danke, Jungs! Es ist nicht mehr nötig. Timon ist frei!«

Beide Kommissare hörten zu und stellten abwechselnd Fragen, während Norma mit brüchiger Stimme zusammenfasste, was sich in den vergangenen Stunden ereignet hatte, und dabei Franks Beistand nicht ausließ. Beim Sprechen spürte sie, wie sehr sie die Ereignisse mitgenommen hatten. Wolferts mitfühlende Kommentare trieben ihr die Tränen in die Augen, deshalb war sie beinahe dankbar für Milanos gewohnt ruppigen Ton, in dem er ihr Handeln kommentierte.

»Musstest mal wieder mit dem Kopf durch die Wand, Frau Privatschnüfflerin! Und weißt du was?«, fauchte er.

»Nö«, gab sie argwöhnisch zurück. Was käme jetzt? Ein Schwall von Vorwürfen, weil sie sich mit einem ehemaligen Rechtsextremisten verbündet hatte? Oder harsche Kritik an ihrem gewagten Einbruch in Bergholters Haus?

»Du bist klasse, Norma! Ehrlich!«

War das aufrichtig gemeint oder bittere Ironie? Besser nicht kommentieren.

»Grüß Timon ganz herzlich«, rief Wolfert in die Leitung. »Wir reden später in Ruhe.«

Heidrun Rosenblatt ging nicht ans Handy und auf der Mailbox wollte Norma die Neuigkeit über die brisante

Befreiungsaktion nicht hinterlassen. Besser im direkten Gespräch, entschied sie. Timon hatte sich umgezogen und ließ den Rucksack auf der Couch zurück. Ohne sich weiter aufzuhalten, verließen sie gemeinsam mit Frank die Wohnung.

20 Minuten vor der Eröffnung betraten sie durch den Haupteingang das Museumsfoyer. Frank hatte sich mit seinem Presseausweis Einlass verschafft, und Norma und Timon waren dank Dr. Winters persönlicher Einladung hineingekommen. Das Sicherheitspersonal des Museums wirkte hochkonzentriert und wurde von uniformierten Polizisten im Gebäude und außerhalb unterstützt. Einige zivil gekleidete Damen und Herren, die von der Galerie aus mit geschulter Wachsamkeit das Treiben im Foyer verfolgten, gehörten sicherlich ebenfalls zum Team.

»Was für ein Aufgebot«, raunte Timon beeindruckt.

»Die Behörden sind auf der Hut«, gab Norma zurück. »Die Stadt ist wegen der zwei Morde in Unruhe.«

Sie blickte sich aufmerksam um, konnte aber weder Achim Bergholter noch seinen Helfershelfer Dennis unter den Anwesenden ausmachen. In einer Gästegruppe stand Meika und winkte gut gelaunt herüber, als sie Norma entdeckte. Frank verabschiedete sich fürs Erste, um von der Galerie aus Fotos zu schießen. Frisches Material für den Verfassungsschutz, vermutete Norma.

Gleich darauf trafen sie auf Dr. Winter, der Norma herzlich begrüßte. »Frau Tann! Wie schön, dass Sie meiner Einladung gefolgt sind. Allerdings hatte ich mir die Eröffnung fröhlich und unbeschwert gewünscht.«

Sein neugieriger Blick streifte Timon. Norma machte beide Männer miteinander bekannt.

»Mein Beileid«, bemerkte er höflich. »Wie mir Frau Tann verraten hat, war Ihr verstorbener Großonkel ein Sohn des Bauhaus-Kenners Albin Frywaldt. Ich schätze seine Memoiren sehr, eine wahre Fundgrube von Geschichten über das Bauhaus.« Seine hellen Augen begannen zu funkeln.

»Norma sagt, Sie haben sich den Schrank angesehen?«, bemerkte Timon interessiert.

»Ein wunderbares Stück, ein Original von Alma Siedhoff-Buscher! War Ihrem Großonkel bekannt, welch besonderes Möbel er von seinem Vater geerbt hatte?«

»Eher nicht. Fritz hat den kleinen Schrank gehütet, weil es ein Andenken an seinen Vater war. Zum Glück hat er gut darauf aufgepasst.«

Besser als seine undankbaren Töchter, dachte Norma verärgert. Noch wusste Timon nicht, dass der Schrank mit all seinen Geheimnissen beinahe auf dem Sperrmüll gelandet wäre. Davon wollte sie ihm später in Ruhe erzählen.

»Trotzdem habe ich aus erster Hand erfahren, wie Albin in den Besitz des Schränkchens gekommen ist«, sagte Timon.

»Aus erster Hand?«, wunderte sich Dr. Winter.

Timon lächelte verschmitzt. »In einem Geheimfach steckten die Tagebücher von Albin Frywaldt. Seit den Vorkriegsjahren hielt er seine Aufzeichnungen versteckt, damit sie nicht der Gestapo in die Hände fielen. Albins Beobachtungen hätten anderen schaden können. Schließlich war das freie Denken der Bauhäusler den Nazis ein Dorn im Auge. Das Geheimfach hat Albin persönlich eingebaut. Eine Vorsichtsmaßnahme, die er in der Nachkriegszeit beibehalten hat.«

»Sie haben Albin Frywaldts Tagebücher gefunden?«, wiederholte Dr. Winter verdattert. »Doch nicht die Vorlagen für seine Bauhaus-Memoiren?«

»Doch, tatsächlich! Allerdings hat er nicht alles, was

dort drinsteht, öffentlich gemacht. Eines seiner Geheimnisse betrifft zwölf verschollene Glasnegative von Lucia Moholy.«

»Wie bitte?« Dr. Winter kam aus dem Staunen nicht heraus.

»Darüber reden wir später«, sagte Norma, um nicht gleich mit dem Diebstahl herauszuplatzen. Sie war noch nicht dazu gekommen, Timon davon zu erzählen, und wollte beiden Männern die Enttäuschung vorerst ersparen.

»Sensationell! Wir müssen unbedingt im Gespräch bleiben.« Entzückt von den Neuigkeiten bat Dr. Winter darum, sich am Nachmittag melden zu dürfen. Jetzt müsse er sich um die Sponsoren kümmern, ohne deren Zuwendungen die Lucia-Moholy-Ausstellung nicht in diesem Ausmaß hätte verwirklicht werden können.

»Achim Bergholter gehört zu den Förderern, nicht wahr?«, erkundigte sich Norma. »Engagiert er sich schon länger oder erst seit Kurzem?«

Leise erklärte der Bauhausexperte: »Ich will nicht undankbar erscheinen, aber Herrn Bergholter scheint weniger an der Kunst zu liegen als daran, sich in den Vordergrund zu spielen. Plötzlich stand er mit aufgerissener Geldbörse da, um sich quasi eine Einladung zum Empfang zu erkaufen.«

»Ist er schon hier?«, fragte Timon.

»Ich rechne jeden Moment mit ihm. Vorher will ich noch kurz nach der Ausstellung sehen«, sagte Dr. Winter und eilte davon.

Norma meldete sich telefonisch bei Kommissarin Rosenblatt an und wurde in einem abgelegenen Flur von deren Adjutanten empfangen, der mit Feuereifer seiner Aufgabe nachzugehen schien und sie mit rotglänzenden Wangen abzuwimmeln versuchte.

»Liebe Frau Tann, Ihre Sorge um Herrn Frywaldt in allen Ehren, aber im Augenblick sind alle Kräfte hier gebündelt. Ihr Wunsch nach einer Hausdurchsuchung ...« Mitten im Satz blieb ihm der Mund offen stehen, dann klappte er ihn verblüfft zu und starrte an Norma vorbei. »Ist das nicht ...?«

»Lieber Herr Smidt«, konterte Norma und wandte sich Timon zu, der ihr gefolgt war, »wenn ich Ihnen Timon Frywaldt vorstellen dürfte? Falls Sie und Ihre Chefin meiner Bitte, Bergholters Haus zu durchsuchen, doch noch nachkommen sollten, werden Sie im Keller hinter einem zersägten Schrank den Zugang zu einem Bunker finden. Darin wurde mein Freund gefangen gehalten.«

Die Nachricht verwandelte Smidts Wangenflecken in tiefes Purpur. Er musterte Timon entgeistert und fragte fassungslos: »Sie waren eingesperrt? Seit Samstag?«

»Man könnte es auch ›lebendig gegraben‹ nennen«, entgegnete Norma bitter und erklärte rasch die bedeutenden Fakten, bevor sie verlangte: »Bringen Sie uns zu Frau Rosenblatt!«

Ohne Widerworte eilte Smidt voraus und führte Norma und Timon zu einem Technikraum, in dem eine geschäftige Enge herrschte. Zahlreiche Personen drängten sich sitzend und stehend hinter mehrere Schreibtische. An den Wänden hingen Bildschirme, über die jeder Quadratmeter des öffentlichen Bereichs einsehbar schien. Norma erspähte Dr. Winter, der einsam durch die »Lichtfaktur«-Ausstellung streifte und in kribbeliger Nervosität einen Bilderrahmen zurechtrückte.

Heidrun Rosenblatt stand mit dem Rücken zum Eingang und war in eine rege Diskussion mit zwei Männern in Polizeiuniform vertieft.

»Was ist denn?« Unwillig drehte sie sich um, nachdem Devid Smidt mit einem Räuspern die Aufmerksamkeit auf sich gelenkt hatte.

»Herr Frywaldt!«, rief sie erleichtert. »Da sind Sie endlich. Wir haben jede Menge Fragen an Sie, den Mord an Oskar Hennies betreffend.«

»Er war nicht einfach nur so weg«, stellte Devid Smidt klar und gab seiner Chefin einen kurzen Überblick darüber, was mit Timon geschehen war.

»Ach, du liebes bisschen!«, kommentierte Heidrun Rosenblatt die Neuigkeit. »Devid, schicken Sie auf der Stelle zwei Wagen zu Bergholters Haus! Die Kollegen sollen die Beweise sichern. Aber unter höchster Sicherheitsstufe, verstanden? Ich kümmere mich darum, sobald wir hier fertig sind.«

Smidt riss sein Telefon aus der Hosentasche und stürzte zur Tür hinaus.

»Und Sie, Herr Frywaldt, halten sich zu unserer Verfügung«, befahl sie barsch.

»Ich bin bereit, sobald Sie mich brauchen«, antwortete Timon gleichmütig.

»Wegen der Waffe müssen Sie sich keine Gedanken machen«, erklärte Norma, an die Kommissarin gewandt.

»Was wollen Sie damit sagen?«, gab die Rosenblatt argwöhnisch zurück.

»Wir haben in Bergholters Haus eine Glock sichergestellt.«

Mit unverhohlener Überraschung lauschte Heidrun Rosenblatt Normas kurzem Bericht. »Wo ist die Pistole jetzt?«

»Sie liegt sicher verwahrt in der Wohnung eines Freundes«, meinte Norma mit zufriedenem Lächeln.

»Sie sprechen von einem Tresor?«

»So etwas Ähnliches!« Dass Frank die Glock auf die Schnelle zwischen den Sitzpolstern der Riesencouch versenkt hatte, behielt Norma lieber für sich.

Nervös rückte die Kommissarin die Helmfrisur zurecht. »Die Sicherheitsstufe bleibt trotzdem unverändert. Der Attentäter könnte über eine weitere Schusswaffe verfügen. Draußen läuft ein Mörder herum, und wir haben den Schlamassel. Katharina-Maria Kien ist sturer als eine Herde Esel und pocht eisern darauf, die Ausstellung persönlich zu eröffnen. Weimar sei ihre Heimatstadt und die Moholy ihre Herzensangelegenheit ...«

»Was sagen Sie da?«, platzte Timon dazwischen. »Katharina-Maria Kien? Ist sie nicht ...«

»Die Dame ist Ministerin für Kunst und Kultur«, fiel ihm Heidrun Rosenblatt ins Wort, als dürfte sie seine Unterbrechung nicht auf sich sitzen lassen. »Was ist los? Sie sehen aus, als hätten Sie ein Gespenst gesehen.«

Timon fasste sich an den Kopf. »Im Bunker habe ich ein Gespräch aufgeschnappt. Jetzt wird mir klar, wovon die beiden Männer gesprochen haben. Frau Kien wird im Museum erwartet? Sie ist in großer Gefahr!«

»Was denken Sie, weswegen wir hier sind?«, entgegnete Heidrun Rosenblatt gereizt. »Wir bieten Vorsichtsmaßnahmen auf höchstem Niveau und sind gut vorbereitet.«

»Auch auf konkrete Mordpläne?«, fragte Timon aufgeregt und griff mit der Aufforderung »Lassen Sie diesen Mann suchen!« in die Hosentasche, um ihr das Blatt mit dem skizzierten Porträt zu überreichen. »Er wurde Dennis genannt. Dennis hat mich niedergeschlagen und plant auf Befehl einen Anschlag auf Frau Kiens Leben.«

»Warum sagen Sie das nicht gleich?«, fauchte Heidrun Rosenblatt.

»Weil ich gerade eben erst die Zusammenhänge begriffen habe«, erklärte Timon entschuldigend. »Mein Kopf schmerzte, ich war verwirrt, aber ich bin mir sicher.«

»Haben Sie Details verstanden?«

»Immerhin so viel, dass die Ministerin bei einer Ausstellungseröffnung sterben soll. Im Museum! Heute!«

»Wer ist der Auftraggeber für den Anschlag?«, fragte Heidrun Rosenblatt alarmiert.

»Achim Bergholter, jede Wette!«, schaltete Norma sich ein.

»Devid!«, brüllte die Rosenblatt zum Flur hinaus.

Smidt stürmte herein, um den neuen Befehl entgegenzunehmen. Er sollte die Skizze vervielfältigen, an die Kollegen im Haus verteilen und die Fahndung einleiten. In größter Eile verzog er sich in ein Nebenzimmer, in dem gleich darauf das Rauschen eines Kopierers einsetzte. Timon und Norma warteten, bis Smidt ihnen das Original wieder aushändigte, verabschiedeten sich fürs Erste von Heidrun Rosenblatt und verließen den Technikraum.

Wo steckte Bergholter, und wann und wo würde Dennis auftauchen? Timon durfte ihnen auf keinen Fall in die Arme laufen, und Norma war ebenso wenig an einer Begegnung gelegen. Sie hielt sich wie Timon im Hintergrund, während sie sich getrennt in der Eingangshalle umschauten, die bestens besucht war. Junge Leute trugen zierliche Sektgläser auf ausladenden Tabletts durch die Menge, deren Stimmengewirr den hohen Raum ausfüllte. In einem abgelegenen Bereich wurde ein Büfett bestückt. Die Ministerin war auf dem Weg, wenn Norma die Anspannung der Gruppe Uniformierter richtig deutete, die vor dem Haupteingang mit Walkie-Talkies in den Händen Wache hielten und zur Straße hinüberspähten.

Auch Sascha Dannhardt befand sich unter den Gästen. Er hatte Norma bemerkt und hielt mit großen Schritten auf sie zu. Ohne Umschweife kam er zur Sache. »Wie steht es mit Ihrer Entscheidung, Frau Tann? Werden Sie mir entgegenkommen und den Auftrag annehmen?«

Sie brachte es nicht übers Herz, ihm jetzt zu erzählen, dass das Indiz, das seinen Anspruch unterstützt hätte, gestohlen worden war, und vertröstete ihn auf später. Mit einem Gruß zog er davon.

Beim Haupteingang fiel ihr wieder Dr. Winter auf, der drei Frauen und zwei Männer in Empfang nahm, die soeben gemeinsam die Halle betreten hatten. Einer der Männer war Achim Bergholter.

Norma kehrte zu Timon zurück. »Bergholter ist da! Lass uns abtauchen.«

Sie zogen sich in einen Seitengang zurück.

»Norma!«, rief eine helle Stimme.

Als Norma sich umwandte, erspähte sie Meika, die ihnen vom Ende des Gangs zuwinkte. Eine offene Tür führte in eine Teeküche, erkannte Norma im Näherkommen.

»Sind Sie Normas Freund, der verschwunden war?«, fragte Meika neugierig.

»Meine Abwesenheit scheint sich rumgesprochen zu haben«, erwiderte Timon und wirkte ein wenig verlegen.

»Norma hat sich große Sorgen um Sie gemacht«, sagte Meika beinahe ehrfürchtig. »Was kein Wunder ist, nachdem in den letzten Tagen viele schlimme Dinge geschehen sind. Zwei Männer wurden getötet, während Sie fort waren, aber das hat Norma Ihnen bestimmt erzählt?« Sie sah Timon erwartungsvoll an.

Er nickte still.

»Meika war mit Oskar Hennies befreundet«, sagte Norma an Timon gewandt.

Traurig schüttelte Meika den Kopf. »Ich kann immer

noch nicht begreifen, dass Oskar tot ist. Ermordet! Dagegen ist so ein Diebstahl eine Lappalie. Aber wütend macht mich das trotzdem. Wo bekomme ich auf die Schnelle Club Cola her?«

»Wieso Club Cola?«, fragte Norma verwundert, die Meika nicht wirklich folgen konnte.

Meika grinste trotz ihres Zorns. »Schmeckt wie früher in der DDR. Die Ministerin trinkt keinen Alkohol, aber sie schwört auf Club Cola. Für den Empfang hatte ich extra ein 0,5-Liter-Sixpack besorgt und in den Kühlschrank gestellt. Jetzt ist bis auf eine Flasche alles weg. Nicht zu fassen!«

»Wer weiß von dieser Vorliebe der Ministerin?«, fragte Timon schnell.

»Jeder, der Zeitung liest oder sich in sozialen Netzwerken bewegt«, antwortete Meika achselzuckend. »Ihre Schwäche für Club Cola ist ein beliebtes Thema. Dr. Winter hatte werbewirksam verkündet, er würde Frau Kien auf ein Glas einladen und zur Eröffnung mit ihr anstoßen. Deswegen ist der Diebstahl richtig frech! Kann sich doch jeder denken, dass die Cola für Frau Kien und ihr Team bestimmt war. Die übrig gebliebene Flasche ist auf alle Fälle für die Ministerin reserviert.«

Der rasche Blick, den Timon mit Norma wechselte, zeigte seine Beunruhigung. »Wer hat Zugang zur Teeküche?«

»Dieser Flur ist nicht öffentlich«, überlegte Meika. »Nur die Leute von Catering sind seit heute früh hier unterwegs. Aber warum sollte jemand von ihnen Club Cola klauen?«

»Kennen Sie alle Leute vom Catering?«

»Mit den Betreibern habe ich öfter zu tun«, sagte Meika. »Die Firma arbeitet allerdings mit Aushilfen. Andauernd neue Gesichter.«

Timon zog das Blatt aus der Hosentasche und faltete es auf. »Ist Ihnen dieser Mann aufgefallen? Gehört er zum Caterer-Team?«

Neugierig beugte sich Meika über die Skizze. »Der war dabei, glaube ich. Er hatte eine weiße Jacke mit schwarzen Knöpfen an, wie Köche sie tragen. Denken Sie, dieser Mann hat die Flaschen geklaut?«

»Wäre das möglich?«

»Durchaus, er ging im Flur ein und aus.«

»Also Dennis!«, sagte Norma. »Was will der mit Club Cola?« In ihrer Hosentasche vibrierte das Smartphone. Frank! »Wo bist du?«

»Auf der Galerie mit freiem Ausblick auf das Vorgelände«, hauchte Frank in die Leitung.

»Was ist passiert?«, zischte Norma.

»Die Polizei hat einen Mitarbeiter vom Catering-Team verhaftet«, gab er leise zurück. Die Genugtuung war ihm anzuhören. »Dennis!«

»Treffer!«, rief Norma erleichtert. Ob er die Glasnegative vernichtet hatte? Wenn nicht, bestand nun eine Chance, sie zurückzubekommen. »Und Bergholter? Hat er die Festnahme beobachtet?«

»Und ob! Bergholter hat vom Fenster aus alles mit angesehen. Jetzt schleicht er geknickt ums Büfett rum.«

»Ist die Ministerin angekommen?«

»Sie ist soeben aus dem Wagen gestiegen. In diesem Moment betritt sie das Foyer.«

Die Frau ist außer Gefahr, dachte Norma erleichtert. Frank ahnte nicht, wie knapp Katharina-Maria Kien einem Anschlag entgangen war. Sie beschloss, ihm später von den Mordplänen zu erzählen, und schob das Telefon zurück in die Tasche. »Dennis wurde festgenommen.«

»Weil er fünf Flaschen Club Cola geklaut hat?«, wunderte sich Meika.

»Nicht wegen der Flaschen, die weg sind«, erklärte Timon. »Sondern wegen der einen Flasche, die noch dort ist.«

»Kapier ich nicht«, sagte Meika.

In Normas Kopf drehten sich die Gedanken. »Damit wird klar, warum Dennis die Glock versteckt hat. Weil er sie für diesen Job nicht brauchte. Bergholter will seinem großen Idol Onkel Siegmar und den Attentaten in der Weimarer Republik nacheifern. Mit den damals üblichen Mitteln wie Pistolen und Gift. Bei der Galvanisierung fällt doch Cyanwasserstoff an, nicht wahr?«

Timons Miene sprach Bände.

»Was ist das?«, fragte Meika mit banger Stimme.

»Blausäure!«, antwortete Norma. »Ein hochgiftiges Gas, über das Bergholter dank seiner Chemiefirma frei verfügt.«

»Was hat das mit Club Cola zu tun?«, meldete sich Meika zu Wort.

»Einfach zusammengefasst«, sagte Timon hastig, »löst sich Zyankali, ein Salz der Blausäure, in allen Flüssigkeiten, die Kohlensäure enthalten. Dazu gehört auch jede Art von Limonade. Das Gift wirkt ungemein schnell und tödlich, wenn man von der vergifteten Limonade trinkt. Dennis hat sich unter die Leute vom Catering geschmuggelt, um die Club Cola bis auf eine Flasche zu stehlen und die letzte Flasche zu präparieren, die der Ministerin vorbehalten bleibt und …«

»Wie bitte?«, fiel Meika ihm ins Wort.

Norma hob die Hand. »Warte, Meika! Lass Timon erklären. Heißt es nicht, man kann Blausäure riechen?«

»Schon, Blausäure hat einen charakteristischen Geruch nach Bittermandeln«, bestätigte er. »Aber nur die Hälfte der Menschen ist überhaupt in der Lage, diesen Geruch wahrzunehmen. Das ist genetisch bedingt. Und wer es tut, erkennt nicht unbedingt die Gefahr.«

»Zum Glück hat Meika die vergiftete Flasche zurückgestellt. Und damit in Sicherheit gebracht.« Erleichtert wandte Norma sich Meika zu, die mit schreckgeweiteten Augen zugehört hatte.

Kreidebleich stammelte Meika: »Niemand und gar nichts ist sicher. Dr. Winter hat die Flasche in seine Obhut genommen. Er will persönlich mit der Ministerin anstoßen!«

»Wann?«

Mit zitternden Händen deutete Meika auf die Wanduhr neben der Tür. »Wenn alles nach Plan läuft in genau diesem Augenblick!«

48

Bestürzt sammelte Achim seine Gedanken. Die Polizei hatte Dennis verhaftet! Wer oder was hatte ihn verraten? Hatte er selbst seine Zunge nicht im Zaum gehalten? Oder steckte Norma Tann dahinter? Achim meinte, ihre schlanke Gestalt und den hellen Schopf für einen Moment in der Menge erspäht zu haben, zusammen mit einem langhaarigen Begleiter. Wer war der Mann in umgekrempelter Hose und schlabbrigem Jackett? Das konnte unmöglich Timon Frywaldt sein. Frywaldt war tot. Mausetot! Oder nicht?

Hier lief einiges aus dem Ruder. Anderes fügte sich nach Plan. Wenn Dennis dichthielt – und darauf musste Achim einfach vertrauen –, wäre die unschöne Episode schnell überstanden. Dr. Winter nickte ihm im Vorübergehen ehrerbietig zu. Achim wusste, dass Winter ihn nicht ausstehen konnte, trotzdem hatte er keine Skrupel, die fetten Spendengelder einzusacken. Jetzt hielt Winter zielstrebig auf die Ministerin zu, die sich in Gesellschaft bekannter Persönlichkeiten der Stadt und des Landtags vor der kleinen Bühne aufhielt. Den einen oder anderen der Männer hatte Achim auf seiner Todesliste. Die Bodyguards, die mit stoischen Mienen die Gruppe abschirmten, sich angestrengt umsahen und angriffslustig die Arme abspreizten, würden den Tod der Ministerin nicht verhindern können. Denn zu Achims Erleichterung trug Winter in der linken Hand zwei Gläser und in der rechten eine dunkle Flasche. Das Letzte, was Achim gesehen hatte, bevor sich die Handschellen um Dennis' Gelenke geschlossen hatten, war dessen verstohlene Geste: Ihr verabredetes Zeichen, dass es ihm gelungen war, alle Club-Cola-Vorräte zu entfernen und gegen eine einzige manipulierte Flasche auszutauschen. Dr. Knut-Werner Winter würde wie geplant zum willfährigen Werkzeug werden. Während Winter eigenhändig der Ministerin das Gift verabreichte, das in Windeseile seine Wirkung entfalten und sie töten würde, würde Achim unbehelligt zusehen. Das Sahnehäubchen wäre, dass der undankbare Dr. Winter sich nebenbei selbst erledigen würde.

Mit einem Sprung eroberte Winter die Bühne. Er trug ein Headset mit Mikrofon und stellte die Gläser und die Flasche auf dem dafür vorgesehenen Stehtisch ab. Äußerlich gefasst, aber mit innerlichem Aufruhr und in seinen Gedanken bei Großonkel Siegmar beobachtete Achim aus wenigen Schritten Entfernung, wie Winter eigenhändig die Flasche öffnete und die dunkle Flüssigkeit in die beiden Gläser sprudeln ließ. Mit anbiederndem Grinsen bat Winter die Ministerin auf die Bühne und half ihr linkisch die Stufen hinauf.

Achim war so aufgeregt, dass er Winters Sätzen nur bruchstückhaft folgen konnte. Wie durch Watte drang die leicht nuschelnde Stimme an sein Ohr. »… freue ich mich, Frau Ministerin Kien zur Eröffnung der Ausstellung ›Lichtfaktur‹ begrüßen zu dürfen.«

Endlich wandte Winter sich um und griff nach den gefüllten Gläsern. Die Gäste im Foyer hielten ihren Sekt bereit. Das Glas in Achims Hand zitterte. Ihm stockte der Atem.

Winter reichte eine Cola an die Ministerin weiter. »Meine Damen und Herren, sehr geehrte Frau Ministerin, lassen Sie uns gemeinsam anstoßen …«

»Nein! Nicht trinken!« Eine Frau aus den hinteren Reihen! Aus voller Kehle wiederholte sie ihre Warnung. Norma Tann, zum Henker!, schoss es Achim entsetzt durch den Kopf.

»Dr. Winter, Frau Ministerin! Weg mit den Gläsern! Schnell!«, brüllte der Mann mit dem Zopf.

Bewegung kam in die Menge. Winter schaute ratlos ins Publikum. Die Bodyguards rissen ihm und der Ministerin die Getränke aus den Händen und drängten beide von der Bühne.

»Herr Bergholter?«

Wütend fuhr Achim herum. »Was wollen Sie?«

Die rundliche ältere Rothaarige, die vor ihm stand, schien von seinem Zorn völlig unbeeindruckt. Wozu sicherlich bei-

trug, dass sie nicht allein gekommen war. Eine ganze Schar
uniformierter Männer und Frauen gab ihr Rückhalt. Der
Flegel in Zivil neben ihr schien es gar nicht erwarten zu
können, die Handschellen zum Einsatz zu bringen.

49

»Lasst uns essen gehen«, bat Norma, als sich der Tumult
im Foyer gelegt hatte. »Ich sterbe vor Hunger.«

Frank schien unschlüssig.

»Kommst du nicht mit?«, fragte sie bedauernd.

»Wollt ihr beiden einen wie mich überhaupt dabeiha-
ben?«, fragte er zweifelnd.

»Klar doch!«, entgegnete Timon entschlossen. »Wenn ich
das richtig verstanden habe, bist du im zweiten Leben Journalist. Da hätte ich eine super Story für dich. ›Der lebende
Tote im Bunker‹. Exklusiv!«

Frank betrachtete ihn kopfschüttelnd. »Ist das dein Ernst?
Du würdest mir ein Interview geben?«

»Für einen wie dich, der mich rausgesägt hat, spendiere ich
sogar noch ein Foto von mir«, antwortete Timon und grinste.

Frank lachte. »Vorsicht, ich nehme dich womöglich beim
Wort!«

»Los jetzt!«, rief Norma. »Ich möchte jemanden abholen.«

Bevor sie gingen, meldeten sie sich bei Heidrun Rosenblatt ab. Noch standen die Verdächtigungen gegen Timon im Raum, aber Norma war überzeugt, dass sich alle Ungereimtheiten schnell aufklären würden. Zu dritt spazierten sie nebeneinander zur Pension. Norma konnte nicht anders, sie musste sich bei beiden Männern einhaken. Wenn es nicht komplett albern gewesen wäre, hätte sie ein Lied geschmettert, so leicht fühlte sich ihr Herz an.

Ihr Handy im Rucksack piepste. Unwillig ließ sie Frank los und sah im Laufen nach der Nachricht.

»Was ist?«, fragte Timon.

»Wolfert und Milano«, antwortete sie staunend. »Sie haben sich freigenommen für drei Tage Urlaub in Weimar.«

»Du machst ein Gesicht«, sagte Timon belustigt, »als hättest du nicht erwartet, dass Dirk und Luigi das Wort ›Verreisen‹ überhaupt kennen.«

In der Pension angekommen trafen sie Lutz im Frühstücksraum an. Er saß am Fenster zum Garten. Auf dem Bistrotisch vor ihm stapelten sich Bücher und Bildbände. Lutz hatte den verletzten Fuß entspannt auf dem Boden abgesetzt. In seinen Armen hatte es sich die Ursache seines Unfalls gemütlich gemacht und ließ sich kraulen. Lyonels brummiges Schnurren erfüllte den Raum.

»Was bin ich froh, euch zu sehen!«, rief Lutz und prustete für ihn untypisch übermütig los. »Dem Himmel sei Dank, Timon! Du lebst! Ist endlich alles vorbei?«

»Ganz im Gegenteil«, sagte Norma und schaute glücklich auf Timon an ihrer Seite. »Es fängt erst an. Jetzt beginnt unser Urlaub in Weimar.«

Ende

NACHWORT

Die Handlung dieses Kriminalromans ist fiktiv, die aktiv
handelnden Personen sind frei erfunden und eventuelle Ähnlichkeiten nicht beabsichtigt. Dazu gehört unter
anderem Albin Frywaldt, dessen Bauhaus-Memoiren nie
geschrieben wurden. Auch das Gemälde »Blau auf hellem
Gelb« existiert in der Realität nicht; ich habe es Wassily
Kandinsky angedichtet. Wie der berühmte Maler werden
im Lauf des Geschehens die Namen verschiedener histori-
scher Persönlichkeiten genannt, die zur Zeit der Weimarer
Republik gelebt haben. Ihnen fühle ich mich sehr verbunden, denn ihre Biografien und manche Ereignisse, die sie
mit dem Bauhaus verbinden, haben mich zu diesem Roman
inspiriert. Darunter möchte ich an erster Stelle die Bauhaus-
Fotografin Lucia Moholy nennen. Ein Großteil ihrer Glasnegative ist nach ihrer Emigration 1933 tatsächlich unter
ungeklärten Umständen verloren gegangen, viele Aufnahmen sind bis heute verschollen geblieben. Lucia Moholys
Biografie verbindet zudem Weimar und Wiesbaden, Norma
Tanns Einsatzgebiet anderer Fälle. Als junge Frau arbeitete
Lucia Moholy (unter ihrem Geburtsnamen Lucia Schulz)
in der Redaktion des Wiesbadener Tagblatts.

Bevor ich die realen historischen Persönlichkeiten kurz
vorstelle, drei Informationen vorab.

Das **Staatliche Bauhaus** wurde 1919 in Weimar von
Walter Gropius mit der Absicht gegründet, Leben, Kunst
und Handwerk unter einem Dach zusammenzuführen. Als
1925 die rechten Kräfte erstarkten, kürzte die Landesregie-

rung die finanzielle Förderung der Bauschule. Das Bauhaus siedelte nach Dessau über und bezog 1926 das nach Plänen von Walter Gropius errichtete Hochschulgebäude. 1932 wurde der »Ort der Avantgarde« auf Druck der Nationalsozialisten auch in Dessau geschlossen. Für ein knappes Jahr existierte das Bauhaus in Berlin weiter. Das endgültige Aus erfolgte, als die Berliner Bauschule im Sommer 1932 geschlossen wurde.

Die **Organisation Consul** (O.C.). verübte in den Jahren 1920 bis 1922 zahlreiche politisch motivierte Gewalttaten und Morde. An die 5.000 Mitglieder sollen dem militärisch organisierten Geheimbund angehört haben, der unter anderem für tödliche Attentate auf bedeutende Politiker der frühen Weimarer Republik verantwortlich gemacht wird.

Der **Nationalsozialistische Untergrund** (NSU) verübte als neonazistische terroristische Vereinigung in den Jahren 2000 bis 2007 mindestens neun Morde aus rassistischen Beweggründen und tötete eine Polizistin. Die Haupttäter Uwe Mundlos und Uwe Böhnhardt wurden 2011 tot in einem ausgebrannten Wohnwagen aufgefunden. Beate Zschäpe wurde als dritte Haupttäterin angeklagt und 2018 wegen zehnfachen Mordes zu lebenslanger Haft verurteilt.

Genannte historische Personen (in alphabetischer Reihenfolge):

Albers, Josef (1888 bis 1976): Student und später Meister am Bauhaus, zu seinen bedeutendsten Werken gehören Glasbilder, Möbelentwürfe und Gebrauchsgegenstände aus Glas und Holz.

Feininger, Lyonel (1871 bis 1956): Maler, einer der ersten Meister am Bauhaus, sein Holzschnitt »Kathedrale« war auf dem Titelblatt des Bauhausmanifests zu sehen.

Gropius, Walter (1883 bis 1969): Architekt und Gründer des Staatlichen Bauhauses Weimar, das zu einem Treffpunkt der europäischen Avantgarde wurde.

Grunow, Gertrud (1870 bis 1944): Musikerin, entwickelte für das Bauhaus eine »Harmonisierungslehre« für die gleichberechtigte, harmonische Nutzung aller Sinne.

Itten, Johannes (1888 bis 1967): Maler und Kunsttheoretiker am Bauhaus, 1926 gründete er in Berlin eine Kunstschule, an der Lucia Moholy später als Fachlehrerin für Fotografie arbeitete.

Kandinsky, Wassily (1866 bis 1944): russischer Maler, Grafiker und Kunsttheoretiker, gehörte bereits zu den Größen der Kunstszene, als er als Meister für Malerei ans Bauhaus berufen wurde.

Keler, Peter (1898 bis 1982): entwarf in den Bauhausfarben Rot, Gelb und Blau und in den Formen Quadrat, Dreieck und Kreis die berühmte Wiege für das »Haus am Horn« in Weimar.

Klee, Paul (1879 bis 1940): Maler und Meister am Bauhaus, der nicht nur beidhändig malen konnte, sondern ein breites Werk vom Expressionismus bis zum Surrealismus schuf.

Moholy, Lucia geb. Schulz (1894 bis 1989): Ihre am Bauhaus entstandenen Fotografien, zu denen Porträts sowie Architektur- und Objektaufnahmen gehören, machen sie zu einer der namhaftesten Fotografinnen des frühen 20. Jahrhunderts. Von 1921 bis 1929 lebte sie mit ihrem Ehemann László Moholy-Nagy zusammen, dem sie, als er als Meister berufen wurde, ans Bauhaus gefolgt war. Bei der Emigration 1933 gingen große Teile ihres Negativarchivs verloren. Anschließend lebte und arbeitete Lucia Moholy in England und in der Schweiz. Von 1960 bis 1970 erhielt sie einen Teil der verschollenen Negative zurück.

Moholy-Nagy, László (1895 bis 1946): ungarischer Fotograf und Vertreter der experimentellen Lichtkunst, Meister am Bauhaus.

Muche, Georg (1895 bis 1987): jüngster Meister am Bauhaus, entwarf das Versuchshaus für die 1923 in Weimar geplante Bauhausausstellung: das »Haus am Horn.«

Neubauer, Theodor (1890 bis 1945): Reichstagsabgeordneter der Kommunisten, Widerstandskämpfer und Lebensgefährte von Lucia Moholy.

Schulte vom Brühl, Walther (Pseudonym, eigentlich: Schulte-Heuthaus, 1858 bis 1921): Schriftsteller, Journalist, Illustrator, 1889 bis 1912 Chefredakteur des Wiesbadener Tagblatts.

Siedhoff-Buscher, Alma geb. Buscher (1899 bis 1944): wechselte am Bauhaus von der Weberei in die Holzbildhauerei, entwarf unter anderem für die Bauhaus-Ausstellung 1923 in Weimar die Ausstattung für das Kinderzimmer des Musterhauses »Haus am Horn«.

Stölzl, Gunta (1897 bis 1983): Leiterin der Weberei am Bauhaus.

Zetkin, Clara geb. Eißner (1857 bis 1933): SPD-Politikerin, Frauenrechtlerin, Friedensaktivistin.

Privatdetektivin
Norma Tann ermittelt:

SPANNUNG

GMEINER

WWW.GMEINER-VERLAG.DE
Wir machen's spannend